LE MASQUE DE LUMIÈRE

LES ROYAUMES OUBLIÉS

Entre parenthèses, après chaque titre, figure son numéro dans la collection ou (pour les ouvrages grand format) la mention GF.

I. La séquence des Avatars

Les dieux ont été chassés du Panthéon et se mêlent aux humains. L'histoire de Minuit et de Cynric, appelés à devenir de nouvelles divinités, a pour cadre trois villes légendaires et pour chef d'orchestre le sage Elminster, dont on reparlera dans la trilogie des Ombres, où il vole au secours de la déesse Mystra, menacée de perdre son pouvoir…

II. La séquence d'Ombre-Terre et du Val Bise

Deux apports majeurs dus à R.A. Salvatore : le monde souterrain habité par les Drows, et Drizzt Do'Urden, l'inoubliable Elfe Noir. Le parcours initiatique d'un héros (d'Ombre-Terre au Val Bise), l'histoire d'une société hyperviolente (avec la contribution d'Elaine Cunningham) et une ode à l'amitié (Wulfgar, Catie-Brie, Bruenor Battlehammer…). Cerise sur le gâteau, l'aventure continue !

III. La séquence des héros de Phlan

La Fontaine de lumière, par James M. Ward, Jane Cooper Hong, Anne K. Brown (7)

Les Fontaines de ténèbres, par James M. Ward, Jane Cooper Hong, Anne K. Brown (8)

La Fontaine de pénombre, par James M. Ward, Jane Cooper Hong, Anne K. Brown (9)

Une ville a… disparu ! Chargé de la retrouver, un groupe d'aventuriers conduit par le paladin Miltadies affronte tous les dangers.

IV. La séquence de la Pierre du Trouveur

Les Liens d'azur, par Jeff Grubb et Kate Novak (11)

L'Eperon de Wiverne, par Jeff Grubb et Kate Novak (12)

Le Chant des saurials, par Jeff Grubb et Kate Novak (13)

La quête d'identité d'Alias, une guerrière amnésique portant sur l'avant-bras droit des tatouages qui font d'elle une meurtrière sans pitié.

V. La séquence de Shandril

Magefeu, par Ed Greenwood (10)

La Couronne de feu, par Ed Greenwood (14)

L'histoire d'une jeune servante qui s'enfuit un jour de l'auberge de *La Lune Levante* et découvrira qu'elle est une magicienne. Par le créateur et grand maître d'œuvre des Royaumes.

VI. La séquence du Clerc

Cantique, par R.A. Salvatore (22)

A l'Ombre des forêts, par R.A. Salvatore (23)

Les Masques de la Nuit, par R.A. Salvatore (24)

La Forteresse déchue, par R.A. Salvatore (25)

Chaos cruel, par R.A. Salvatore (26)

La saga de Cadderly, érudit et magicien, de sa jeunesse à ce qui pourrait être la fin de sa vie… On retrouve la « patte » inimitable et les thèmes favoris – souvent sombres – du père de Drizzt Do'Urden.

VII. La séquence d'Elminster

Elminster, la jeunesse d'un mage, par Ed Greenwood (27)

Elminster à Myth Drannor, par Ed Greenwood (44)

La Tentation d'Elminster, par Ed Greenwood (GF) et (69)

La Damnation d'Elminster, par Ed Greenwood (GF)

Tout sur le grand concurrent de Drizzt en matière de popularité… Et comme il a passé des dizaines d'années à sillonner les Royaumes, un magnifique voyage en prime !

VIII. La séquence des Sélénæ

Un autre auteur majeur et un autre domaine réservé : les Îles Sélénæ, fabuleux archipel perdu dans un océan peuplé de monstres et de merveilles.

IX. La séquence des Ménestrels

La saga de l'organisation secrète qui intervient partout où le mal menace de l'emporter dans les Royaumes. Chaque roman se passe dans un pays distinct, avec un ou des héros différents. Une séquence en cours de publication qui réserve encore de grands moments.

X. La Trilogie des Mystères

XI. Les romans transversaux

Des livres moins indépendants qu'on ne pourrait le croire : tout en précisant certains points de l'histoire des Royaumes, ils font reparaître nombre de héros des séquences ci-dessus.

Pour la guerrière Arilyn Lamelune, la Ménestrelle Bronwyn et le sémillant Danilo Thann, l'heure a sonné d'en finir avec les secrets de leur passé. Mais dans les Royaumes, la vérité a un prix, et il est élevé…

De grands aventuriers partent à la recherche des lieux mythiques du passé des Royaumes ! Certains en quête d'un trésor, d'autres pour retrouver leur identité… ou leur âme !

Promis à un grand avenir de conseiller à la cour d'Halruaa, le jeune Matteo découvre peu à peu la triste vérité dissimulée sous les fastes de la royauté. Saura-t-il se révolter contre son destin ?

Dans les villes mythiques des Royaumes, l'aventure et la magie attendent les audacieux à tous les coins de rue. Des expériences fabuleuses… à condition de survivre pour les raconter !

Sortie d'un très long sommeil, une sorcellerie dévastatrice déferle sur les Royaumes. Par bonheur, des défenseurs se dressent contre la menace. L'ennui, c'est qu'ils sont aussi inquiétants qu'elle !

ELAINE CUNNINGHAM

LE MASQUE
DE LUMIÈRE

Couverture de
TODD LOCKWOOD

Fleuve Noir

Titre original : *Windwalker*
Traduit de l'américain par Michèle Zachayus

Collection dirigée par
Jean Claude Mallé

U.S., CANADA, ASIA, PACIFIC & LATIN AMERICA
Wizards of the Coast, Inc.
P.O. Box 707
Renton, WA 98057-0707
+1-206-624-0933

EUROPEAN HEADQUARTERS
Wizards of the Coast, Belgium
P.O. Box 2031
2600 Berchem
Belgium
+32-3-200-40-40

ISBN 2-265-07826-3
ISSN : 1257-9920

Avec toute mon admiration pour Todd Lockwood, un conteur qui manie remarquablement l'image. Merci d'imaginer Liriel comme je l'ai fait – le résultat dépassait toutes mes espérances ! Je ne pourrai plus regarder la couverture de *L'Etreinte de l'Araignée* sans un pincement au cœur… Comme si je reconnaissais Liriel à chaque fois !

Merci à Bob Salvatore, dont l'esprit généreux et le soutien bienveillant ont rendu mon incursion dans le sombre royaume des elfes noirs un peu moins terrifiante qu'elle n'aurait pu l'être…

Enfin, merci aux lecteurs qui, ces dernières années, ont écrit pour réclamer le dénouement de la saga de Liriel.

Cette histoire est dédiée à la mémoire de ma grand-mère, Franceszka Cwitovszska, une déchiffreuse de rêves et un chantre des vieilles légendes. Bref, une âme sœur alors et toujours… Au Rashemen, elle aurait vraiment été chez elle.

Dzienkuje, Babka

L'ÉPÉE ÉMOUSSÉE

La bataille du Val Immil, Rashemen
(Calendrier des Vaux 1360)

Un vieil arbre gardait la frontière occidentale du Val Immil. Calciné par d'anciens incendies, son tronc massif avait le diamètre d'une tour de sorcier. Ses branches tordues par la tourmente, dénudées par l'hiver et affûtées comme des lances l'entouraient avec toute la détermination d'élans des montagnes, leurs andouillers pointés contre une meute de loups…

Une brume de chaleur festonnait le pied de l'arbre vénérable. Loin au-dessus, une chiche lumière se déversait d'une arche, à l'ombre des hautes futaies de bois torturé…

Sur le seuil de cette arche se découpaient trois silhouettes de noir vêtues : les sorcières du Rashemen, gardiennes d'une terre en état de siège.

Elles contemplaient un lieu d'une exceptionnelle beauté : une étroite vallée encaissée, au nord de la chaîne de montagnes connue sous le nom de Roc-Course. Au Rashemen, l'hiver semblait sans fin. Pourtant, en ce lieu d'éternité, le printemps régnait. Des sources d'eau chaude bouillonnaient au fond d'enclaves minérales. L'herbe poussait drue, et le parfum des fleurs des champs embaumait. Les gais ruisseaux glougloutaient d'excitation sur les versants des montagnes qu'ils dévalaient. D'ordinaire, les gardiennes de la tour vaquaient à leurs occupations au chant des oiseaux.

Aujourd'hui, pas un gazouillis, pas un trille… Même l'eau vive semblait étrangement manquer d'entrain.

A l'instar des sorcières, la vallée tout entière attendait la Mort en silence.

Au centre du trio se tenait Zofia, une femme plantureuse d'âge – fort – mûr. En d'autres lieux, on l'eût aisément confondue avec une vieille villageoise pimpante. Ici, au Rashemen, les Othlors – les doyennes des sorcières – puisaient leur magie dans les entrailles de la terre. Le printemps offrait un potentiel magnifique, mais aucun Rashemi n'aurait nié la puissance ou même la beauté si particulière de l'hiver.

Si Zofia avait un port de reine – ce qu'elle était –, ses hathrans ne semblaient pas moins impériales. Des sorcières compétentes à l'orée de l'automne de leur vie… Toujours disposées à conjuguer leur force et leurs talents, toutes les trois constituaient une redoutable équipe.

Dans les contreforts, d'autres groupes similaires se tenaient prêts, leurs robes noires formant comme des corolles sur la blancheur du tapis neigeux.

De son regard bleu si perçant, Zofia passa en revue la compagnie sur le pied de guerre, en contrebas. Tout était comme il le fallait. Les guerriers avaient afflué des villages, et chaque « Croc » se ralliait à son propre panache, aux couleurs éclatantes. Comme de coutume, les bersekers étaient en tête, mais ce jour-là, tous montaient les poneys rashemis au long poil. D'ordinaire si efficace pour réduire à néant le courage et la résolution de l'ennemi, la charge sauvage serait cette fois d'un effet limité face aux cavaliers tuigans.

En la circonstance, deux cavaleries étaient sur le point de s'affronter…

Le Huhrong en personne commandait les bataillons. Zofia le chercha du regard… et nota avec tristesse que le Seigneur de Fer était devenu une « barbe grise », ses belles épaules voûtées par l'âge. Elle se remémora son large visage hâlé par la vie au grand air… Un visage maintenant parcheminé par le passage des ans et couturé des cicatrices dues aux batailles livrées et… gagnées.

Mue par une impulsion, elle glissa les doigts dans une sacoche pendue à son ceinturon, et palpa les antiques osselets gravés de runes, tentée de découvrir si le vieux guerrier aurait encore la force de remporter la victoire.

Non. Si Hyarmon Hussilthar commandait les guerriers, elle était *Othlor*. En définitive, *elle* gagnerait.

Ou perdrait… Toute sorcière qui cherchait à connaître son propre avenir courait au désastre…

Retirant vivement les doigts, elle crachota dessus puis les plia et les déplia par trois fois. Devant ce petit rituel, les autres sorcières n'accusèrent aucune réaction. Pour les Rashemis, de tels gestes étaient aussi communs que les rires d'enfants ou les mauvaises toux hivernales.

Le Gardien ne dissipa pas tout à fait les appréhensions larvées de Zofia. Son regard vola vers l'endroit où les bersekers de l'Ours Noir se rassemblaient, juchés sur leurs robustes poneys à la robe noir charbon. En tête venait Mahryon, le *fyrra* du village Dernovia, un ours d'homme, aussi sombre, hirsute et féroce que son poney de guerre à demi sauvage.

Un élan de fierté réchauffa le vieux cœur de la sorcière. Toute Othlor qu'elle fût au sein des magiciennes du Rashemen, ses pensées volaient vers Mahryon, son fils unique, chaque fois qu'elle faisait le compte de ses contributions à la défense du territoire. A quelle vitesse la roue tournait, avec quelle rapidité les garçons devenaient des guerriers ! Son enfant, un vétéran grisonnant… Et son propre fils chevauchait à ses côtés…

Fyodor, qui n'avait pas vingt ans, faisait partie des bersekers du Rashemen depuis quatre ans.

Le malaise diffus de Zofia augmenta. Ces derniers temps, le nom de Fyodor avait souvent frappé ses tympans… On évoquait avec panache les premiers exploits du jeune homme, qui éveillaient un émerveillement intimidé. Mais les derniers récits à parvenir aux oreilles de Zofia étaient remplis d'appréhension… Une émotion que les Rashemis regimbaient à reconnaître.

Le regard de l'Othlor s'attarda sur son petit-fils. Puis un grondement lointain, évoquant des roulements de tambour, commençait à enfler. Les bersekers y allèrent de leurs chants martiaux, invitation à la frénésie des combats… Tandis que l'hymne gagnait en amplitude, ceux qui l'entonnaient gagnèrent également en puissance. Comme excitée par des bourrasques magiques, leur chevelure noire fouetta leur visage empourpré. Leur ivresse se communiqua aux poneys, leur conférant par un pur effet d'illusion la taille et la robustesse de véritables destriers.

Une main tendue, le Huhrong contint la déferlante vivante assoiffée de sang qui ne demandait qu'à se ruer sur ses proies… Zofia connaissait sa stratégie : une fois la charge lancée, les fouets de la sorcellerie prendraient l'ennemi à revers, lui coupant toute retraite et l'obligeant à en découdre en territoire rashemi.

Un sourire sombre ourla ses lèvres. Les envahisseurs apprendraient vite à leurs dépens que la Terre était sa propre meilleure défense.

L'ennemi parut. Avec lui s'évanouit le sourire de Zofia… Loin devant les cavaliers tuigans, l'infanterie arrivait par vagues.

Etrange, que tant de guerriers se présentent comme de simples fantassins… Les Tuigans faisaient tellement corps avec leur monture qu'on eût facilement pu les prendre pour des centaures. Et si les chevaux de la toundra n'avaient pas la férocité innée des poneys rashemis, ils n'en étaient pas moins des bêtes intelligentes et loyales à leurs maîtres jusqu'à la mort.

Soudain, Zofia comprit.

— Des Dierneszkits ! souffla-t-elle avec un coup d'œil à ses compagnes. Les Tuigans lancent sur nous esprits-qui-ont-fui !

Les deux femmes pâlirent. Dans cette contrée, les zombies étaient rares… et infiniment redoutés. Les hathrangs entonnèrent une invocation syncopée. Zofia les imita pour implorer les esprits des cours d'eau, des arbres et des roches de la vallée enchantée. D'une seule et même voix, les sorcières adjurèrent les esprits de s'arracher à leur milieu pour quelques instants, le temps de prendre possession des ennemis déjà morts et de les amener sous leur contrôle…

Leur appel magique survola la vallée, dansant au sein des brumes et caressant de son souffle éthéré les prairies printanières.

Mais les esprits, qui depuis plus de deux ans, se montraient de plus en plus capricieux, firent la sourde oreille.

Inexorable, la horde des morts-vivants avançait. Demeurant dans le périmètre d'un grand cercle d'herbe brunie par l'hiver qui marquait la terre à la façon d'une cicatrice, les cavaliers tirèrent sur les rênes de leurs montures.

La voix de Zofia se fêla.

— Comment est-ce possible ? murmura-t-elle.

L'emplacement des endroits de morte-magie était un secret jalousement gardé. Les Tuigans, eux, étaient réputés pour leur art raffiné de la torture. Mais en quelque circonstance que ce soit, quel Rashemi s'abaisserait à divulguer des informations aussi critiques ?

Fraeni, la benjamine du trio, mima une aspersion de sel en demi-cercle, devant elle – une protection contre la magie maléfique.

— Le Temps des Troubles, psalmodia-t-elle, quand la Triade gardait le silence, et que les héros d'antan arpentaient le monde… Notre pouvoir n'a plus jamais été le même…

D'un geste vif, l'Othlor écarta l'évidence.

— Mais le reste de la vallée n'a pas été touché par la morte-magie. Les esprits rattachés à un lieu – les *telthors* – sont ici. Je les sens. Seulement, je n'arrive pas à les *atteindre*.

— C'est un peu comme si on voulait chanter au diapason des Sœurs du Pic Rookery, renchérit la troisième sorcière en désignant l'avant-poste le plus éloigné. Nous les voyons, sans les entendre. Pas plus qu'elles ne nous entendent…

— En effet, répondit Zofia, sombre. Finissons-en… Les fouets !

Quantité d'armes animées – des hydres faites de magie et de cuir noir – surgirent de nulle part. Menaçantes, les pointes métalliques se redressèrent dans les airs en sifflant. Evoquant la foudre et le tonnerre, de sinistres craquements résonnèrent dans toute la vallée, se répercutant de pic en pic. Chaque fouet tailla cruellement dans la masse exsangue des cadavres ambulants…

… Qui avançaient toujours.

Mains jointes, les sorcières crièrent un mot de pouvoir aux échos envoûtants. De la vapeur jaillit de la terre en geysers meurtriers. La puanteur des chairs calcinées s'éleva.

Sans enrayer l'inexorable progression.

Océan d'ailes noires, les corbeaux répondirent à l'appel des sorcières. Piquant sur les charognes ambulantes, ils lacérèrent les chairs mortes et picorèrent des yeux tout aussi morts. Des plumes voletant par brassées, les zombies ripostèrent.

Pour finir, les corbeaux rompirent le combat, reprenant de la hauteur pour voler en cercle.

Encore et toujours, les morts-vivants progressaient.

Postée sur une corniche, une sorcière déchaîna le feu magique… qui n'atteignit jamais sa cible. Jailli d'un cours d'eau, une brume épaisse aux allures de dragon se rua sur la lance ignée, la gueule grande ouverte…

Il la goba tout entière. De la fumée s'échappant de ses naseaux, il replongea dans l'eau.

— Stupide ! grogna Zofia. On ne peut pas défendre la terre en l'attaquant ! Quelles sorcières serions-nous : créer ce que nous voulons en détruisant ce dont nous avons besoin ?

— Ces monstres n'appartiennent pas au monde naturel ou spirituel, objecta Fraeni. Alors comment les combattre ?

Zofia désigna les bersekers, qui s'impatientaient.

— C'est leur guerre, maintenant.

A cet instant, le Seigneur de Fer donna le signal. Les Crocs lancèrent leur monture au grand galop, piétinant les zombies et les taillant en pièces.

Mais les morts-vivants ne mouraient pas comme des hommes. Ils entraînaient les chevaux dans leur chute. Démembrés, écartelés, éviscérés, ils enfonçaient encore leurs doigts osseux dans les corps bien vivants de leurs ennemis pour les déchiqueter avec une force et une volonté proprement démoniaques… Plus d'un cavalier inconscient du danger talonna sa monture quand, telle une araignée invisible, une main tranchée remontait la croupe de l'équidé pour atteindre l'homme…

Sous le regard de Zofia, le coup de taille du Huhrong coupa un zombie en deux au niveau de la cage thoracique. La partie supérieure tourbillonna follement, à la recherche d'une prise. Et ses bras se refermèrent à l'aveuglette sur l'encolure d'un poney…

De ses mâchoires, l'être immonde égorgea l'animal.

Ses viscères grisâtres traînant dans la poussière, la partie inférieure tituba sur ses jambes, perdue au cœur de la mêlée. Un poney noir la percuta. Son cavalier désarçonné disparut sous une ignoble masse de morts-vivants.

Où que Zofia tournât ses regards, la même scène se répétait à l'infini, avec de macabres variantes. Le front plissé, elle sonda l'extrémité du champ de bataille. Les cavaliers tuigans restaient où ils étaient, dans le cercle de morte-magie que nul fouet ou sortilège ne pouvait atteindre… Elle avait prévu une telle possibilité – par un caprice du hasard sinon de propos délibéré. Mais elle ne s'en était pas inquiétée outre mesure…

Après tout, les esprits vagabondaient où ça leur chantait.

Alors… pourquoi ce silence ?

Zofia *sentit* le destrier de Mahryon trébucher, et son fils rouler dans la poussière avant même que son regard ne vole vers lui. Et qu'elle voie son sang imbiber la terre… Il leva l'épée, encore et encore, contre la masse grouillante des monstres qui l'entraînaient à sa perte…

Zofia ne vit plus l'homme, mais sa flamme brûlait ardemment dans le cœur et l'âme de sa grand-mère…

Une flamme mouchée d'un coup, telle une chandelle au vent.

Une plainte déchirante monta de la gorge de la vieille femme épouvantée…

Mahryon, son premier-né, son bébé, son cœur !

Ses compagnes plus jeunes l'enlacèrent pour la soutenir, puis prolongèrent son hurlement en un cri de pouvoir.

Des bourrasques arrachèrent du sol des dizaines de zombies comme autant de feuilles mortes et les firent tourbillonner dans les airs. Les bersekers qui étaient sur le point d'être réduits en bouillie se relevèrent et revinrent à la charge au mépris de leurs blessures.

Refoulant son immense chagrin, Zofia chercha des yeux son petit-fils. Toujours en selle, Fyodor poussa un long cri de rage, porté par les ailes du vent – un hurlement tellement semblable à celui de Zofia qu'on eût dit un écho répercuté par les montagnes. Son poney voltant, ruant et mordant sans trêve ni répit, Fyodor repoussa une poignée de zombies, puis fonça vers l'endroit où son père venait de disparaître. Le jeune homme sauta de selle, se réceptionnant et courant dans un même élan. Alors que le poney voltait de nouveau, son maître ramassa l'épée de Mahryon.

Lame brandie vers les cieux, Fyodor poussa un autre

hurlement féroce et chargea. Il faucha les morts-vivants avec l'aisance d'un fermier moissonnant le seigle. Au grand étonnement de Zofia, il continua sa charge en direction des cavaliers tuigans.

— Quel courage ! exulta Fraeni. Mais que peut une seule épée ?

Comme s'il l'avait entendue, Fyodor rengaina sa lame sans cesser de foncer. Puis il s'empara d'un des fouets ensorcelés qui planaient dans les airs, inoffensifs…

Les trois sorcières retinrent leur souffle. Toute la vallée refléta leur étonnement…

Le temps s'arrêta.

Les lanières de cuir noir se dardèrent, tel un tourbillon gris nébuleux…

Le premier coup de Fyodor enveloppa un cavalier ennemi avec une force à lui briser tous les os. Quand le jeune homme replia le bras, des lambeaux de chair se collèrent aux mèches du fouet. Enervé par le craquement violent et la fontaine de sang qui en résulta, le cheval hennit de frayeur et se cabra.

Son cavalier désarçonné fut projeté sur un autre guerrier.

Fraeni cisailla l'air d'une main furibonde – le geste réservé aux Rashemis qui bafouaient les lois cardinales de la terre.

Surprenant le coup d'œil incrédule de Zofia, elle se défendit :

— Ce garçon est fou ! Manier un fouet de sorcière, c'est la mort assurée !

— Oui, il est fou, répondit Zofia. Et oui, c'est la mort… Louée soit la Triade !

Brisant l'encerclement, d'autres bersekers s'en prirent aux cavaliers tuigans, esquivant leurs estocs et les ruades des chevaux.

Fyodor continua sur sa lancée suicidaire, acharné à déchiqueter les envahisseurs à coups de fouet, à les désarçonner et à plonger les destriers ennemis dans une panique aveugle.

Une fois qu'ils mordaient la poussière, les envahisseurs étaient pratiquement à la merci des défenseurs du Rashemen. Les Crocs les repoussaient du cercle fatidique de morte-magie, dans la vallée où les attendaient les fouets de sorcière…

Les Rashemis se joignirent au chant mortel de Fyodor, harcelant les Tuigans pour les repousser vers Imiltur, l'armée qui les guettait de pied ferme et, au-delà, jusqu'au lac des Larmes.

Quand tout fut consommé, Zofia envoya les sorcières sauver les guerriers qui pouvaient encore l'être. Un travail sinistre et dangereux, que de séparer les blessés des cadavres, et les cadavres des morts-vivants… Mais elles ne seraient pas seules : les cieux étaient déjà noirs de corbeaux. Et dans les ombres qui s'allongeaient sur le Bois aux Frênes, les hurlements des loups se multipliaient.

Zofia se plongea rapidement en transe, glissant dans l'entre-monde grisâtre qui reliait les vivants aux royaumes des esprits. Elle invoqua les Sœurs gardiennes des Tours de guet d'Ashane. Il fallait les prévenir de ce qui les attendait.

Elle contacta d'abord l'esprit de la première Gardienne, la sorcière du portail d'outre-monde, et lui expliqua l'essentiel sans recourir au verbe. La tour dûment avertie, Zofia passa à la suivante, puis à la suivante… où aucune sorcière en transe ne surveillait le portail.

Là, elle se heurta à un tourbillon d'esprits déplacés…

Et une bouffée de puissance occulte la fit voltiger à travers la pièce.

Le monde gris explosa en une souffrance incandescente…

Tout devint noir.

Zofia n'entendit pas les guerriers venir, et elle n'aurait su dire qui eut l'effronterie de lui verser dans la bouche une gorgée de *jhuild*. Elle revint à elle en s'étouffant. Ses premières paroles furent des jurons bien sentis, un souvenir du temps de sa formation guerrière.

Une main fine l'aida à se remettre sur pieds.

— Garde ça pour les Tuigans, Zofia.

Elle découvrit le visage âgé du Huhrong, puis celui, livide, du jeune homme qui se tenait un peu en retrait.

— Nous avons de nouveau gagné, Hyarmon Hussilthar. Si nous trinquions à la victoire ?

— L'heure de la fête n'a pas sonné, répondit le Huhrong, glacial. Le jeune Fyodor a quitté les rangs, et il devrait être châtié en conséquence.

Zofia ricana.

— Quitté les *rangs* ? Ta vue aurait-elle baissé au point de confondre nos bersekers avec les Dragons Pourpres du Cormyr, Hyarmon ? Les hommes du Rashemen ne marchent pas au combat comme des fourmis.

Le vieil homme s'empourpra.

— Des loups attaquent avec plus de discipline et d'ordre !

— Avec moins de férocité aussi, souligna Zofia, avant de désigner Fyodor. Ce jeune guerrier a fait tourner la bataille à notre avantage et tu le sais.

D'une main tendue par-dessus son épaule, le Seigneur de Fer tira de son baudrier une longue lame noire, qu'il jeta sur le sol avec un claquement sec.

Le glas d'un guerrier.

— Je ne nierai pas que le jeune Fyodor a fait son devoir, reprit le Huhrong, d'humeur moins tranchante. Maintenant, je dois accomplir le mien, et toi, le tien.

C'était la loi de la terre, fille de l'implacable nécessité. Zofia ne pouvait s'opposer à cette exigence. Après un hochement de tête – un acquiescement et un renvoi sommaire –, elle le regarda s'incliner avant de quitter la pièce.

Elle se pencha pour ramasser l'arme, et la tendre à bout de bras… Une belle lame droite, aussi bien forgée que n'importe quelle épée du Rashemen. Lourde aussi.

Pourtant dans la force de l'âge, Zofia n'aurait pas pu la tenir ainsi plus d'un instant... De telles épées étaient presque impossibles à manier, sauf dans la fureur du combat... L'épée n'avait pas de fil. C'était pour ainsi dire une matraque, pas une arme tranchante. Un berseker pris de frénésie devenait aussi dangereux pour lui-même que pour son entourage. Et aux yeux des Rashemis, mourir de sa propre main, de sa propre épée, était le pire des déshonneurs.

Zofia se tourna vers le jeune homme, lisant dans ses yeux une morne résignation. Mais avant qu'elle puisse reprendre la parole, un nuage magique chatoya, à l'autre bout de la pièce de la tour, et se solidifia. Les corps de trois sorcières du Rashemen – les femmes dont la mort avait failli entraîner la sienne – avaient réintégré la place forte la plus proche.

L'épée noire lâchée, Zofia se précipita vers ses sœurs. Son esprit se cabra devant la gravité de leurs blessures, admettant seulement qu'elles avaient connu une fin horrible. Deux d'entre elles portaient encore le masque noir de rigueur pour les déplacements et les incantations.

La troisième gardait un visage aux traits calmes et reposés en dépit de la violence de son trépas. Elle paraissait si jeune et belle dans la mort !

Et si familière...

Le cœur brisé, Zofia tomba à genoux et retira doucement le masque qui couvrait les traits âgés de Zhanna, sa sœur jumelle. Repoussant avec tendresse une mèche grisonnante, elle pria pour son âme.

Une vie entière consacrée au devoir l'aida à surmonter momentanément ce nouveau coup du sort. Les doigts ne tremblant pas, elle attacha le masque à son ceinturon. Par la suite, elle rappellerait Fraeni, lui remettrait le masque et l'enverrait tenir la Tour de guet contre les assauts de l'ennemi.

Zhanna, une des plus puissantes sorcières de la région, avait été la gardienne de bien des trésors. Outre le Masque de Danigar, elle s'était vu confier un bâton de souhait d'ébène et… la tache de découvrir l'antique puissance celée par l'amulette appelée le Marcheur de Vent.

Gagnée par un sombre pressentiment, Zofia glissa la main sous le haut col de sa sœur, en quête de la chaîne.

Envolée… prise par les sorciers qui venaient d'assassiner Zhanna.

Envolé, lui aussi, le rêve de sa sœur… Selon les vieux contes, le Marcheur de Vent avait le pouvoir de lier et de briser, de guérir et de détruire… Zhanna avait eu la conviction que l'amulette jouerait un rôle critique dans la restauration de la magie du Rashemen.

Soudain terrassée par tant de douleur, Zofia eut la vue brouillée. La pièce tournant follement autour d'elle, la sorcière sentit tout son être se tendre vers l'essence de sa jumelle, outre-tombe.

— Grand-mère ?

La question hésitante, modulée d'un timbre de voix grave, ramena brutalement Zofia à elle. Se relevant d'un mouvement souple, elle se composa un masque de sereine majesté avant de se tourner face à Fyodor.

Pâle et hagard, le jeune guerrier titubait d'épuisement. Qu'il tînt encore debout tenait du miracle. Après leur frénésie sanguinaire, l'accès de faiblesse qui fondait sur les guerriers du Rashemen pouvait être aussi dévastateur, à sa façon, que la furie des combats.

Le cœur étreint par la fierté et le chagrin mêlés, Zofia dévisagea son petit-fils pour la dernière fois. Fyodor, le digne fils de son père… Un jeune homme fort et une âme farouche. Aussi jeune qu'il fût, on avait envisagé de lui confier le commandement de son propre Croc.

Le cœur lourd, elle reprit l'arme noire à deux mains.

— Tu as apporté l'honneur au Rashemen, dit la sorcière d'une voix douce.

Elle s'émerveilla de prononcer sans flancher les

paroles rituelles. Elle dut tout de même déglutir avec peine avant de conclure :

— Livre ton dernier combat avec honneur.

Acceptant sans hésiter la sentence de mort, le jeune homme prit l'arme.

Une mort honorable, certes, mais une mort, quoi qu'il en soit.

Zofia leva une main pour esquisser le signe de bénédiction accordé aux défunts et aux mourants… et ne put cette fois aller jusqu'au bout.

La sorcière et le jeune combattant restèrent longuement figés dans cet étrange tableau.

Puis le bras de Zofia retomba le long de son flanc.

Elle n'en pouvait plus… tant de morts…

La sacoche de ses pierres augurales frémit, comme si les vieux ossements s'ébrouaient de leur propre chef. Elle y puisa une poignée de pierres gravées et les jeta au sol.

Elles encerclèrent le condamné, aussitôt cerné par des images translucides et mouvantes… trop nombreuses et trop fugaces pour que Zofia en capte le sens. Celle qui retint son attention concernait un corbeau aux yeux dorés portant au jabot une amulette antique : une dague d'or usé gravée de runes.

— Le Marcheur de Vent…

Ce simple mot, dans la bouche de Zofia, évoquait le sifflement de vents violents dans les arbres hivernaux…

Le don de double vue.

— Tu trouveras le Marcheur de Vent. Rapporte l'amulette. Elle liera et brisera, guérira et détruira. Tu l'amèneras au Rashemen, et elle te ramènera chez toi.

Les images qui dansaient autour de Fyodor s'estompèrent. Le pouvoir invoqué par la sorcière s'éloigna, telle une queue d'orage.

— Le Marcheur de Vent, répéta Zofia d'une voix radoucie, devant la perplexité de son petit-fils. Cet artefact antique appartient à notre peuple. Tu dois le retrouver et le rapporter.

Le guerrier eut un pâle sourire. Arme levée, il saisit la lame en passant délibérément la main sur le tranchant inexistant, avant d'exhiber sa paume intacte.

— Je viens d'être déclaré *nydeshka*, une « épée émoussée ». En vertu des lois rashemies, je suis un homme mort.

— C'est ton excuse pour refuser d'obéir à l'Othlor ? riposta sèchement Zofia. Si je te dis de partir, tu partiras.

Fyodor pinça les lèvres.

— Je me soumets à nos traditions. Tout berseker incapable de maîtriser sa rage mérite la mort. Mais quel acte déshonorant ai-je donc commis, grand-mère, pour que tu me condamnes à l'exil ?

— Considère que c'est ton *darjemma*, dans ce cas.

A l'aube de leur maturité, les jeunes Rashemis entreprenaient ce voyage initiatique.

— Aucun adolescent n'est plus parti en *darjemma* depuis l'invasion des Tuigans. Voudrais-tu que j'abandonne le Rashemen dans pareilles circonstances ?

— Ne viens-je pas de te l'ordonner ?

D'un hochement de tête, Fyodor s'inclina. Mais livra encore une longue bataille silencieuse contre sa fierté.

Puis il reprit la parole avec dignité.

— Je suis prêt à mourir… dans mon pays. Ne condamne pas mon esprit à errer dans des territoires inconnus, à l'instar des Tuigans tombés au combat.

Zofia fut étonnée. Elle pensait que seules les sorcières percevaient ces âmes en peine, exilées pour l'éternité.

— Tu vois des fantômes ?

Il hésita.

— Parfois, oui… Du coin de l'œil. Quand j'essaie de les regarder bien en face, ils se volatilisent… Et lorsque je leur parle, ils ne répondent pas.

Une description troublante de la situation classique

avec les esprits... Fyodor était donc un Médium. Quoi d'étonnant, quand on considérait que les hommes du clan comptaient au nombre des *vremyonni* – les Anciens, les rares mâles à posséder des dons magiques ? Ils forgeaient des armes ensorcelées – et de nouveaux sortilèges.

Zofia envisagea d'en parler à son petit-fils, mais... n'avait-il pas déjà assez de poids sur les épaules ?

— J'envoûterai ton épée afin qu'elle devienne tranchante. Mais seulement contre les étrangers. Ainsi armé, tu auras toutes tes chances de revenir au Rashemen, ton honneur pleinement lavé.

— Et si j'échoue ?

— J'enverrai un Chasseur de Lune à ta recherche pour te ramener. Par ma foi d'Othlor et par le pouvoir de Mère Rashemen, je te le promets, quel que soit le dénouement de ta quête, ta dépouille reposera sous les cieux de notre patrie. Mon serment te rassérène-t-il ?

Malgré la gravité de sa situation, les yeux bleu arctique de Fyodor s'illuminèrent d'émerveillement... comme chez ceux pour qui rien ne valait le récit des légendes antiques, et qui y puisaient leurs plus grandes joies.

— Les Chasseurs de Lune existent vraiment ? Je croyais à de simples légendes ! En connais-tu réellement un ?

— N'est-ce pas ce que je viens de dire ?

Dépassé par ce prodige, Fyodor exhala un long soupir en passant une main nerveuse dans sa chevelure noire. Il eut un sourire bien trop... fin et mature... pour son âge.

— Quelle époque étrange nous vivons ! Une épée émoussée envoyée accomplir la quête d'une sorcière, et un Chasseur de Lune aux trousses d'un mort en sursis... Quel est le fin mot de l'histoire, grand-mère ? De quoi parlons-nous *vraiment* ?

Elle fut d'une parfaite franchise.

— Je ne peux pas te le dire.

Il la dévisagea longuement. Avant de conclure d'une voix douce :

— Avec tout le respect que je te dois, Zofia Othlor, il me semble que si tu ne peux rien me dire, c'est bien parce que tu ignores toi-même la réponse à cette question.

En vérité, il était décidément trop lucide, cet enfant de sa chair et de son sang.

— Trouve le Marcheur de Vent, répéta-t-elle. Et tu trouveras ta destinée. Peut-être même celle de tout le Rashemen.

REPRISE

DES ENNEMIS INVAINCUS

Port au Crâne
(Calendrier des Vaux 1361)

Dans beaucoup de tavernes aquafondiennes, on entend des ballades à propos d'une antique cité condamnée par la malveillance de sa propre population. A en croire les bardes, la roche et la mer engloutirent la ville damnée, et les dieux élevèrent une immense pierre tombale pour marquer le cataclysme.

Les fêtards qui, de leur voix avinée, reprenaient le refrain en chœur ne se doutaient pas qu'ils trinquaient à l'ombre de cette « pierre tombale » – le mont Eau Profonde. Peu d'entre eux se doutaient que la cité de Port au Crâne s'étendait sous leurs pieds, et qu'elle était loin d'être morte.

Les ruelles et les bouges de Port au Crâne s'agglutinent le long d'énormes grottes, et des réseaux de tunnels grêlent le territoire nord avant de s'enfoncer sous le niveau de l'océan.

A l'écart d'un de ces sombres habitats, une silhouette fugace flottait sous la voûte d'un boyau. L'être lévitait grâce à sa magie drow, bien au-dessus des protections et des alarmes propres à trahir sa présence. Il se faufilait de corniche en corniche, se rapprochant de l'instant qui avait hanté ses rêves depuis le jour où il avait rencontré Liriel Baenre.

Fils du sorcier Nisstyre et bras droit du commandant

de la compagnie de mercenaires le Trésor du Dragon, le guerrier Gorlist cherchait à faire abstraction du fracas des armes qui se répercutaient à flanc de roche tandis que des Drows s'affrontaient dans des tunnels voisins. L'ennemie dont il désirait la mort par-dessus tout ne se trouverait pas parmi les prêtresses guerrières d'Eilistraee.

Une chaleur suspecte lui caressa la joue gauche... Il plaqua une main sur le tatouage – un dragon – gravé à l'encre magique : un talisman qui l'avertissait de la proximité des dragons, et dont la couleur signalait leur race et leur nature.

Là, aucune teinte ne filtra entre les doigts du Drow. Il s'agissait donc d'un dragon des profondeurs, une créature des ténèbres.

Gorlist fronça les sourcils. Pharx, à coup sûr... Qui d'autre souffrirait la présence d'un intrus si proche de son antre ? Toute bataille à laquelle se joignait ce puissant allié était dramatiquement écourtée. Ses interventions se révélaient toujours décisives. Naturellement, la victoire importait. Mais Gorlist se souciait avant tout de vengeance.

D'un claquement impatient de ses doigts d'ébène, il dissipa le sort qui le maintenait dans les airs et piqua tel un corbeau sur le sol où il se réceptionna souplement avant de partir au pas de course.

L'heure n'était plus à la discrétion ni au secret.

Semant dans son sillage des explosions aveuglantes et les mugissements stridents d'alarmes magiques, il courut vers l'antre de son père. La paroi se brouilla, laissant passer un ettin bicéphale de dix pieds de haut, qui lui barra le passage de sa masse considérable. Le monstre brandissait un gourdin hérissé de pointes. Gorlist traversa l'illusion criante de vérité avec l'aisance d'un lutin batifolant dans un arc-en-ciel.

Le boyau décrivait une courbe avant d'aboutir brutalement sur un cul-de-sac. Sans ralentir le moins du monde, Gorlist négocia le virage serré et fonça droit dans le mur…

La « pierre » céda et il fracassa dans son élan une porte dérobée.

Le bois vola en éclats et des grimoires tombèrent alors que la bibliothèque s'écroulait. Au terme d'une roulade avant, Gorlist se redressa en position de combat, une longue dague dans chaque main. D'un coup d'œil exercé, il jaugea le petit champ de bataille.

L'étude de son père était déserte.

C'était aussi un désastre… Des lézardes couraient le long des parois. Des œuvres d'art pendaient de travers, ou gisaient en morceaux sur les mosaïques du sol, également détruites comme par un tremblement de terre.

Une partie de la voûte éventrée, des gravats s'amoncelaient au pied d'un mur. De la poussière voletait encore partout. L'eau d'un ruisseau gouttait sur les décombres.

Gorlist hocha la tête. Pour lui, tout était clair. Comme il l'avait anticipé, Liriel Baenre avait voulu reprendre l'artefact dérobé par Nisstyre… Le sorcier avait invoqué un mini séisme – une contre-attaque futée. Les peuples d'Ombre-Terre ne redoutaient rien de plus au monde que les phénomènes sismiques. Il n'y avait pas eu mieux pour contraindre l'insolente à battre en retraite en terrain découvert – là où Nisstyre aurait tous les avantages.

Euphorique à l'idée de verser le sang, le guerrier traversa les décombres et fonça le long du tunnel conduisant au trésor du dragon. Pharx y serait, prêt à défendre son butin du bec et des ongles. Le champ de bataille idéal aux yeux de Nisstyre !

Gorlist y était presque quand un hurlement d'angoisse frappa ses tympans. Sans ralentir, le guerrier rassembla d'une main les pans de sa cape pour se draper d'invisibilité.

Il surgit sur la corniche qui faisait le tour de l'immense grotte, les yeux plissés devant l'éclat aveuglant des torches – du moins, c'est ce qui lui sembla. Des ombres dansaient le long des parois de la grotte au trésor. Un imposant monticule d'or et de pierres précieuses dominait l'antre de Pharx, scintillant à la lumière des torches fumantes insérées dans des supports muraux.

Et, avec une grâce consommée, l'objet de la haine féroce de Gorlist escaladait la montagne qui brillait de tous ses feux…

Liriel n'avait pratiquement plus rien d'une aristocrate pomponnée de Menzoberranzan. La princesse d'autrefois portait une simple tenue de cuir noir, et une épée des plus solides battait son flanc. Sa luxuriante chevelure blanche cascadait sur ses épaules telle une chute d'eau sauvage. Si Gorlist ne voyait pas le visage de son ennemie, ses traits étaient gravés dans sa mémoire : le pli si patricien de son petit menton volontaire, l'ambre félin de son regard si hautain…

Liriel…

Brûlant de haine, il ne voyait plus qu'elle !

Son regard perçant capta une anomalie : une coulée d'or au milieu du bric-à-brac d'objets précieux… Le musc âcre du dragon couvrait une odeur de chairs calcinées… Certes, dans l'antre de ces reptiles, ça n'avait rien d'insolite. Mais là… La puanteur était tenace.

Les yeux de Gorlist tombèrent alors sur un Drow mourant pris jusqu'à la taille dans de l'or fondu en train de refroidir…

Nisstyre !

C'était bien lui, malgré les ravages exercés par une fournaise capable de fondre de l'or. Et, comme enchâssé dans son front calciné, un rubis pulsait faiblement au rythme de ses forces vitales déclinantes.

Liriel le lui arracha et contempla ses profondeurs sibyllines ainsi qu'elle l'eût fait avec une pierre de divination – ce, qu'après tout, le rubis était précisément. Elle accueillit le témoin invisible de la scène avec le sourire d'une reine pour un rival vaincu ou celui d'un chat pour sa proie…

— Tu as perdu !

Comme sous l'embrasement de la colère, une lueur écarlate explosa… et mourut.

Le rubis ainsi momentanément vidé de sa magie, Liriel dévala le monticule.

Toi aussi ! pensa Gorlist en avisant l'ombre qui avançait subrepticement, sur la paroi opposée.

L'ombre d'un dragon…

Quand le reptile ailé apparut, Gorlist étouffa un blasphème. Ce n'était pas Pharx, mais une petite femelle pourpre bicéphale attirée par la bataille… Non sans l'avoir payé cher, comme en attestaient de vilaines blessures à l'acide, sur son dos, elle avait eu le dessus sur Pharx.

Liriel accueillit ce nouvel adversaire avec un sourire féroce. Ils échangèrent quelques mots que Gorlist ne put pas entendre. Le dragon semblait vouloir continuer, quand sa tête gauche succomba soudain à ses blessures. D'énormes yeux reptiliens roulèrent dans leurs orbites et le crâne retomba, sans vie.

La tête droite contempla la fin de la gauche avant de se tourner vers Liriel.

— J'avais peur de ça…

Et à son tour, la tête droite s'écroula sur le trésor de Pharx.

Tombant à genoux, Liriel passa les bras autour du cou de son amie.

— Bon sang, Zip !

La tête droite eut un soubresaut.

— Un conseil… Ne te fie pas à ton humain chéri… Quel sinistre crétin ! Il a proposé de me suivre dans l'antre de Pharx pour me prêter main-forte ! En retour, il voulait seulement que je le tue s'il osait lever l'épée contre les Drows de Qilué… Le meilleur marché qu'on m'ait jamais offert…

Dans les yeux du dragon, que toute lumière abandonnait, brilla une ultime lueur complice.

— Tu es seule, maintenant…

Gorlist plissa le front… Epée noire au poing, un jeune homme venait d'apparaître, les yeux rivés sur la Drow.

— Il vit…, grommela Gorlist dans sa barbe, dégoûté.

Dire que feu son père et lui-même s'étaient montrés incapables d'occire cet humain insignifiant ! Quand ils l'avaient vu pour la dernière fois, il gisait, inerte, près d'un feu de camp mourant… Les mercenaires drows avaient vu seulement ce que Liriel avait voulu qu'ils voient : son corps dévêtu (quelle diversion de choix !) et l'humain « mort »…

La vérité s'était tapie derrière la fascination des elfes noirs pour ce jeu fatal : le « Baiser de l'Araignée », ainsi appelé en l'honneur de l'arachnide femelle qui s'accouplait et tuait le mâle.

Bien joué ! Gorlist en conçut même une admiration réticente pour son ennemie… Avant de se reprendre vite.

Toute la perfidie de Liriel semblait maintenant du passé face à la mort du dragon. Comme sourde au tumulte des armes qui se rapprochait, elle tentait de bercer dans ses bras l'énorme crâne pourpre.

Le guerrier drow ricana tout bas. C'était donc ça, la faille de la princesse… Si la perte d'un dragon l'affectait autant, qu'est-ce que ce serait quand son humain apprivoisé serait étendu à ses pieds, pour de bon cette fois !

Vibrant d'anticipation, épée dégainée sans un bruit, Gorlist se glissa, invisible, vers le couple qui ne se doutait de rien.

Reposant en douceur la tête du dragon, Liriel se releva… et se retrouva en sursaut devant son compagnon. A la vitesse de l'éclair, sa stupéfaction se mua en une colère livide. Elle repoussa le jeune homme vers un des tunnels de sortie en criant :

— Sors d'ici, idiot de… d'*humain* !

Fyodor pivota vers le tunnel principal d'où montait le vacarme…

— Trop tard, lâcha-t-il mornement.

A cet instant, une faible aura magique le nimba… à peine perceptible aux yeux si sensibles du guerrier invisible.

Et, entre deux battements de cil, l'humain grandit et gagna en force.

L'observateur retint son souffle. Une fois déjà, il avait vu cet être apparemment ordinaire se transformer en berseker. Gorlist se rappelait peu la bataille en question, ses souvenirs balayés par les potions thérapeutiques qu'il avait dû prendre pour échapper à la mort.

Avant ce jeune homme, nul ne l'avait vaincu à l'épée.

Gorlist brûlait de laver cet affront dans le sang de l'humain.

Liriel brandit une amulette d'or familière. Le Marcheur de Vent… L'artefact qui avait eu tant d'importance aux yeux de Nisstyre…

Elle arracha une fiole cabossée du ceinturon de son compagnon, la déboucha d'un coup de dents et en versa lentement le contenu sur l'amulette.

Le choc pétrifia Gorlist. Son père avait convoité l'objet pour ses capacités à retenir une magie étrange et puissante… Grâce à ce trésor, Liriel avait pu conserver ses dons innés à la surface du monde – un exploit dont bien peu de Drows pouvaient se targuer…

Et elle se proposait maintenant de renoncer à cet atout majeur ?

Incroyable, inconcevable ! Quel Drow céderait de son plein gré pareil avantage ?

Gorlist brûlait de se dévoiler, de vaincre l'humain et de savourer la douleur que sa mort brutale infligerait à Liriel…

Le jeune homme psalmodia d'une voix grave. Si

Gorlist ne comprit pas le sens de l'incantation, le rituel qui la sous-tendait ne lui échappa pas.

Tout atermoiement compromettrait son objectif premier. Mieux valait éliminer le mâle sans tarder et profiter pleinement du second meurtre…

Toujours invisible, Gorlist bondit, l'épée haute.

La métamorphose de l'humain se conclut par une bouffée de croissance magique, si soudaine et si puissante qu'elle le fit tituber. Le coup mortel qui aurait dû lui fendre le crâne ripa sur du cuir chevelu. Mais l'entaille était assez profonde pour, faute de soins immédiats, entraîner la mort.

D'un coup d'œil, Gorlist le comprit, ravi de voir le sang affluer si vite.

Le chant rituel interrompu, le jeune homme s'effondra…

Chancelant sous son poids, Liriel rattrapa son ami dans ses bras et, non sans difficulté, l'étendit sur le sol. En voyant l'os nu de sa boîte crânienne, sous la coupure, elle lâcha un petit cri d'effroi.

Les plis de sa cape repoussés, Gorlist se dévoila, son épée dégoulinante de sang au poing.

— C'est ton tour ! cracha-t-il avec une profonde satisfaction.

Liriel se figea, levant vers lui un regard d'une froideur mortelle. Et vibrant de cette haine glaciale dont seuls les Drows pouvaient se prévaloir.

Il n'y brillait aucun chagrin et nulle douleur.

Gorlist se sentit étrangement floué.

— Au corps à corps ! feula-t-elle.

Incapable de réprimer une grimace ravie, il hocha la tête. La princesse était bien plus affectée qu'elle ne le laissait paraître… La tête froide, elle n'aurait jamais accepté de se mesurer à un adversaire bien meilleur qu'elle à l'épée !

Le Marcheur de Vent rangé, la princesse prit une longue dague à son ceinturon.

Ils croisèrent le fer. La violence du premier impact surprit Gorlist… et déchaîna sa furie.

A toute vitesse, il multiplia les feintes et les coups potentiellement mortels. Envolé, son rêve d'infliger à son ennemie une fin lente et atroce !

Mais depuis leur dernier affrontement, la princesse avait progressé… Aussi vive que lui, si elle ne pouvait espérer le battre, elle n'en déviait pas moins toutes ses attaques avec succès. Cependant… plus fort qu'elle, Gorlist, lentement, inexorablement, l'acculait à la paroi… où il la clouerait bientôt avant de l'y laisser pourrir.

En dépit de sa rage sanguinaire, il vit du coin de l'œil une Drow courir d'un pas léger, à l'autre bout de la grotte… Ses prêtresses sur les talons, la magnifique Qilué d'Eilistraee arrivait !

Gorlist devait vaincre *maintenant*.

Ou jamais.

Mais les nouvelles venues ne prêtèrent pratiquement aucune attention au duel. Dans un chœur tintinnabulant d'épées argentées, elles foncèrent vers les mercenaires que d'autres Drows victorieuses rassemblaient dans la grotte.

Liriel aussi avait remarqué l'arrivée de ses alliées. Oubliant dans son soulagement les inégalités du terrain et les objets épars, la princesse céda à sa première impulsion en se précipitant vers elles. Elle trébucha sur une coupe sertie de pierres précieuses et tomba sur un genou.

Epée dardée vers le cœur de la princesse, Gorlist plongea…

Plus rapide encore, Liriel sauta en hauteur. Avant que son adversaire, emporté par son élan, puisse se reprendre, elle tournoya dans les airs comme un derviche et lui décocha un coup de pied.

A son immense étonnement, Gorlist se sentit partir à la renverse, et tomber… sans fin. Le sol de la grotte au trésor se déroba, le plongeant dans un maelström de tourbillons scintillants et de vents magiques.

Avant que son cœur, qui s'était arrêté net sous le choc, se mette à battre la chamade, il s'enfonça comme une pierre dans des eaux noires et froides… Luttant contre l'instinct de remplir ses poumons d'air, il commença à nager pour rallier la surface au plus vite.

Ce qu'il venait de se passer ? Limpide ! D'une façon ou d'une autre, les prêtresses d'Eilistraee avaient dû avoir vent du portail magique dissimulé sous les eaux sombres de Port au Crâne. Dévoyant certains mercenaires du Trésor du Dragon, elles avaient volé les médaillons permettant d'accéder audit portail…

Liriel le savait – comme elle savait où trouver précisément le portail magique. Sa « retraite » avait été joliment calculée, jusqu'au moindre faux pas !

Le comprendre peina presque autant Gorlist que la brûlure de ses poumons asphyxiés.

La surface crevée, il aspira goulûment de longues bouffées d'air. Se passant une main sur les yeux, il tenta de sonder la lueur aveuglante.

La situation était grave. Des enfants drows – des esclaves de premier choix en partance pour une lointaine ville drow du sud –, se pelotonnaient les uns contre les autres, sur l'embarcadère. Leurs yeux rouges vigilants réfléchissaient la lumière du navire-prison en flammes.

Le second vaisseau de Gorlist était intact – mais les raisons de se réjouir s'arrêtaient là. Le maître d'équipage minotaure gisait en travers du bastingage, le dos à la fourrure brune hérissé de flèches. Le nid de la vigie brûlait avec ardeur. L'archer drow qui s'y trouvait avait tenté de bondir à l'abri… et s'était empêtré dans les enfléchures. A sa tenue criarde de cuir écarlate, il s'agissait d'Ubergrail, le meilleur archer du Trésor du Dragon. Tel un insecte englué dans la toile de Lolth, il se balançait là-haut, transpercé par ses propres flèches rouges…

Qilué était connue pour avoir un sens de la justice troublant.

Témoins muets de la défaite des mercenaires, d'autres formes indistinctes dansaient autour de Gorlist une valse macabre dans l'eau trouble…

Les derniers survivants livraient encore un combat acharné. Ragaillardi, Gorlist nagea vers son bateau, saisit le cordage d'une des ancres et se hissa hors de l'eau. Une bouffée de lévitation magique le fit passer par-dessus le bastingage, avant qu'il ne se réceptionne sur le pont, près d'un camarade.

Alors qu'il se redressait, ce « camarade » pivota et lui décocha un tel direct au menton que sa tête partit violemment de côté. Mais Gorlist avait en partie accompagné le mouvement pour amortir l'impact et s'écarter du traître. Dégainant son épée tout en tournant sur lui-même, il battit furieusement des cils pour tenter de chasser les étoiles qui dansaient devant ses yeux.

En position de combat, le Drow de haute taille aux cheveux argentés attendit que Gorlist reprenne ses esprits.

Stupide attitude chevaleresque ! Et cette chevelure argentée…

A coup sûr, il s'agissait d'un adepte de la déesse honnie, Eilistraee.

D'un fléchissement insultant des doigts, Gorlist lui fit signe d'attaquer.

Le Drow aux cheveux d'argent le défia de son épée levée.

— Au nom de la Demoiselle Noire et de notre Dame Qilué !

Le mercenaire serra le poing, lui décochant un dard dissimulé dans son étui d'avant-bras. Aussitôt, son adversaire dévia le projectile avec son épée. L'explosion aspergea la lame d'un liquide noir visqueux.

En moins d'un battement de cil, le métal de la lame et de la poignée se liquéfia. Un phénomène trop fulgurant pour que le Drow comprenne ce qui le guettait ou ait le temps de réagir en jetant son épée loin de lui…

La chair et les os furent dissous avec le métal.

Effaré, le défenseur tituba en arrière, ses yeux fous rivés sur les bouts d'os qui saillaient de son poignet fumant.

La seconde suivante, dos au mât d'artimon, il s'effondra.

Gorlist lui plongea l'épée entre deux côtes – pas assez profondément pour l'achever, juste ce qu'il fallait pour le maintenir vaguement debout.

Sa victime ne parut même pas se ressentir de cette nouvelle blessure.

— Regarde-moi, souffla-t-il d'une voix douce.

Des yeux hébétés se relevèrent vers lui.

— Ne suffit-il pas que nous devions répondre de nos actes devant les prêtresses de Menzoberranzan et leur maudite déesse, Lolth ? Quel mâle rejetterait ce joug pour adorer ensuite Eilistraee ?

— Elkantar…, murmura le Drow mourant. Je suis Elkantar, sauvé par la Rédemptrice Eilistraee, chérie de Qilué…

Des paroles qui remplirent Gorlist d'une joie féroce. Il enfonça son épée dans le bois du mât, transperçant le vaincu de part en part, avant de dégager la lame.

— C'était une question rhétorique…, jubila-t-il. Mais merci du renseignement !

— Toi ! rugit-on, derrière Gorlist. Fiente de drider !

Une insulte prononcée avec un accent bizarre…

Son plaisir mauvais envolé, Gorlist fit volte-face…

Une guerrière le prenait à parti… Une elfe-fée, de surcroît !

Si Gorlist avait des croyances étrangères à ses frères d'Ombre-Terre, il partageait pleinement leur haine viscérale des elfes-fées de la surface. Celle-là, assez élancée, avait un teint d'albâtre et une belle chevelure noire – une inversion bizarre de la beauté drow. Ses prunelles étaient d'un étrange vert mordoré, et une mèche argentée – la marque d'Eilistraee – lui balayait l'épaule.

Gorlist fit quelques pas vers elle, s'immobilisa pour la laisser couvrir les derniers mètres qui les séparaient, puis se fendit. Elle esquiva, lançant une vive contre-attaque qui fit valser sa natte argentée.

Gorlist dévia l'estocade… et happa la natte de son adversaire avec la ferme intention de la lui arracher.

Une dague se matérialisa comme par magie dans l'autre main de l'adepte d'Eilistraee… et trancha quelques pouces de cheveux nattés. La mèche que tenait encore Gorlist étincela soudain, se métamorphosant en une forme de vie mortelle… Le mercenaire tenait une vipère !

Sa langue bifide dardée pour goûter l'odeur du Drow, le reptile s'apprêta à frapper.

Gorlist le jeta sur le pont. La vipère se désagrégea en une centaine de clochettes d'argent… qui roulèrent ensemble et s'amalgamèrent pour former un dragon miniature.

Feulant à la manière d'un chat, le minuscule reptile volant bondit sur le tatouage de Gorlist. Il scintillait, argenté.

Refusant de se laisser distraire, le mercenaire, en garde, se contenta d'écarter le petit dragon de sa main libre. Avec un couinement de soprano indigné, le reptile s'enfuit.

Le duel continua. Les adversaires se jaugeaient, testant leurs défenses mutuelles. Plus grande que Gorlist, elle bénéficiait d'une meilleure allonge. Pire, elle semblait parfaitement au fait des figures de style de l'escrime drow. Elle parait chaque attaque avec une aisance insultante…

Telles l'ombre et la lumière, ils dansaient en concordance parfaite. Sans que le dragon argenté ne cesse de leur tourner autour.

Il se transforma soudain en une brume qui s'étira et se développa sous la forme d'un nuage nébuleux, avant d'envelopper les belligérants – une inversion moqueuse délibérée du globe de ténèbres auquel les Drows recouraient volontiers au combat. La dernière chose que Gorlist vit clairement fut l'expression railleuse de l'elfe blanche.

Gêné par la brillance, Gorlist plissa les yeux. Les contours de son adversaire restaient visibles, et son épée réfléchit la lumière diffuse en plongeant pour lui couper le jarret… Il sauta bien au-dessus de l'arc de cercle métallique, se lançant du même élan dans une volte-face aérienne pour se mettre hors d'atteinte des deuxième, troisième et quatrième attaques que n'importe quel Drow aurait planifiées et exécutées dans la foulée.

Une impulsion qui lui sauva la vie. Une deuxième arme invisible ripa contre son pourpoint de cuir. Et alors que ce coup aurait dû l'étriper, il en fut quitte pour une estafilade dans le dos.

Se réceptionnant en souplesse, Gorlist feinta avec une économie de mouvement des plus caractéristiques… et mordit la poussière. Son épée pourfendit une ombre sans substance. L'elfe blanche s'était envolée, laissant une illusion à sa place.

Trop tendu en avant, le Drow continua intelligemment sur sa lancée au lieu de chercher à se rétracter, avec l'espoir de battre son adversaire de vitesse et d'échapper à l'influence désastreuse du globe brillant… Mais une déveine abyssale lui collait à la peau. De même que la satanée lumière…

Une forme sombre surgit devant lui. Se redressant vivement, il se retrouva nez à nez avec un autre Drow…

Et tous deux s'écartèrent pour adopter instantanément une posture défensive. Une réaction parfaitement synchrone et d'une similitude confondante.

Le reflet d'un miroir n'eût pas été plus fidèle.

Alors, Gorlist reconnut un de ses mercenaires. Réalisant qu'il affrontait son propre commandant, celui-ci écarquilla les yeux d'horreur. Arme baissée, tombant sur un genou, il pencha la tête pour offrir son cou vulnérable aux coups, en signe de soumission.

Gorlist, qui s'était tourné, pivota et mit tout le poids de son corps derrière son coup. La lame trancha la chair et l'os. La tête du mercenaire roula sur le pont.

Avant même que le corps décapité ne s'effondre, Gorlist lui arracha son médaillon.

— Contrition acceptée ! grommela-t-il en se passant le bijou autour du cou.

La seconde suivante, il sauta par-dessus bord.

Le globe de lumière le suivit dans l'eau noire. Le passage magique le happa…

… Et Gorlist jaillit dans un tunnel familier, repassant instantanément au pas de course. Ses bateaux étaient perdus, mais les mercenaires qu'il laissait derrière lui s'en tireraient peut-être mieux.

Il remonta plusieurs passages avant d'entendre un chant de gloire entonné par les prêtresses d'Eilistraee…

Furieux, Gorlist se lança dans une course de vitesse effrénée. Mais la vérité restait incontournable : le Trésor du Dragon était vaincu. Et lui se retrouvait seul, sans ressources ni alliés. Tout ce que Nisstyre avait bâti au fil des années…

Envolé !

Ou presque tout.

Gorlist bifurqua dans le passage latéral qui conduisait à son antre secret. Là, il aurait les moyens de recommencer de zéro. D'une façon ou d'une autre, Liriel Baenre mourrait. Il ne reculerait devant rien, ne dédaignerait aucune alliance – *aucune* ! –, concluant les plus dangereuses et les plus détestables…

Soudain, il sut ce qu'il devait faire. Le plus tôt possible, il retournerait dans la grotte au trésor, récupérerait le rubis de Nisstyre, et chercherait quelqu'un qui haïssait Liriel presque autant que lui…

Dans les Abysses, le temps n'avait pas cours. Le jour et la nuit tels que les habitants de la surface les connaissaient n'existaient pas... La Drow qui titubait dans le royaume de la grisaille n'avait aucun moyen de savoir que le croissant de lune brillant sur sa défaite était devenu la pleine lune.

Et que plusieurs lui avaient encore succédé, depuis la bataille du Trésor du Dragon et la mort de Nisstyre, son allié réticent... La Drow n'en savait rien – non que l'apprendre eût changé quoi que ce fût pour elle... Tout son être tendait vers un seul but : traquer Liriel Baenre. Que représentait le passage du printemps et de l'été aux yeux d'une Drow d'Ombre-Terre, et quelle importance qu'on donne la chasse à Menzoberranzan ou par-delà les mers du monde de la surface ?

A l'instar des Abysses, la haine ignorait les limites du temps et de l'espace.

Et seule la haine poussait Shakti Hunzrin à aller de l'avant... La prêtresse perfide de Lolth *et* de Vhaerun s'acharnait à vouloir s'évader... Elle avait eu un aperçu des Abysses grâce aux coupes de divination employées par les prêtresses de Lolth, mais ses études ne l'avaient pas préparée à cette sinistre réalité...

Le sol exhalait des vapeurs fétides. Un sol parfois rocailleux et parfois si mou, si indistinct qu'il semblait en perdre toute substance... Des mousses bizarres poussaient hors de toute proportion. Plus d'une fois, la Drow affamée avait tenté de croquer un bout de champignon géant difforme... et provoqué le réveil tonitruant d'une créature sanguinaire.

Jusque-là, Shakti avait su mener de front toutes ses batailles. La haine augmentait constamment ses forces. Au fin fond des Abysses, c'était une composante naturelle, et Shakti la respirait comme un poisson « respire » l'eau. Mais si elle gardait toute sa tête, son corps diminué la trahissait peu à peu. Elle ne survivrait plus très longtemps.

— Je peux te sauver...

Une offre d'une séduisante douceur…

Shakti virevoltant, sa main vola d'instinct vers la poignée de son fouet aux têtes de serpent.

Trop tard, elle se souvint que ses serpents étaient morts, victimes de Liriel Baenre. Comment avait-elle pu l'oublier, fût-ce un instant ? Surtout que la puanteur des chairs reptiliennes en décomposition la suivait où qu'elle aille… Ses robes même en étaient imprégnées, alors que tout ce qui subsistait de cette belle arme se résumait à cinq chaînettes d'os et de cartilages encore liés par des tendons desséchés… L'arme pourrissante représentait un tourment et un danger continuels. A l'instar de tout royaume de mort, les Abysses avaient leur lot de charognards. Pourtant, pas un instant Shakti n'avait envisagé de se débarrasser de son fouet-serpent. Il lui rappelait son glorieux passé de prêtresse héritière de la Maison Hunzrin. Elle mourrait fouet en main, ainsi qu'il seyait à une noble de Menzoberranzan.

— Je peux te sauver…, insista la voix désincarnée.

Chagrinée d'avoir laissé ses pensées vagabonder en cet instant critique, Shakti se força à se concentrer sur les brumes changeantes. Tel un rêve acquérant de la substance, une silhouette svelte se désolidarisa des ombres grisâtres.

L'apparition était tout simplement le plus beau Drow qu'elle eût jamais vu. Exception faite du *piwafwi* chatoyant qui drapait ses épaules, il était nu comme un rothé nouveau-né. Dans ses yeux ne brillait pas le mépris que les mâles de haute naissance réservaient à Shakti, ni la résignation voilée des autres, soumis à ses ordres.

— Tu es fatiguée…, susurra la magnifique apparition. Trop pour parvenir à t'évader par tes propres moyens… Il y a une solution, tu sais. A condition de te reposer un peu, de retrouver des idées claires et de t'accorder une pause agréable, tu le trouverais sans mal.

Un courtisan, déduisit Shakti, gaspillant son éternité

de la façon dont il avait toujours vécu, sans jamais rien connaître d'autre… Elle délaça sa bourse vide et la renversa pour le prouver.

— Tu perds ton temps, répondit-elle sèchement. Je n'ai pas de quoi te payer.

Il eut l'air sincèrement choqué.

— Tout ce qui pourrait arriver entre nous serait une offrande librement consentie de part et d'autre ! Tu es si belle… Et la solitude me pèse.

Belle ?

Shakti ourla les lèvres de dédain. Toute sa vie, elle s'était trouvée paradoxalement trop dodue et disgracieuse pour une Drow. En outre, elle avait survécu sous la menace d'un défaut physique des plus handicapants : la myopie. Terrifiée à l'idée que plisser le front puisse trahir cette imperfection, elle avait surcompensé en gardant en toutes circonstances les yeux grands ouverts – et en cillant tellement, de ce fait, que cela lui donnait un air des plus bizarres. Ce tic avait persisté bien après que les deux divinités lui eussent fait don d'une vision parfaite.

— Tu ne me crois pas ? s'étonna l'inconnu. Eh bien, vois par toi-même…

Il désigna les brumes fluctuantes qui refluèrent pour révéler une mare à la surface argentée. Shakti y vit l'image de l'étranger. Avant qu'elle puisse se raisonner, elle approcha pour découvrir son propre reflet.

— Par les huit pattes de Lolth ! souffla-t-elle, sidérée.

Si ses traits et sa silhouette lui paraissaient tout à fait familiers, ils étaient pourtant subtilement altérés…

L'énigmatique visiteur aurait-il modifié son reflet à dessein ?

Non… Shakti comprit la vérité. Les Abysses l'avaient endurcie et purifiée jusqu'à révéler son essence drow dans toute son éclatante beauté. Son visage aminci était redessiné en un triangle saisissant, des hautes pommettes rondes au menton pointu… La détermination brillait dans ses yeux écarlates, lui conférant une dignité impériale. Ses robes saturées d'humidité lui collaient à la peau, soulignant sa sveltesse.

— Tu vois ? insista le mâle resplendissant. Tu es si belle !

Avançant de deux pas, il tendit la main vers elle.

La première réaction de Shakti fut l'irritation. Avant qu'elle puisse grossièrement lui suggérer de tenter de procréer sans le bénéfice d'une partenaire, ses robes s'écartèrent de son corps, comme vibrantes elles-mêmes d'excitation…

Un effet magique que Shakti avait déjà expérimenté.

Une vague glaciale de terreur et de répugnance mêlées submergea l'ancienne prêtresse. Elle referma sur sa nudité les pans de ses robes et, les bras croisés, glissa une main sous leurs plis. D'un coup d'œil à son reflet argenté, elle constata que son expression de dédain n'avait pas varié.

— Déguerpis !

Sous une manche, elle traça les arabesques destinées à repousser les avances importunes des démons de la séduction.

Surprenant ses gestes subtils, l'incube travesti en Drow explosa de colère, et se métamorphosa…

Un hideux démon ailé percuta Shakti de plein fouet, la précipitant au sol. Ils roulèrent dans la mare argentée, qui sembla voler en éclats.

— Je peux te sauver ! cria la créature d'une voix infernale – on eût dit le chœur éraillé des damnés. Tu étais jadis une haute prêtresse… Si nous répétions le rituel ?

Shakti se débattit à coups de pied et de poing, lacérant de ses ongles la peau écailleuse de son agresseur pour faire bonne mesure.

— Je suis une prêtresse de Lolth et toi, quoi que tu sois par ailleurs, tu n'es qu'*un vulgaire mâle* !

Alors qu'elle hurlait ces derniers mots à tue-tête,

une bouffée d'énergie la tétanisa. L'incube fut violemment repoussé avec un cri de souffrance.

Shakti se redressa tant bien que mal. A son grand étonnement, un serpent squelettique releva la tête vers elle. Ses yeux noirs étincelaient comme de l'obsidienne vivante au fond de ses orbites vides. Le serpent ranimé écarta les mâchoires et cracha son venin.

Ravie, la prêtresse partit d'un immense éclat de rire. Fouet brandi, elle frappa. Les cinq têtes squelettiques se dardèrent, avides de sang. Dans leurs mâchoires osseuses, les crocs d'une blancheur immaculée semblaient briller…

Shakti joua du fouet jusqu'à en avoir les épaules endolories, l'incube recroquevillé l'implorant de l'achever. Il était écorché vif.

— Mort… ! supplia-t-il.

— Ici, ce sont les Abysses, rappela Shakti, glaciale. Nous sommes déjà morts !

Se sentant mieux que jamais depuis sa défaite contre Liriel, elle tourna les talons et s'en fut, régalienne. Lors de ce duel, Lolth avait choisi de favoriser la fille Baenre. Mais l'agréable frottement de l'os tandis que les serpents morts-vivants se lovaient autour d'elle rasséréna Shakti autant qu'un hymne macabre de rédemption. Son fouet de prêtresse ranimé, ou quasiment, impliquait à coup sûr qu'elle était rentrée dans les bonnes grâces de la déesse !

Ivre de joie, la Drow longea un champignon géant sans y prendre garde. Et le vit trop tard adopter la forme d'un poing… Le pileus déployé dans une explosion silencieuse, des spores verdâtres volèrent vers la Drow.

Elle eut la gorge et la poitrine brûlées par le nuage toxique – comme par des gouttelettes de venin noir de dragon… Victime d'une quinte de toux paroxystique, Shakti tomba à genoux et ordonna mentalement aux crânes reptiliens de réduire en bouillie le champignon vénéneux.

Les serpents se dressèrent… sans frapper. Dès qu'elle en eut la force, Shakti essuya ses larmes et voulut se relever…

Elle retomba aussitôt à genoux.

Le « champignon » avait adopté une nouvelle forme… Celle d'une grande créature ressemblant follement à une colonne de cire fondue. Elle fixa sa proie avec des « yeux » en forme de soucoupes. Elle n'avait pas d'autres caractéristiques visibles. Mais les ondulations fluides de cette masse dressée suggéraient que l'être pouvait prendre n'importe quelle apparence.

— Yochlol…, souffla Shakti.

L'autre nom des vestales de la Reine Araignée… Leurs rares apparitions étaient normalement réservées aux grandes prêtresses. Pas une fois au cours de son existence Shakti n'avait brigué un tel honneur. Jusquelà, sa mort se révélait beaucoup plus prometteuse !

— *Tu n'es pas morte…*

Féminine et bizarrement familière, la voix de la yochlol venait de résonner sous le crâne de Shakti.

Celle-ci se rappela vaguement un cours de théologie à Arach Tinileth, l'académie des prêtresses, concernant la nature et l'origine des yochlols… Il s'était agi d'un débat académique, de peu d'intérêt aux yeux de Shakti la prosaïque.

Maintenant, elle regrettait de n'y avoir pas prêté plus d'attention.

— Le destin m'a précipitée dans les Abysses, répondit-elle, peu désireuse de contredire ouvertement la vestale. J'ai défié une autre prêtresse, et j'ai perdu. Si je ne suis pas morte, alors quoi ?

— *Tu es ici*, précisa la yochlol. *Ni plus ni moins. Même dans les Abysses, il y a plusieurs façons d'être ou de ne pas être. Devant toi se dresse l'évolution glorieuse à laquelle une prêtresse influente et prestigieuse pourrait prétendre !*

Sous l'orgueilleuse déclaration pointait l'ironie. Et, de manière plus subtile, un désespoir inavoué.

Les doutes de Shakti en furent confirmés.

— Tu n'es pas morte depuis longtemps… Tu te rappelles ton passé, qui tu étais…

— *Avec le temps, tout s'estompe*, récita la yochlol. *La prêtresse sera oubliée. Seule Lolth demeurera.*

— Que son nom soit loué et craint… comme celui de la Maison qu'elle honore par-dessus tout.

L'apparence changeante de la yochlol ondula, adoptant une expression étrangement mélancolique – et l'ombre du visage du passé se dessina.

L'instant suivant, la « grosse bougie » redevint parfaitement informe. Les yeux rougeoyants retrouvèrent toute leur intensité.

— *Tu n'as pas renvoyé l'incube au néant. Nous nous demandons pourquoi, alors qu'il y a tant de plaisir à détruire… Du plaisir, et la bénédiction de la déesse.*

— Ce lieu offre très peu de plaisirs, objecta sèchement Shakti. Autant réserver mon énergie à de meilleurs objectifs.

— *L'incube pourrait chercher à se venger.*

— Plus probablement, il cherchera un refuge. De tels démons vont et viennent à leur guise. Vu son état vulnérable, celui-là n'aura rien de plus pressé que de quitter les Abysses et ses hordes de charognards. Alors, je le suivrai, à l'instar du lézard en chasse qui a flairé le sang chaud de sa proie.

Elle leva la main, exhibant le symbole magique qu'elle venait de tracer au creux de sa paume avec le sang de l'incube. Le sortilège lui permettrait de retrouver la créature blessée, où qu'elle aille. Un des nombreux sorts qu'elle s'était appliquée à mémoriser au cours de sa traque de Liriel Baenre.

— *Un plan cruel et prévoyant*, approuva la yochlol. *Lolth est contente.*

Le regard de Shakti tomba sur son fouet mort-vivant, enroulé autour de ses bras et de sa taille. Elle lutta longuement contre l'envie de formuler la question centrale de son existence.

Et perdit.

Ce fut plus fort qu'elle.

— Si Lolth est contente de moi, pourquoi a-t-elle favorisé Liriel Baenre à mon détriment ?

— *Une déesse mineure a témoigné de la faveur à la fille Baenre. Et cela, Lolth ne saurait le tolérer.*

Un frisson d'épouvante remonta le long de l'échine dorsale de Shakti. Elle aussi avait un pied dans deux camps divins !

Mais la yochlol n'avait pas tout dit…

— D'autres Drows vénèrent d'autres dieux. Que je sache, Lolth n'a jamais récompensé ces hérétiques. Pourquoi accorder la victoire à Liriel aux dépens de prêtresses meilleures et plus loyales ?

Le visage informe de la yochlol exprima un profond mépris.

— *Crois-tu que la déesse exauce tes prières par amour ? Comme nous toutes, tu es si ambitieuse que tes dents rayent le parquet ! Au contraire, l'idée même de la puissance tourmente Liriel Baenre.*

Shakti commença à comprendre.

Un certain sens pratique, assez sinistre, sous-tendait tous les actes des Drows par ailleurs si cruels et chaotiques. Quels que fussent leurs objectifs, ils pensaient toujours et avant tout à eux-mêmes.

Soudain, Shakti prit la pleine mesure du véritable intérêt de Lolth pour la princesse rebelle.

— Alors, Liriel a été investie de la puissance divine parce qu'elle serait prête à y renoncer ?

— *Et toi ?* lança la yochlol. *Anéantir l'incube t'aurait valu une agréable diversion. Tu as pourtant su résister à cette tentation au nom d'un objectif supérieur. A quoi d'autre serais-tu prête à renoncer ?*

Mercantile dans l'âme, Shakti n'aurait jamais concédé un atout majeur de négociation à ses congénères, vivants ou morts, mortels ou divins.

Pas si bête.

— Qu'attend Lolth de moi ?

— *Ton désir ardent de renvoyer la princesse Baenre au néant... Pourrais-tu supporter de t'en remettre à ce sujet à la volonté de Lolth ?*

Longuement, le pragmatisme livra en Shakti un âpre combat contre la haine. Se dégageant d'elle, son fouet-serpent se lança dans une danse frénétique, reflet fidèle de l'agitation et de l'indécision de sa maîtresse.

Enfin, la danse macabre cessa. Et, tête basse, la prêtresse se soumit à la vestale de Lolth.

— Parle, répondit-elle à contrecœur. Et j'obéirai.

CHAPITRE PREMIER

PROMESSES

Campée au bastingage du *Narval Bondissant*, Liriel savourait la caresse ravigotante de la brise marine sur son visage. Sa chevelure blanche ondulait au vent. Les feux du couchant pratiquement morts, la lune ourlait d'argent la crête des vagues. Dos au bastingage, près de la princesse, Fyodor observait d'un œil perçant les marins de quart.

— Le seigneur Caladorn semble être un matelot capable, remarqua-t-il.

Il parlait de l'homme élancé aux cheveux auburn qui déployait la misaine.

A contrecœur, la Drow se détourna des splendeurs de la mer.

— Hrolf ne lui faisait pas confiance.

— Exact, mais Hrolf prenait le seigneur Caladorn pour un ennemi des elfes des mers, rappela Fyodor. Si le capitaine avait vécu, il aurait compris son erreur.

Liriel haussa les épaules. En très peu de temps, le pirate Hrolf était devenu davantage un père pour elle que le sorcier drow qui l'avait engendrée. La mort de ce parent de substitution était encore une plaie à vif.

— Ibn aime bien ce Caladorn. Disons du moins qu'il aime la couleur de son argent et le titre de « seigneur » ! Une chance pour nous que Sa Seigneurie ait voulu une place à bord pour rallier le continent... Autrement, Ibn ne se serait jamais démené pour nos beaux yeux.

Hochant la tête, Fyodor tourna un regard préoccupé vers le nouveau capitaine du *Narval*, un homme d'âge mûr à l'esprit étroit, penché sur la barre avec une concentration boudeuse qui rappelait toujours à Liriel un duergar occupé à « savourer » son gruau matinal…

Même si la princesse ne l'admettrait jamais, elle partageait les appréhensions de Fyodor. Ibn avait été le second de Hrolf – et une épine dans le flanc de Liriel dès leur première rencontre… Les Nordiques se méfiaient des elfes. Mais Ibn, lui, se défiait d'eux avec une ferveur proche de la haine. Il avait pourtant navigué des années à bord du vaisseau de Hrolf, le *Demoiselle Elfe*, et vu les elfes des mers veiller sur le pirate…

Eh bien, qu'y pouvait-on ? Fyodor avait juré de restituer le Marcheur de Vent aux sorcières du Rashemen. Et Liriel lui avait promis de l'accompagner… Une décision impulsive sur laquelle elle était souvent revenue, dans le secret de ses pensées, au cours de leur périple vers l'ouest… Mais Fyodor lui avait assuré qu'elle – une Drow doublée d'une sorcière –, serait acceptée dans une contrée qui détestait pourtant et les elfes noirs et les jeteurs de sorts… Avant de livrer cette bataille-là, il leur faudrait survivre à un voyage de plusieurs centaines de lieues, parmi les habitants de la surface qui avaient toutes les raisons au monde de craindre les Drows et de les haïr…

Après ça, quelle importance avait *un* marin viscéralement opposé aux elfes ?

Un mouvement subtil attira l'attention de Liriel – une belle main fine et bleue, sur le bastingage… Fascinée, elle vit une étrange créature prendre pied à bord. Des traits elfiques, de voluptueuses courbes féminines…

C'était pourtant la créature la plus bizarre que Liriel eût jamais vue.

L'épiderme couvert de minuscules écailles chatoyant à chaque pas, sa longue chevelure argentée ondulant sous la brise, la nouvelle venue portait des rangs de perles et… un pagne. De son œil exercé, Liriel repéra les étuis habilement dissimulés sous les plis du pagne. Cependant, sa curiosité innée fut plus forte que le besoin de donner l'alarme.

De ses pupilles aigues-marines, la créature scruta le pont, s'arrêtant sur le barreur.

Une lueur prédatrice dansa au fond de ses prunelles.

Elle avança vers Ibn.

La désignant du menton, la Drow flanqua un coup de coude à Fyodor.

— Une genasi aquatique…, souffla-t-elle d'une voix à peine audible. Je n'en avais encore jamais vu. Les Drows tentent toujours d'en faire l'élevage. Tu détesterais savoir quel genre de monstre on obtient à la place…

— Est-elle amicale ? demanda Fyodor en lorgnant la créature, mal à l'aise.

— Ça dépend. Ton cercle social inclue-t-il des sang-mêlé issus d'autres plans ?

Son attention rivée sur la genasi, Fyodor ne releva pas.

— Elle en a après le capitaine…, observa-t-il.

La créature continuait d'approcher d'Ibn, qui ne se doutait de rien.

Une main sur la garde de son épée, Fyodor avança à son tour.

Après deux ou trois foulées, il hésita, fasciné. D'autres hommes qui avaient remarqué la genasi délaissèrent leur tâche pour se rapprocher, des étoiles plein les yeux, de la si belle apparition à la peau bleue. Certains envieux décochèrent des coups d'œil assassins à Ibn.

Un sortilège d'envoûtement, déduisit Liriel, considérant la genasi avec un respect nouveau. Elle fut tentée de la laisser agir à sa guise et d'atteindre son objectif. Le peuple de la princesse avait mille et une façons d'éliminer les idiots et les faibles. Après une bonne bataille apte à faire le ménage, le bateau ne s'en trouverait que mieux. Cela accompli, Liriel pourrait contrôler la fille bleue et ramener l'ordre à bord. Sans compter qu'un bien meilleur capitaine succéderait à Ibn…

Alors qu'elle s'apprêtait à savourer le spectacle, une petite voix lui gâcha la fête…

Certes, mais que penserait Fyodor de ce genre de calcul ?

L'irritation la submergea. De pareilles remarques, propres à contrarier son sens pratique typiquement drow, devenaient d'une fréquence agaçante.

— En ce moment, marmonna-t-elle, il ne réfléchit plus à rien. Pas avec ce qu'il a entre les oreilles, en tout cas…

Fyodor, insista la petite voix, implacable. *L'honneur.*

Exaspérée, la Drow capitula d'un haussement d'épaules maussade.

— *Hoi*, Ibn ! lança-t-elle de sa voix mélodieuse. Qui est ton amie ? Elle a de fort jolies jambes, ma foi… Et très mauvais goût en ce qui concerne les hommes, c'est certain !

Le capitaine tourna vivement la tête vers la genasi et lâcha un couinement outré… Preuve s'il en était de son sectarisme galopant – plus fort que la magie exercée en l'occurrence.

— Une autre satanée elfe des mers ! Débarrasse le plancher, sale poisson à longues oreilles !

Etonnée, la genasi hésita… et la colère la défigura.

— Et voilà le travail, murmura Liriel, ravie du résultat.

De l'avis des Drows, le plus sûr moyen de faire voir rouge à un genasi, quel qu'il soit, était encore de le prendre pour une « créature inférieure ».

Un sourire ourla les lèvres de la princesse. La bataille s'annonçait chaude !

Les bras levés au ciel dans une posture théâtrale d'ensorceleuse, la genasi lança un long ululement qui ne fut pas sans rappeler le chant des baleines. Les sons parurent faire frémir les vagues en se chargeant de puissance – supérieure, en fait, à ce que Liriel aurait pu anticiper…

Ses bras décrivant un grand arc de cercle, la genasi murmura une formule magique. Une sphère argentée évoquant le fantôme d'une énorme bulle de savon monta vers la magicienne, qui la toucha d'un doigt bleu… la dissipant instantanément.

Liriel se concentra sur les talents magiques de la genasi, et non sur la créature elle-même. Elle passa en revue les sortilèges qu'elle pourrait lui opposer. Et, aussi vrai qu'un Drow ne montait jamais au combat sans avoir mis toutes les chances de son côté, elle rejoignit Fyodor pour lui écraser le pied.

Arraché en sursaut à sa transe dangereuse, le guerrier, ses sens recouvrés, évalua la scène du regard, l'air penaud.

— Ça va chauffer, prévint Liriel. Je risque d'avoir besoin de temps et d'espace pour mes incantations.

Morose, Fyodor hocha la tête. Le connaissant comme elle le connaissait, la princesse devina la source de sa consternation. Fyodor considérait Liriel comme une *wychlaran*, le plus beau titre honorifique auquel on pût prétendre dans son royaume. Et lui-même comme son gardien juré… Qu'il y eût eu ou non plus de peur que de mal, il estimait avoir failli à tous ses devoirs en succombant à l'envoûtement de la genasi.

Une conscience, nota Liriel, pouvait être aussi irrationnelle qu'encombrante.

A cet instant, l'incantation de la genasi se conclut par une longue plainte aiguë. La mer s'agita… Telle une main noire, une vague s'éleva et courut sur l'onde pour submerger le vaisseau.

Liriel décocha sa riposte : une brume matinale, transformant une zone d'eau visée en fraîche vapeur inoffensive… La magie catalysée entre les doigts de la Drow forma un globe multicolore iridescent.

Liriel le projeta sur la vague noire en approche.

Il frappa l'eau ensorcelée et expira avec un chuintement mat, dans une gerbe de poussière irisée. Quelques lambeaux de brume dérivèrent sous la lune, mais la vague noire continua sur sa lancée.

La Drow siffla une malédiction. Un bras serré autour du mât de la grand-voile, elle saisit Fyodor par son ceinturon, l'enveloppa d'une étreinte protectrice et voulut crier un avertissement aux marins toujours envoûtés.

La vague magique noya sa voix.

Une eau glaciale déferla sur Liriel, qui en resta choquée, le souffle coupé.

Le danger passé, elle se secoua et évalua la situation.

Ibn s'était cramponné à la roue de la barre, mais les marins subjugués par l'envoûtement de la genasi avaient disparu… Des jurons stupéfaits permirent bientôt de les repérer, ballottés par les vagues.

— Liriel, peut-elle recommencer ? demanda Fyodor.

— Pas si on fait diversion ! jubila la Drow.

Renonçant à un duel de magie, elle fonça.

Alertée par le bruit, la genasi fit volte-face et voulut dégainer une de ses armes cachées sous les plis de son pagne… Estimant qu'elle n'aurait plus le temps, elle darda les ongles vers son assaillante.

Déviant une des mains tendues, Liriel voulut prendre son adversaire à la gorge. La chair bleue était froide et glissante… Changeant de tactique, elle agrippa à deux poings la longue chevelure bleue de la créature et se laissa tomber de tout son long.

La genasi fut entraînée dans la chute… Toutes les deux roulèrent sur le pont, furieuse mêlée de longs membres bleus et de petits poings noirs…

Ayant enfin le dessus, Liriel se jucha à califourchon sur la genasi en lui maintenant les bras au-dessus de la tête. La magnifique créature continua de se débattre avec de petits sons plaintifs qui n'étaient pas sans rappeler les gémissements d'un bébé phoque.

— Arrête, tu me fends le cœur ! railla Liriel. Là d'où je viens, les filles ont un peu plus de dignité !

Cessant net, la vaincue la foudroya du regard.

— C'est mieux, approuva la Drow. Maintenant, si tu nous disais qui tu es et ce que tu fiches là ?

Le cri perçant de la genasi exprima le dégoût et l'exaspération.

Liriel la secoua.

— D'une façon ou d'une autre, j'aurai ma réponse ! Si tu es capable d'articuler des sons, c'est le moment ou jamais !

La genasi riva sur elle un regard furibond. Puis elle prit la parole d'une voix semblable au vent et à l'eau.

— J'ai été appelée au combat. Avant que l'heure ne sonne et contre ma volonté.

— Appelée au combat ? répéta Ibn, incrédule.

La Drow lui jeta un coup d'œil par-dessus son épaule. Il était rouge de colère.

— Au combat ? Quel combat ? C'est encore votre œuvre, satanée elfe !

Liriel repoussa d'un souffle une mèche de cheveux de son visage.

— D'abord, je suis une drow, pas une « satanée elfe ». Ensuite, si j'avais invoqué cette créature, ne pensez-vous pas que je serais la première à le savoir ?

Le capitaine réfléchit, puis écarquilla les yeux de stupeur.

— Les hommes tombés à l'eau ! beugla-t-il. Vite, qu'on les remonte à bord !

Des marins se précipitèrent au bastingage pour jeter des cordes à nœuds à la mer. Toutes sauf une restèrent désespérément molles... L'unique rescapé se cramponna à une des cordes, et se hissa hors de l'océan à toute vitesse.

Mais il ne fut pas assez rapide... Un cri de douleur éclata. Deux de ses camarades saisirent la corde et tirèrent à eux l'adolescent mince à la peau brunie de soleil, qui fut plaqué contre la coque. La douleur du choc lui arracha un autre cri – une lance lui transperçait la cuisse…

— Tenez-le ! ordonna Ibn quand le malheureux fut hissé à bord.

Il saisit l'arme de jet à deux mains et tira, arrachant au blessé un hurlement de souffrance. Miséricordieusement, l'adolescent s'évanouit. Deux marins le traînèrent à l'abri du château arrière. Coutelas au clair, l'un d'eux veilla sur lui tandis que l'autre courait rejoindre leurs camarades, sur le pied de guerre.

Epée noire à l'épaule, Fyodor guettait avec eux un premier signe de l'ennemi.

Liriel lança un sortilège mineur afin de tenir en place la genasi. Mais une fois de plus, la magie glissa sur la créature telles des gouttes d'eau sur ses écailles.

Haussant les épaules devant ce petit échec, la Drow assomma pour le compte d'un direct au menton la créature dont les yeux bleu océan roulèrent dans leurs orbites. Sa tête s'inclina.

Accroupie, Liriel se tourna vers Ibn. A l'évidence, la genasi bénéficiait de défenses très efficaces contre la magie. Pourtant, quelqu'un ou quelque chose disposait de moyens assez puissants – et insolites – pour les circonvenir.

— Qui a invoqué princesse Bleue ? demanda Liriel en désignant la genasi d'un geste du menton.

— Nous le saurons bien assez tôt, répondit le capitaine en montrant les eaux noires de son cimeterre.

La Drow se releva, prit un harpon au râtelier et se campa au bastingage. Forte d'une vision supérieure à celle des êtres humains, plus sensible aux variations subtiles de lumière et d'ombre, elle sonda la vaste forme indistincte qui, au clair de lune, nageait à fleur d'eau. Ses mouvements lui semblèrent d'une familiarité inquiétante.

La créature se redressa soudain, source d'ondes

mouvantes frisées d'argent. Une grosse tête verte bulbeuse creva la surface, exhibant un faciès qui ressemblait désagréablement à un crapaud géant.

— Un Kua-toa ! souffla Liriel.

Un monstre d'Ombre-Terre, ennemi juré des Drows.

— Un tyran-wug, rectifia Ibn, sombre. Ces vermines ont un chamane. Et là où il y a un chamane, il y a un essaim…

D'autres têtes hideuses se dressèrent au-dessus des vagues… et les créatures bondirent à l'abordage.

Armes au poing, les marins assurèrent la défense.

Liriel courut vers le tyran-wug le plus proche en lui décochant son harpon. Le monstre qui dardait sa lance à la façon d'un bâton rabattit le projectile sur le pont, avant de redresser son arme en position défensive : à l'horizontale.

Liriel évita avec grâce la feinte de la créature à l'allonge redoutable. Les bras vivement croisés sur ses étuis de poignet, la Drow se saisit de dagues jumelles – trop vite pour qu'on puisse suivre le mouvement à l'œil nu.

Grâce à son excellent champ de vision périphérique, elle nota un objet aux allures de crabe qui, doté d'inexplicables facultés aériennes, tournoyait en direction du tyran-wug… Par réflexe, le monstre darda sa longue langue, happa l'objet volant, le goba…

… Et en eut les yeux exorbités.

Sachant ce qui allait suivre, la Drow éclata d'un rire féroce en contournant la créature condamnée.

Alors qu'un autre tyran-wug enjambait le bastingage, Liriel feignit de tituber histoire d'attirer son attention. A une vitesse confondante, lance pointée, le monstre fonça sur cette « proie facile ».

Le « crabe » jaillit du gosier du premier tyran-wug, trouant au passage les chairs et les os pour continuer sur sa lancée. L'arme magique tournoya au-dessus de la tête de Liriel pour transpercer le deuxième monstre en pleine charge. Des pattes hérissées de pointes mordirent l'armure en peau de requin qui couvrait le ventre rond de la créature. Stoppée en plein élan, celle-ci, stupéfaite, baissa les yeux… et le « crabe » animé commença son forage…

Pris de frénésie, le tyran-wug tenta d'écarter de lui l'arme démoniaque et réussit seulement à la suivre dans son inexorable trouée à travers l'armure et les chairs vulnérables – les *siennes*…

Un tyran-wug qui se démarquait des autres par son étrange couenne mouchetée de vert et de noir chargea. En deux vives torsions du poignet, Liriel lui eut décoché ses dagues jumelles. Le monstre para le premier jet mais le second troua sa main palmée et se ficha dans sa gorge avec une précision mortelle.

La Drow lui faucha les jambes pour accélérer sa chute et se servit de sa carcasse comme d'un tremplin afin d'atteindre les enfléchures. Elle y grimpa vivement et, de haut, évalua le déroulement du combat. Sa silhouette se découpait au clair de lune.

Une dizaine de monstres, au moins, se battaient avec une ténacité troublante. Liriel chercha Fyodor des yeux. Avec sa chevelure noire et sa peau claire, il était facile à repérer dans la mêlée des crapauds géants aux prises avec les Nordiques blonds et hâlés… Dos au mât, Fyodor affrontait à l'épée un monstre de près de sept pieds de haut.

Soulagée, Liriel constata que son ami semblait parfaitement capable de tenir tête à l'adversaire, sans avoir besoin de recourir à la frénésie du berseker. Fyodor n'était plus la proie d'accès de fureur imprévisibles. Et elle l'avait trop vu être le jouet d'une rage incontrôlable pour ne pas se réjouir de ce retour au calme et au sang-froid.

Bondissant de cordage en cordage, la Drow se rapprocha de son ami avec l'intention de sauter dans le dos du monstre. Mais à l'instant où elle sautait, elle vit un autre tyran-wug se ruer sur le jeune homme.

Deux choses se produisirent simultanément : alors

que Liriel se réceptionnait sur le pont, une longue langue noire la frappa au visage.

Reculant en sursaut, la Drow sentit l'appendice gluant s'enrouler autour de son cou. Elle voulut dégainer son épée – consciente qu'un mouvement trop brusque lui vaudrait de finir le cou brisé.

Et consciente aussi qu'elle ne serait pas assez rapide pour l'empêcher.

Un autre « crabe » virevoltant dans les airs sectionna net la langue en extension du tyran-wug, et Liriel tituba en arrière. Elle s'arracha la langue noire du cou pour la restituer au monstre hébété… et plonger l'épée entre les lacets de son armure en peau de requin.

Puis, après l'avoir frappé à la poitrine, les pieds joints, elle fit un saut périlleux arrière et se réceptionna, épée de nouveau au poing. Le tyran-wug chancela en arrière, vers l'adolescent pâle revenu à lui que soutenaient ses deux camarades… et qui pointait son coutelas.

Liriel eut un sourire féroce. Ces Nordiques avaient le sens de la vengeance. Et du courage à revendre.

Elle pivota vers son sauveteur. Un svelte elfe des mers, qui évaluait d'un œil exercé le chaos des combats. Xzorsh, son capricieux apprenti – et le gardien auto-proclamé de Hrolf – était de retour.

Si tant est qu'il fût jamais parti…

Il tenait prête, au creux de sa paume, une autre araignée de jet – une des armes magiques que Liriel lui avait confiées. Ne décelant pas de menace imminente, il tourna ses yeux verts vers les eaux turbulentes. Comme s'il tenait des comptes, il dodelina légèrement de la tête.

— Il y en a d'autres ? lança Liriel.

— Une trentaine, au moins, répondit Xzorsh, sombre. Trop…

La Drow plongea une main dans une des sacoches pendues à son ceinturon et en tira une grande émeraude parfaite, extraite du trésor du dragon des profondeurs. Les yeux écarquillés, Xzorsh eut un sourire mauvais. La Drow, qui avait exercé sur lui une tutelle fort brève, avait évoqué maintes merveilles, avant d'épuiser ses maigres réserves de patience.

Xzorsh désigna Fyodor, occupé à dégager son épée du cadavre du tyran-wug.

— C'était Karimsh, le chamane et chef de l'essaim… Il a invoqué la genasi, et commande les autres. Je pourrais sans doute imiter son invocation, même sans le bénéfice de sa magie. Dans le feu de l'action, les tyrans-wugs survivants ne feront probablement pas la distinction.

Un autre sourire de prédateur ourlant ses lèvres, Liriel hocha la tête. Emeraude tendue à bout de bras, elle entonna d'une voix de soprano un chant étrange au crescendo inquiétant. A son tour, Xzorsh lança un long cri, un coassement bas et rauque qui enfla en une série de notes syncopées entrecoupées de clicks.

Le duo elfique – des plus bizarres – couvrit la clameur des belligérants. Le vaisseau commença à tanguer… Des dizaines de grandes mains palmées agrippèrent les bordés de pavois – à l'immense joie des tyrans-wugs, ravis à la perspective de ces proies faciles venues d'elles-mêmes à l'abattoir…

Les marins traversèrent le pont en chancelant, prêts à affronter cette nouvelle menace.

Déviant un coup de lance, Ibn entailla d'un coup de cimeterre le gros abdomen verdâtre puis la gorge de son adversaire avant de faire volte-face vers le couple elfique en le menaçant de sa lame rougie de sang.

— Vous êtes morts ! jura-t-il.

Pour toute réaction, Liriel jeta l'émeraude à ses pieds, et il recula en sursaut avec un juron surpris. La gemme grossit à vue d'œil. En moins de temps qu'il ne faut pour le dire, une statue vivante se dressa devant eux : une belle hybride elfique, à l'épiderme vert émeraude.

Elle portait une tunique simple, des braies moulantes et un couvre-chef à l'ancienne mode.

Liriel fronça les sourcils.

— Bizarre. Mon golem est censé être une elfe des mers ! Et la déesse sait que je l'avais bien mieux habillée que ça !

— Elle est parfaite ! susurra Xzorsh, les yeux rivés sur la troublante apparition.

Les tyrans-wugs aussi semblaient impressionnés. Avec une clameur ardente, ils affrontèrent tête baissée cette nouvelle menace… Et la golem écrasa de son mépris les monstres qui tentaient de transpercer sa peau à la dureté minérale. Les coassements rauques des crapauds géants furent ponctués par les cliquetis des pointes de lance contre l'émeraude. Leur assaut était si féroce qu'ils ne prêtèrent pas attention à une lueur vert pâle courant sur le pont…

Dès que le phénomène eut enveloppé le gros des monstres, Liriel lança un mot de pouvoir.

La golem d'émeraude disparut, et les tyrans-wugs avec elle.

Chaque guerrier laissé en arrière – marins comme crapauds géants – en resta bouche bée. Un silence si profond succéda au tumulte que Liriel eut l'impression d'en avoir les tympans bourdonnants.

L'étonnement passé, les monstres survivants se préparèrent à vendre chèrement leur peau. Martelant le pont avec la hampe de leurs lances, ils lancèrent des coassements de défi – autant de vaines rodomontades.

Les marins remontèrent au combat, l'acier scintillant au clair de lune. Mais la bataille était d'ores et déjà jouée – tous le savaient. Après un baroud d'honneur, les derniers tyrans-wugs en vie sautèrent par-dessus bord.

Enlaçant d'un bras la taille de l'elfe de mer, Liriel adressa un grand sourire enjôleur à Ibn le renfrogné.

— Quelle chance que Xzorsh soit passé par là, pas vrai ? Sans lui, je serais morte. Et *vous* avec !

Malgré leur fatigue, les vétérans de l'équipage de

Hrolf lancèrent des vivats, criant le nom de Xzorsh jusqu'aux étoiles.

Le capitaine à la barbe rousse ne se départit pas de ses airs teigneux.

— Hrolf a disparu, *et le Demoiselle Elfe* avec lui ! Les dettes qui pouvaient exister entre vous deux sont caduques depuis longtemps, rappela-t-il à Xzorsh. Quant à moi, je n'ai nul besoin d'une ombre aux doigts palmés !

Liriel flanqua un coup de coude à l'elfe des mers.

— Les humains n'entendent rien à l'ironie... Tu as remarqué ?

Réprimant mal un petit sourire, Xzorsh s'inclina avec dignité.

— Si tel est votre souhait, je retournerai à la mer sitôt mes affaires conclues.

Remarquant le petit regard qu'il coula à Liriel, Ibn ne cacha pas sa méfiance. Mais ses hommes avaient d'abord été ceux de Hrolf. Et nombre d'entre eux devaient la vie à ces elfes si mal assortis...

Et pas qu'une fois.

— Pressons, pressons ! grogna Ibn, de mauvaise grâce.

Liriel jetant un coup d'œil à Fyodor, tous les trois se retirèrent à l'écart, à l'autre bout du navire. Xzorsh prit l'outre en peau de phoque qu'il portait à l'épaule et en tira une tapisserie finement roulée. A cette vue, le cœur de la Drow bondit dans sa poitrine, cognant douloureusement contre ses côtes. Nul besoin de dérouler le document pour savoir de quoi il s'agissait... Une abomination magnifiquement illustrée qui avait pour thème les supplices infligés aux elfes des mers capturés. Pire encore, ce n'était pas une simple œuvre d'art perverse. L'âme des malheureux torturés à mort était prisonnière de la trame.

— Aucune de vos prêtresses n'a pu les libérer ? demanda Liriel. Ni aucun de vos prêtres ? ajouta-t-elle en se rappelant que les elfes de la surface ne réservaient pas exclusivement leurs clergés à la gent féminine.

Xzorsh secoua la tête.

— C'est une œuvre née de la magie noire, étrangère à nos dieux. On peut la défaire uniquement de la façon dont elle a été faite.

Liriel en eut l'estomac noué. Les ténèbres étaient son royaume. Qui mieux qu'elle serait à même de résoudre l'énigme de la tapisserie ? Mais la perspective de se mesurer à cette magie perverse lui glaçait les sangs. Ainsi que le choix qu'une telle démarche impliquait…

Liriel jeta un coup d'œil à Fyodor, qui hocha légèrement la tête. Il comprenait son dilemme. Si elle avait le pouvoir de faire le bien, y était-elle pour autant contrainte au risque de frayer avec le mal ? La princesse avait espéré laisser derrière elle, à Ruathym, le besoin de prendre pareilles décisions.

L'expression expectative et confiante de Xzorsh lui confirmait le contraire.

— Je m'en occupe. Va ! Rien qu'à voir sa trogne, il est clair qu'Ibn s'imagine déjà en train de te harponner dans le dos…

— Sache d'abord une chose, souffla l'elfe des mers. La régente d'Ascarle te cherche partout. Les océans grouillent de ses agents et de ses messagers.

— Vraiment ? Dans ce cas, transmets-lui donc *ça* de ma part !

Main levée, Liriel eut un geste obscène.

Et Xzorsh un petit sourire.

— Un « sentiment » difficile à faire passer quand on a les doigts palmés… Ce n'est pas plus mal, d'ailleurs. Je préférerais éviter de mettre la puce à l'oreille aux laquais de l'illithide. J'étais juste venu te prévenir.

— Et me rappeler ma promesse, par la même occasion ?

— Ce serait t'insulter ! protesta l'elfe des mers. Tu avais dit que tu trouverais un autre sorcier pour m'enseigner l'Art. A mes yeux, c'est comme si c'était fait.

68

Liriel décocha un regard malicieux à Fyodor.

— Il ne connaît pas grand-chose aux Drows, pas vrai ?

— Il te connaît, fit Fyodor en adressant à l'elfe des mers un hochement de tête approbateur.

La princesse roula des yeux au ciel.

— Je dénicherai quelqu'un à Port au Crâne et t'avertirai par le biais du Relais.

Il s'agissait de l'efficace alliance sous-marine qui transmettait les messages par toutes les mers du nord.

— Garder secrète notre position, même après notre arrivée à Port au Crâne, serait bien mieux, conseilla Xzorsh. Quoi qu'en dise ton capitaine, j'entends vous suivre jusqu'à ce que vous jetiez l'ancre, au port. Dans ces eaux turbulentes, vous aurez besoin de mes yeux et de ma voix.

— Ta voix…, répéta Fyodor, songeur, en regardant tour à tour la Drow et l'elfe des mers. Si la nouvelle du passage de Liriel en vient à s'ébruiter largement, les êtres de bonne volonté entendront aussi parler d'une sorcière drow cinglant sur l'océan, et ils se méprendront forcément au sujet de ses intentions. Il lui faudra un porte-parole.

Xzorsh grimaça.

— Mon peuple est déjà au courant. Et beaucoup de mes congénères en sont très préoccupés.

— Et les elfes des mers que nous avons libérés des geôles d'Ascarle ? rappela Liriel. Certains ont combattu à Ruathym. Ils prendront ma défense !

— Ils parleront d'une prêtresse drow, et plus encore…, souligna Fyodor. Tu ne t'es pas vue en train de survoler la bataille, crachant le feu noir, les mains tendues et les prunelles ardentes ! Les témoins qui ont survécu auront toutes les raisons de te craindre.

Le souvenir raviva le désespoir de la Drow. Elle se reprit très vite, repoussant la réminiscence *et* l'émotion.

Les yeux levés au ciel, elle tendit les bras en feignant le dégoût.

— Vendez donc votre âme aux pouvoirs des ténèbres au nom des peuples de bonne volonté, et voilà toute la gratitude que vous en retirez ! Que d'attraits dans le dévouement de toute une vie… Je vois ça d'ici !

Xzorsh parut choqué. Et il s'indigna plus encore en entendant Fyodor glousser. Ce dernier flanqua une accolade amicale à l'elfe des mers.

— Façon de parler… Tout ira bien.

Plein d'incertitude, Xzorsh hocha la tête. Puis il enjamba le bastingage et retourna à l'eau – sans un bruit ni une éclaboussure.

La sombre lueur qui dansait au fond des yeux bleu arctique de Fyodor apportait un démenti cinglant à ses paroles rassurantes.

Tout ira bien, se répéta Liriel.

Durant les années passées à Menzoberranzan, pas une fois elle n'avait entendu ces trois mots dans la même phrase. Par contraste, les humains adoraient cette expression. Certains y croyaient même…

Mais l'air morose de Fyodor prouvait qu'il n'était pas dupe.

Elle lui passa les bras autour du cou, le laissant la serrer contre lui, et s'émerveilla comme toujours du réconfort qu'apportait une simple étreinte. Avant qu'il n'enfouisse le visage dans la chevelure blanche de son amie, elle remarqua de plus belle le trouble de son expression. Il devait craindre de ne pouvoir tenir parole… Et peu de choses tourmentaient davantage le jeune homme. Par contraste, les serments drows s'apparentaient aux fins biscuits de mer en froment qui constituaient l'ordinaire des marins : vite confectionnés, vite émiettés…

Alors que pour Fyodor, une promesse était aussi immuable qu'un lever de soleil.

Liriel se dit – et pas pour la première fois – que les humains menaient des vies incroyablement complexes.

CHAPITRE II

UN LOUP SERA TOUJOURS UN LOUP

La Drow et le Rashemi restèrent tendrement enlacés. Puis Fyodor s'écarta en tentant de sourire.

— Pensons un peu à nos charmants compagnons de voyage… Un long périple en mer est déjà assez dur pour un homme. Inutile de leur rappeler ce qu'ils ne peuvent pas avoir.

Liriel fronça ses fins sourcils blancs.

— Si tu te sens d'humeur assez généreuse pour penser à partager le butin, oublie ça ! Tu me suffis amplement.

— Des mots que j'ai entendus dans la bouche de plus d'une ravissante jeune femme…, badina-t-il.

— Ah, oui ? Combien ? (Déconcerté, il sonda du regard la Drow, qui haussa les épaules.) Je me demandais juste quel nombre de rivales j'aurais à éliminer quand nous atteindrons le Rashemen.

Fyodor en resta bouche bée.

— Petite aile de corbeau, je plaisantais !

La Drow éclata d'un rire rauque.

— Tu m'as prise au sérieux ?

— Parfois, avec toi, j'ai du mal à faire la part entre sérieux et boutade…

Elle fronça les sourcils.

— Ce n'est peut-être pas si évident, en effet…

A défaut de partager leurs pensées, ils savourèrent l'interlude en silence, au clair de lune. Puis Liriel releva les yeux vers son compagnon, et lui flanqua un coup de coude taquin dans les côtes.

— Tu as encore ton expression de conteur…

Elle se référait à la mine pensive et lointaine que prenait Fyodor chaque fois qu'il s'apprêtait à se lancer dans un de ses récits épiques. Les rares chantres drows existaient uniquement pour porter aux nues les victoires des matrones triomphantes et de leurs hordes de guerriers. L'idée que d'antiques légendes puissent guider les gens vers une nouvelle sagesse intriguait Liriel.

D'un élan distrait, Fyodor lui prit la main.

— Mon « expression de conteur » ? Et à quoi ça ressemble, je te prie ?

— Tu as l'air pincé et très grave, comme si tu cherchais à réprimer un éternuement. Ce sont sans doute toutes les moisissures irritantes que ces vieux contes poussiéreux véhiculent…

Face à l'attitude taquine de son amie, Fyodor resta morose.

— Ce sont bien des histoires, en effet. Mais pas de vieilles légendes. (Lui lâchant la main, il s'accouda au bastingage.) Il y a quelques années, ma sœur Vastish a recueilli un louveteau albinos dans la forêt… Sans elle, le petit n'aurait jamais survécu.

— Je connais ces loups ! On les dit très beaux et féroces. Un Drow que j'ai jadis tué m'avait remis des livres de contes et légendes sur le monde de la surface. Oh, je ne l'ai pas occis parce que ses bouquins m'avaient déplu, je te rassure… Oublions ça ! Continue, je me tais.

— Les anciens du village avaient déconseillé à Vastish de commettre pareille folie. Un loup sera toujours un loup, disaient-ils. Il volera des poulets, pourchassera les enfants en train de jouer… Vastish n'en faisant qu'à sa tête, le louveteau est resté. Elle l'a baptisé Fantôme en raison de sa fourrure blanche. Et l'animal était aussi loyal et affectueux envers elle qu'un chien, même si les villageois ne voyaient pas cette adoption d'un bon œil.

Un long silence suivit.

Liriel dévisagea Fyodor.

— Cela t'attriste. L'histoire ne s'arrête pas là, n'est-ce pas ?

Le jeune homme se tourna vers elle.

— Du temps a passé. Vastish a eu un fils qui, à son tour, a grandi avec un loup à ses côtés. Un jour, le garçon était en train de cueillir des champignons quand il est tombé sur une portée de louveteaux, dans le creux d'un arbre bassilia. La mère est revenue et a défendu ses petits…

Si l'air mélancolique de Fyodor était assez éloquent – quant au destin du garçon –, la façon dont il regarda Liriel laissait à penser que le récit ne concernait pas uniquement un enfant condamné d'avance.

— Qu'est-il arrivé à Fantôme ?

— On l'a abattu. Les villageois ont craint qu'un autre gamin en vienne à se fier au loup au mépris de toute prudence.

— Bien, approuva Liriel… avant d'écarquiller les yeux. Oh ! Tu es en train de me dire que si ton peuple est victime d'un Drow, quel qu'il soit, je serai le prochain Fantôme ?

— Moi vivant, jamais ! jura Fyodor après un long silence.

— Alors, tout ira bien, badina Liriel, espérant que cette expression stupide tellement en vogue chez les humains dissiperait le trouble de son ami. Tu as l'âme chevillée au corps, mon cher. Lolth m'est témoin que je n'ai pas ménagé mes efforts pour te tuer !

Un petit sourire flottant sur ses lèvres, Fyodor voulut reprendre la main de la Drow.

Une autre le devança.

Comme sous l'étreinte d'un esprit malveillant, Liriel se sentit soudain glacée jusqu'au tréfonds de son être, corps et âme.

Le choc passé, elle reconnut une présence familière, qu'elle avait jadis accueillie lors de son bref séjour à Arach Tinileth. A l'époque, la jeune Drow considérait Lolth avec affection. La déesse écoutait les prières et récompensait la dévotion par des dons magiques. Ce niveau d'attention et de générosité dépassait tout ce que Liriel avait pu connaître jusque-là. Mais aujourd'hui, elle savait mieux qui était Lolth. Et la déesse n'avait rien d'un parent aimant. Elle incarnait au contraire un pouvoir corrupteur et destructeur.

Un pouvoir jaloux.

Dévisageant Fyodor, Liriel revit sous son œil mental une scène de dévotion commune à Menzoberranzan : une prêtresse, campée devant l'autel de Lolth, les mains ruisselantes du sang de son amant dont elle présente sur un plateau le cœur encore palpitant... Voilà le genre de dévouement que la déesse attendait de ses zélatrices. Chaque fois que les braises de la concupiscence menaçaient de devenir une flamme éclatante, manifestation d'un sentiment bien plus pur, la passion des Drows s'étouffait dans le sang.

Liriel repoussa la main tendue de Fyodor et s'écarta, les bras frileusement serrés sur son torse.

D'instinct, le jeune homme fit un pas vers son amie. Main tendue en signe de rejet, Liriel recula encore.

— Va-t'en ! *Va-t'en !* hurla-t-elle d'une voix stridente.

Ses yeux horrifiés rivés sur le pont, elle continua de reculer. Avec une certitude subite, Fyodor comprit qu'elle cherchait à détourner une menace de lui...

Alors, il vit.

L'ombre d'une araignée gigantesque à tête de femme... Une belle elfe.

Les contours de Liriel se découpant contre le disque lunaire, l'ombre traquait la Drow, s'attachant de façon diabolique à ses pas.

Fyodor dégaina son épée pour la plonger dans le cœur de l'apparition. La lame se ficha profondément entre les planches du pont. Avant que le jeune homme puisse lâcher la garde, une bouffée de pouvoir, noir et colérique, courut le long de l'arme et le projeta dans les airs.

Fyodor s'écrasa contre le bastingage.

— Fuis ! l'implora Liriel. Ou saute par-dessus bord ! Tout ce que tu voudras pourvu que tu restes à l'écart !

Il ne pouvait s'expliquer l'angoisse qui faisait vibrer la voix méconnaissable de la Drow. Mais il ne pouvait davantage la laisser affronter seule l'adversité. Se relevant, il revint à la charge au pas de course... et, loin d'attaquer de nouveau, reprit Liriel dans ses bras pour lui faire un bouclier de son corps.

Leurs ombres conjuguées couvrirent celle de la Reine Araignée.

— Tu n'as aucun droit sur Liriel ! cria Fyodor à la déesse maléfique. Vous avez rompu tous les liens qui existaient entre vous !

Un rire moqueur résonna sous le crâne du jeune homme.

Loup un jour, loup toujours..., railla une voix féminine mélodieuse.

Elle s'exprimait dans une langue étrangère que, bizarrement, Fyodor comprit.

Liriel se couvrit les oreilles.

— *Elle* nous écoutait, chuchota-t-elle, au désespoir. Fyodor, fuis, laisse-moi !

— Non !

— Tu ne comprends pas ! Aucun mâle ne peut s'interposer entre une prêtresse et sa déesse sans y perdre la vie !

— Et après ? Tu n'es pas une prêtresse.

— Je l'étais ! Et *Elle* ne me laissera jamais en paix...

— Elle n'a pas le choix ! décréta Fyodor. Aucune divinité au monde ne peut s'imposer à une âme libre et souveraine ! Tu veux t'affranchir de ta déesse ?

— Oui !

— Dis-le-lui.

— Je *l'ai fait* !

— Encore ! insista le jeune homme. Et encore ! Répudie une divinité par trois fois, et les liens sont rompus. Les vieux récits sont tous unanimes là-dessus.

Qu'avait à perdre Liriel ? Hochant la tête, elle inspira profondément.

— Dame Lolth, je ne suis plus ta prêtresse. Mère Lolth, je ne suis plus ton enfant.

Le froid surnaturel empira. Voyant son ami devenir d'une pâleur mortelle, et ses lèvres bleuir, Liriel tenta de nouveau de le repousser pour le protéger. Secouant la tête, Fyodor la serra un peu plus contre lui, les drapant tous deux de son manteau. Leur chaleur corporelle partagée dissipa partiellement les ténèbres glaciales.

La Drow et son protecteur dévoué restèrent longuement enlacés en retenant leur souffle, dans l'attente de la réaction divine.

Mais rien ne vint troubler le silence, hormis des bruits sporadiques produits par les rares marins de quart et le clapotis des vagues contre la coque.

Liriel s'écarta de son ami. L'ombre qu'elle projetait était redevenue la sienne – celle d'une elfe noire menue à la posture pleine de défi, les épaules carrées.

Elle faillit se voûter de soulagement avec un pauvre sourire.

— La prochaine fois que je te taquinerai à propos de tes vieux récits poussiéreux, rappelle-moi cette nuit…

— Mieux vaudrait que nous oubliions tous les deux, objecta Fyodor. Ces histoires appartiennent au passé. Qu'elles y restent.

— Vraiment ? demanda la Drow, redevenue sérieuse.

— Il le faut. Ne prononce plus ce nom maudit ! Ne fais rien de nature à invoquer son retour.

— *Hoi*, Première Hache ! cria un marin d'une voix rauque.

Le couple se retourna. Fyodor avait brièvement détenu ce titre, jouant le rôle de commandant à Ruathym. Certains des hommes qui avaient combattu à ses côtés cinglaient maintenant les mers avec lui, à bord du *Narval*.

Déconcertés par la scène insolite qui venait de se jouer devant eux, des matelots restaient les bras ballants, incapables de donner un sens à la bouffée de panique de Liriel. Mais la majorité d'entre eux s'employait néanmoins à soigner les blessés, à faire basculer par-dessus bord les cadavres de tyrans-wugs et à récurer le pont à grande eau. Son faubert sanguinolent pointé vers la lune, un homme restait à l'écart. Fyodor reconnut Harlric, un vieux loup de mer doublé d'un escrimeur émérite.

Une sombre silhouette aviaire planait au clair de lune.

— Un corbeau ? chuchota le jeune homme.

Une main en visière pour se protéger de la lumière de l'astre nocturne, Liriel rejoignit son compagnon. Ce mystère les concernait tous deux. Fyodor avait affectueusement surnommé son amie « petit corbeau », et depuis qu'elle avait rallié le monde de la surface, Liriel en avait certainement assez appris sur ces étranges oiseaux doués d'intelligence pour apprécier la comparaison – *et* l'insolite de cette apparition nocturne.

— Ne s'agit-il pas d'oiseaux diurnes ? Et ne sommes-nous pas à deux ou trois jours de distance du littoral ?

Fyodor hocha la tête.

— Ce n'est pas une créature naturelle.

— Pleine lune…, observa sagement un des hommes. La période des visites étranges… Une fois, j'ai occis un loup-garou, et c'était la pleine lune.

— Pleine lune ou pas, c'est un présage, marmonna un autre en faisant un geste superstitieux avec un coup d'œil soupçonneux à la Drow. Un présage maléfique !

— Pas si l'on en croit les histoires de Première

Hache, insista Harlric. Selon lui, le corbeau transmet des messages d'un monde à l'autre. Pour qu'un oiseau comme lui s'aventure si loin en mer, les nouvelles doivent être vitales.

— Sans doute, grommela le tueur de loups-garous, suivant du regard la descente en spirale du messager ailé. Il arrive… Qui ici est en bons termes avec les corbeaux ?

Personne ne fit un pas en avant. L'oiseau vira et refit un cercle. Fyodor remarqua une trace argentée caractéristique, sur une des ailes noires.

— La marque d'Eilistraee…

Notant à son tour les plumes argentées, Liriel, les yeux écarquillés, tendit un poing, soutenu par son autre main. Le corbeau se posa promptement sur le poignet de la Drow avant de sauter sur un tonneau en dodelinant du chef.

— J'arrive du temple de la Promenade, que dirige la haute prêtresse Silué Veladorn, annonça le petit messager d'un filet de voix. J'apporte un message pour Liriel Baenre, fille de la Première Maison de Menzoberranzan.

Celle-ci jeta un coup d'œil aux hommes intrigués par ce prodige. Son regard s'attarda sur le seigneur Caladorn. L'intelligence qui pétillait au fond de ses yeux et le pli songeur de ses lèvres alertèrent la princesse. Les ChanteMorts drows avaient des expressions semblables quand ils assistaient à des actes perfides ou chaotiques, prompts à tisser leurs sinistres poésies alors même que la tragédie se nouait sous leurs yeux…

Caladorn chantait ses récits à un espion.

De cela, Liriel eut l'absolue certitude.

— Ne vous gênez pas, surtout ! cracha-t-elle. Il s'agit d'un entretien privé !

— Pas à bord de mon vaisseau, certainement pas ! s'insurgea Ibn. Aucun message n'y circule sans mon assentiment.

Le corbeau tourna ses petits yeux noirs brillants vers le pirate à la barbe rousse.

— Dans ce cas, capitaine, je vous adjure de ne pas mouiller à Eau Profonde, où le danger vous guette. Vous devrez aller directement à Port au Crâne.

Une légère rougeur colora les joues hâlées d'Ibn.

Liriel plissa le front.

— Une minute… N'est-ce pas ce qui était prévu ?

— J'ai changé d'avis ! grogna le capitaine. La dernière incursion à Port au Crâne s'est très mal passée. Je ne vous apprends rien, tout de même ! Vous le savez mieux que personne. On a eu chaud… Et on n'est pas près d'oublier, mes gars et moi.

— Mais nous avons maintenant un nouveau navire et un autre capitaine, souligna Fyodor. Il me semble que le pire serait encore de traiter l'avertissement de Dame Qilué par-dessus la jambe.

Dédaigneux, Caladorn Cassalanter fit claquer sa langue.

— Avec tout le respect dû à cette prêtresse drow, il y a fort à parier que vous aurez bien plus de problèmes dans la cité souterraine que dans la Cité des Splendeurs. Des renforts conséquents nous attendront sur les quais, et il ne devrait y avoir aucun incident.

Nous y voilà…, pensa Liriel, sombre. *L'intérêt de Caladorn dans cette histoire…*

Ce serait bien d'Ibn tout craché que de livrer sa passagère drow contre une rançon. Et qui serait plus en mesure d'en négocier les termes qu'un seigneur aquafondien ?

Mais s'ils pensaient capturer Liriel si facilement, ils n'avaient vraiment aucune idée des facultés géniales des Drows à semer le trouble et la perturbation !

Se gardant de trahir le cours de ses pensées, Liriel se fendit d'un sourire perplexe au bénéfice de l'Aquafondais.

— Port au Crâne est un endroit très… excitant. Mais si ce que vous dites d'Eau Profonde est vrai, pourquoi Qilué me conseille-t-elle de l'éviter à tout prix ?

— Loin de moi la prétention de lire dans ses pensées, répondit Caladorn avec fermeté, mais une chose est sûre : Eau Profonde est une ville très policée.

— Sans doute. Je gage pourtant qu'on y croise fort peu de Drows, souligna Liriel.

Ibn retira sa pipe de sa bouche.

— Notre homme vient de dire que c'était une cité policée… Le reste coule de source.

Contrariée par cette intrusion dans la conversation, Liriel leva une main au ciel. Un nuage toxique monta du fourneau de la pipe, formant comme un halo verdâtre autour d'Ibn… qui courut au bastingage, tête penchée au-dessus de la mer.

— J'espère que Xzorsh ne nous suit pas de trop près, commenta Liriel, caustique.

Avec un soupir résigné, Fyodor se retourna vers Caladorn.

— Si les Drows sont si rares à Eau Profonde, l'arrivée de Liriel ne passera pas inaperçue et la nouvelle s'ébruitera vite.

— Et alors ? A-t-elle besoin de passer inaperçue ?

— Ma survie est une priorité, riposta Liriel. Voyez-y un caprice, si vous voulez…

L'aristocrate secoua la tête.

— Une déclaration théâtrale, qui ne repose sur aucun fondement… Je vous assure, tout ira bien. Mes associés et moi avons réglé les frais de cette traversée, et pris toutes les mesures souhaitables et nécessaires à notre sécurité. La décision me revient, ainsi qu'au capitaine.

Il lança un regard inquisiteur à Ibn qui, la mine verdâtre, se cramponnait toujours au bastingage. Le nuage toxique commençait à peine à se dissiper.

— Pas Port au Crâne…, fit le capitaine d'une voix mourante.

— Et l'avertissement du corbeau ? insista Fyodor.

— La loi règne à Eau Profonde, lâcha Caladorn,

campant sur ses positions. Si la Drow se tient à carreau, elle n'aura rien à craindre.

Fyodor serra les mâchoires.

— Supposons que vous vous trompiez, seigneur Caladorn, et que le danger la guette à Eau Profonde, qui prendra les armes pour sa défense ? Vous ? Vos associés ?

Le noble croisa les bras.

— Vous paraissez convaincu qu'il y aura du grabuge…

— J'ai mes raisons. Pouvez-vous en conscience affirmer que les bonnes gens de votre ville si éprise de justice souriront au passage d'une Drow et l'acclameront ? Une fois que le bateau mouillera au port, Liriel et moi serons en territoire hostile – vous le savez parfaitement, vous et vos associés qui, comme vous le dites, vous attendront sur les quais en force…

Les deux hommes s'affrontèrent longuement du regard avant que Caladorn ne cède devant l'air glacial et accusateur du Rashemi.

— Je ne veux aucun mal à la Drow. Mais d'autres, en revanche…

— Vous prendrez sa défense ?

— Je ne peux pas ! s'écria Caladorn. Et ce pour des raisons dont je ne tiens pas à débattre. L'un ou l'autre, avez-vous des connaissances à Eau Profonde ? Quelqu'un qui sera en mesure de faire passer la Drow inaperçue, et de la défendre au besoin ?

Un souvenir resurgit dans la mémoire de Liriel : une rencontre fortuite avec un humain… Le type avait été assez malin pour voir clair en elle sans alerter ses compagnons insipides que la « noble dame en costume drow » en était véritablement une…

Il connaissait Qilué – *et* un passage vers Port au Crâne. Il s'agissait peut-être même d'un adepte d'Eilistraee. Au cours de la bataille du Trésor du Dragon, quelques semaines plus tôt, Liriel avait remarqué parmi les compagnons de la prêtresse quelques humains et même un petit homme. A tout le moins, le gaillard pourrait envoyer un message à Qilué…

— Il y a peut-être quelqu'un, répondit Liriel. Nous nous sommes rencontrés dans les environs d'Eau Profonde, à un bal costumé… Je n'ai pas su son nom mais je peux le décrire. Blond, les yeux gris, la taille de Caladorn, prompt à sourire et à plaisanter… Je l'ai vu jouer d'un instrument doté de cordes au milieu et d'un dos si bombé qu'on l'aurait cru sur le point d'accoucher…

— Un luth, déduisit Fyodor.

A en juger par son air maussade, Caladorn voyait parfaitement de qui il s'agissait – et il regrettait amèrement de connaître le bonhomme.

— Quel costume portait-il ? De quelle couleur ?

Impatiente, la Drow haussa les épaules. L'obsession des humains pour les couleurs la dépassait.

— Ses habits et ses bijoux étaient verts, répondit Fyodor. Côté héraldique, j'ai remarqué qu'une de ses chevalières portait une tête de licorne et un corbeau.

— Naturellement…, soupira Caladorn, exaspéré. Si Judith souhaitait retrouver son frère, il lui suffirait d'engager un devin pour localiser le site du désastre imminent le plus proche !

— Vous connaissez cet homme, constata Liriel. Identifiez-le, avec sa maison et son rang de filiation – ou ce qui passe pour tel dans votre ville si soucieuse d'équité.

— Le rang et la fortune sont intimement liés, rappela Fyodor. Eau Profonde est gouvernée par les familles marchandes les plus cossues.

L'aristocrate secoua la tête.

— Les nobles lignées ne gouvernent pas la cité, rectifia-t-il. La famille Thann est certes pleine aux as, mais Danilo est le cadet de six rejetons, si je ne m'abuse. Un freluquet assez amusant, au demeurant, mais c'est tout le bien qu'on peut dire de lui…

En disconvenant dans le secret de ses pensées, Liriel

regarda Caladorn d'un autre œil. Au sein de la société drow, les cadets dissimulaient leurs ambitions – et parfois leurs capacités réelles – tout en guettant leur heure.

— Pouvez-vous contacter ce Danilo de la Maison Thann ?

Caladorn hésita.

— Dès que nous serons à quai.

Liriel secoua la tête.

— Ça ne me suffit pas ! Je ne laisserai pas le bateau entrer au port tant que Danilo ne nous y attendra pas, avec assez de soldats costauds et de magie pour nous assurer un passage sans encombre à travers Eau Profonde ! Assurez-le qu'il sera amplement dédommagé de ses peines. Et, histoire d'éviter tout malentendu, rappelez-lui aussi que les Drows rendent toujours aux fourbes la monnaie de leur pièce…

L'air impassible – du moins à l'aune des critères humains –, Caladorn fixa longuement l'horizon au liseré argenté, entre ciel et terre. Fascinée, Liriel suivit sur le visage de l'homme le cheminement d'émotions mal dissimulées.

Enfin, il s'inclina.

— Très bien. Il en sera ainsi.

Liriel et Fyodor le regardèrent s'éloigner.

Le corbeau se racla la gorge.

— Votre réponse, princesse ?

La Drow revint au petit messager.

— Rapporte nos propos à Qilué, et dis-lui que nous la rejoindrons au plus vite.

Dans un bruissement d'ailes, le corbeau reprit son envol.

Les marins retournèrent à leurs occupations, ou à leur hamac.

Dès qu'ils furent de nouveau seuls, Fyodor dit ce qu'il avait sur le cœur :

— Il me semble que le seigneur Caladorn exécutera tes ordres – et qu'il ne s'arrêtera pas là.

La Drow leva un sourcil.

— C'est aussi ton avis ? S'il peut avertir cet homme avant que nous jetions l'ancre, il alertera aussi ses sbires. A sa guise. Un peu d'excitation ne sera pas pour nous déplaire !

A cet instant, un cri féminin furieux éclata, à la poupe. Amusée, Liriel vit Ibn aux prises avec la genasi qui venait de revenir à elle. Entre deux jurons, le capitaine hurla à ses hommes de ne pas s'en mêler.

Plus près, deux marins luttaient pour faire passer par-dessus bord une énorme carcasse de tyran-wug. Fyodor leur prêta main-forte.

Cela fait, il revint près de son amie et lui décocha un petit sourire.

— C'est quoi « un peu d'excitation » pour toi ? Je serais très curieux de le savoir, petit corbeau…

Liriel le lui expliqua dans un murmure suave, avec un grand luxe de détail. Quand elle reprit son souffle, Fyodor secoua la tête, feignant l'étonnement.

— Le quart de minuit commence dans quatre heures. Y aura-t-il le temps pour tout ça ?

Après lui avoir décoché un regard en coin, Liriel se dirigea vers la cale.

— Je l'ignore, lança-t-elle par-dessus son épaule. Jusqu'ici, personne n'a survécu à la première heure…

Le rire du Rashemi mourut bientôt, car la Drow ne partageait visiblement pas son amusement.

— Tu ne plaisantais pas ?

Aucune réponse ne monta du pont inférieur, où Liriel était descendue. Haussant les épaules, Fyodor l'y rejoignit. La nuit commençait à peine, la lune était pleine et… il y avait des façons bien pires de mourir.

CHAPITRE III

EAUX PROFONDES

Loin sous le *Narval Bondissant*, Xzorsh nageait en direction de l'est, déterminé à assurer la sécurité – même relative – du voyage de la Drow. Une mission qui n'aurait rien d'un jeu d'enfant... Il lui suffisait de regarder autour de lui pour s'en persuader.

Des carcasses de tyrans-wugs dérivaient entre deux eaux où dansaient des plumetis de sang. Bientôt, les requins afflueraient, prédécesseurs de charognards plus lents mais plus redoutables aussi...

Les marins humains connaissaient les océans, leurs humeurs et leurs caprices. Si les abysses leur restaient mystérieux, un lieu insondable souvent évoqué comme « les halls silencieux d'Umberlee », la mer de Xzorsh, elle, ne se taisait jamais. Des bulles montaient vers les étoiles, les remous subtils des algues ballottées au gré des courants indiquaient leur sens, leur direction et leur profondeur, les poissons cliquetaient en traversant par bancs entiers les fonds marins, un chœur assourdi de coassements rauques, dans le lointain, marquait la retraite des tyrans-wugs, et le chant des baleines évoquait une longue plainte mélancolique... Mais ce furent des cliquetis fort discrets, presque inaudibles sous les murmures complexes de la mer, qui avertirent Xzorsh d'une embuscade...

Il fit jouer ses armes, dans leurs fourreaux : un fin couteau, forgé par les elfes des continents, et un de ses précieux crabes de jet. Détournant à son profit l'élément de surprise, il prit sa lance et plongea vers un corail…

… D'où jaillirent à découvert des elfes des mers, qui eurent tôt fait de le cerner. L'une d'eux, au crâne rasé mettant en valeur ses belles taches mouchetées argent et vert, tenait un trident. Xzorsh, qui la reconnut, inclina sa lance en signe de paix.

— Salut, Coralay. Tu me cherchais, ou je me suis aventuré où il ne fallait pas ?

L'elfe des mers baissa sa garde.

— Un essaim de tyrans-wugs a lancé un chant de guerre. Pourquoi n'as-tu pas appelé des renforts ?

— Ce n'était pas nécessaire, répondit Xzorsh.

Un jeune elfe au style de nage chaloupé et à la lance vierge de toute encoche se campa près de Coralay.

— Pourquoi le grand ranger des mers aurait-il besoin d'aide ? railla-t-il. Quel besoin a-t-il de ses semblables quand il compte pour amis tous les monstres des profondeurs ?

Xzorsh se hérissa à cette allusion peu charitable à Sittl, son ami et partenaire de longue date qui venait d'être convaincu de trahison envers le Peuple de la Mer. En réalité, Sittl était un malenti, un mutant du peuple maléfique des sahuagins. Et comme tous ses congénères, il avait caché un cœur noir sous sa ravissante plastique d'elfe des mers…

— Si tu m'accuses moi aussi de trahison, répondit Xzorsh, glacial, tu t'opposes en cela au Conseil des Vagues. La cour a statué, et reconnu mon innocence.

— Le malenti s'est joué de toi, insista le jeune guerrier.

— Il s'est moqué de nous tous, intervint Coralay d'un ton sans réplique en fixant l'éclaireur. (D'un petit signe, Xzorsh l'invita à continuer.) De nombreux tyrans-wugs ont attaqué ce navire. Seuls onze, morts ou vifs, sont retournés à l'eau. On sait que tu es l'ami des humains. Et tu n'aurais pas laissé un de leurs vaisseaux aux mains de ces monstres…

— De ces mots, je te remercie, répondit Xzorsh, circonspect.

— Et pourtant, te voilà…

Ils se jaugèrent longuement du regard.

— Les tyrans-wugs ont été vaincus, admit-il enfin.

— Tous ? s'exclama Coralay, incrédule. Quel genre d'humains navigue à bord du *Narval* ?

— Des pirates nordiques, en grande majorité. En compagnie d'un guerrier originaire de l'est lointain, et d'une puissante sorcière.

Le visage de Coralay se ferma.

— Parle-nous d'elle.

Xzorsh écarta les bras.

— La bataille a été gagnée. Qu'y a-t-il à ajouter ?

— J'ai entendu parler d'autres combats récemment livrés, le long des côtes et sur les mers de Ruathym… Là encore, la magie était à l'œuvre. Parle sans détour : la prêtresse drow de Ruathym est-elle à bord de ce navire ?

— Pourquoi veux-tu le savoir ? Dans quel but ?

Coralay plissa le front.

— Quelle étrange façon d'éluder les questions, chez un ranger dont la raison d'être est de tenir le Peuple informé…

— Informer, oui, protéger aussi, répliqua Xzorsh.

Histoire d'illustrer son propos, il redressa légèrement sa lance.

Une vague de consternation fit frémir les elfes de mer.

— Tu irais jusqu'à défendre une Drow contre tes propres frères ? s'écria l'un d'eux.

— L'as-tu jamais rencontrée ?

— Non.

— Dans ce cas, sauf ton respect, mon frère, tu n'es pas en mesure de juger. Liriel est une princesse en son royaume, formée depuis l'enfance aux mystères de l'Art. C'est une amie fidèle des humains de Ruathym et du Peuple de la Mer. Sache qu'elle aussi a baigné, gamine, dans les récits d'elfes maléfiques… A cette différence près que les méchants ont toujours été pour elle les elfes blancs du ciel et de la mer !

Coralay se rembrunit.

— Ce n'est pas pareil !

— Ah, non ? Les gens ne sont pas toujours ce qu'ils paraissent être. Avoir la peau noire n'implique pas forcément qu'on ait le cœur aussi noir, pas plus que voir un beau visage familier ne garantit à tous les coups bonté, amitié et bienveillance ! Le malenti Sittl a gravé cette leçon en runes de sang.

Le chef des elfes dévisagea longuement Xzorsh.

— Nous y réfléchirons. Méditeras-tu aussi à ce que j'ai dit ?

Le ranger s'inclina gravement.

— En effet, continua Coralay, les gens ne sont pas toujours ce qu'ils semblent être… ou ce que nous *voudrions* qu'ils soient. Tu as peut-être raison à propos de cette Drow. Elle a combattu à tes côtés, et t'a confié des armes magiques. On dit même qu'elle aurait promis de t'enseigner l'Art perdu…

Elle leva un sourcil vert.

— C'est exact, admit Xzorsh.

— Bon. Qui sait si nous n'avons pas tort, en effet, de voir le mal chez cette elfe noire… Mais est-il possible que tu voies uniquement le bien en refusant obstinément de sonder ses côtés plus… obscurs ?

Xzorsh aurait voulu opposer un démenti formel. Et s'il n'avait pas été témoin de la bataille livrée sur les rivages de Ruathym, il l'aurait peut-être pu…

— Mon premier devoir est la protection. Alors, il est *possible* que je ne puisse pas rendre de meilleur service au Peuple que de protéger Liriel de toutes mes forces… Tant que je vivrai, rien de mal ne lui arrivera. Et *elle* ne pourra pas en faire aux miens.

Coralay baissa tout à fait son trident.

— C'est tout ce que je souhaitais entendre. Va, Xzorsh.

Un jeune homme blond en atours de soie verte sif-flotait une ballade de taverne populaire en sautillant d'une démarche guillerette en direction de la tour de Blackstaff. Le fortin noir était un repère célèbre du paysage urbain aquafondien – un merveilleux édifice antique à la pierre lisse sans fenêtres ni portes visibles.

Le visiteur s'y dirigeait en droite ligne, comme assuré de pouvoir jouer les passe-muraille en toute impunité. Il heurta le mur à ses dépens, tituba de quel-ques pas en arrière, se prit la tête à pleines mains et jura avec une belle vigueur – et beaucoup de verve.

Ses essais suivants furent plus circonspects : un coup de pied par-ci, une poussée de la main par-là... Pour finir, un bras féminin traversa la pierre, le saisit par le col de sa tunique et l'attira à l'intérieur.

Danilo Thann se retrouva face à l'elfe Sharlarra Vindrith, l'apprentie-sorcière de Khelben « Blackstaff » Arunsun. Lui détachant avec douceur les doigts de sa tunique, les yeux rivés dans les siens – violets pailletés d'or, remarqua-t-il distraitement –, il les porta à ses lèvres pour se fendre d'un élégant baisemain.

— Sublime Sharlarra, souffla-t-il, jadis saluée comme la plus belle de toutes les elfes d'Eau Profonde...

Souriant, elle leva un sourcil plein de défi.

— Jadis ?

— Ma foi, oui... (Danilo se massa le front.) Puisque aujourd'hui, je vois *deux* Sharlarra, il faut bien que vous vous partagiez les honneurs...

Amusée, l'elfe glissa un bras sous celui du sémillant jeune homme.

— Je vous assure, personne d'autre n'a ma mesure, minauda-t-elle.

— Dommage... Les possibilités étaient, à tout le moins, palpitantes...

— Avez-vous fini vos marivaudages, tous les deux ?

La question venait du maître des lieux. Hoquetant, Sharlarra fit volte-face.

En apparence, Khelben Arunsun était un homme bien bâti d'âge mûr, les cheveux et la barbe noirs striés d'argent.

D'une main, il mima une mixtion.

— Les potions ?

S'inclinant, l'elfe se hâta de retourner à ses devoirs – sous l'appréciation ravie typiquement masculine de Danilo.

Mais dès qu'elle eut quitté la pièce, son sourire rayonnant s'évanouit comme par enchantement.

— Qu'y a-t-il, mon oncle ? Le sortilège d'urgence ajouté à ton invocation a failli enflammer le parchemin !

— Ça provient des hommes-sirènes du port…

L'archimage claqua des doigts et un document en peau de phoque surgit de nulle part. Il le tendit à son neveu, qui le lut en diagonale avant de relever des yeux incrédules.

— Il faut croire que tu as fait une grosse impression à cette sorcière drow de passage…, commenta son mentor d'un ton acide.

Le jeune homme eut un sourire complaisant.

— Les femmes voient souvent en moi une expérience inoubliable…

— On le dit aussi des fièvres malignes et des épidémies galopantes de grippe… Tu n'iras pas attendre cette Drow au port.

— Ah, non ?

— Non. Ne me défie pas, Danilo. Les enjeux sont beaucoup plus élevés que tu ne saurais l'imaginer.

— Comme toujours…, maugréa le jeune homme dans sa barbe. (Bras croisés, il s'adossa au mur.) Histoire de changer de routine, si tu éclairais un peu ma lanterne ?

Les mains dans le dos, l'archimage fit les cent pas.

— Caladorn Cassalanter fait voile en compagnie de la Drow. Que nous ayons fricoté avec elle lui a nettement déplu. Et il n'est guère flatteur à son sujet. Je croyais que vous étiez amis, tous les deux.

— Nous l'étions, et nous le redeviendrons, affirma Danilo avec un grand naturel. Mais Caladorn tournait un peu trop autour de Judith, et j'ai réagi comme l'aurait fait n'importe quel frère cadet à ma place. N'importe quel frère au fait de la magie, précisa-t-il, et dont les composants comportent une belle réserve de salpêtre…

— Pas étonnant que Caladorn ait fui au large… Que pouvait-il faire d'autre ? Un bon petit que ce garçon, l'œil perçant et un sens des responsabilités dont tu ferais mieux de t'inspirer !

— On le donne également pour l'arbitre des élégances, renchérit Danilo avec une gravité feinte. Gageons que la mode nautique fera bientôt rage…

Khelben lui décocha un regard noir.

— Outre ce message qui t'était destiné, Caladorn évoque le destin du *Clipper*, un des vaisseaux aquafondais portés disparus cette saison, comme il t'en souviendra. On l'a retrouvé à la dérive, véritable navire fantôme, avec des tonneaux à bord contenant les cadavres d'une dizaine d'elfes des mers conservés dans de la saumure.

Le jeune homme s'assombrit.

— Les Nordiques ne portent pas le Peuple dans leur cœur, mais j'ignorais que les choses avaient dégénéré à ce point…

— Les Nordiques et les elfes…, fit Khelben, songeur. Quand une situation est-elle simple ?

— Quand tu t'en mêles et que tu prends tout en main ? suggéra son neveu.

— Veux-tu bien m'écouter, gredin ?

D'une main, Danilo traça d'élégantes arabesques dans les airs, invitant son oncle irascible à continuer.

— Selon la thèse de Harkle concernant les cultures d'Ombre-Terre, l'anéantissement des elfes de la surface est un des principes premiers des Drows, juste après la domination des royaumes souterrains.

Danilo s'écarta du mur.

— Tu penses qu'à cette fin, notre jolie petite sorcière

se serait alliée aux Nordiques ? Qu'elle aurait été mêlée à l'assassinat de ces malheureux elfes des mers ?

— En vérité ? Non. Je ne vois pas les Premières Haches de Ruathym conclure plus qu'une alliance passagère avec des elfes blancs – ou noirs –, et pour quelque raison que ce soit. Comme le dit un vieux dicton nordique, si tu hurles avec les loups pour mieux les chasser, garde toujours deux flèches à portée de la main…

— Charmant sentiment…, murmura Danilo. Je devrais mettre ça en musique un de ces jours. Partons du principe qu'il n'existe pas de telle alliance. Dans ce cas, que mijote notre Drow, selon toi ?

— Là est tout le problème, grommela Khelben. Je ne sais rien de ses motivations.

Un rire féminin signala la présence de Laérale Maindargent. Bras croisés, la prunelle pétillante, elle était campée sur le seuil de la pièce.

Elle-même magicienne de renom aux pouvoirs légendaires, la dame de Khelben Arunsun s'était mise à l'aise et portait un affriolant déshabillé de la teinte précise de sa chevelure.

— De quelle charmante jeune dame parlez-vous ?

— Nous parlons de la Drow.

Quelque chose, dans le ton de l'archimage, ôta toute envie de rire à Laérale.

— S'il est une fois de plus question de ma sœur Qilué, tu ferais mieux de le prendre sur un autre ton.

— Nous n'allons pas revenir là-dessus ! grogna Khelben, irrité.

— La dernière visite de ma famille ne t'intéresse donc pas ?

L'archimage se rembrunit un peu plus.

— Tu étais de nouveau à Port au Crâne ?

— Oui, j'en reviens. Qilué s'inquiète beaucoup pour sa jeune amie. Quelqu'un capable de lancer de très gros filets a Liriel dans son collimateur… Ma sœur entend aider sa congénère à arriver à bon port.

— Et voilà, mon oncle, commenta Danilo. Problème réglé.

— J'ai plus d'une fois constaté que Qilué créait beaucoup plus de problèmes qu'elle n'en résolvait… Elue de Mystra ou pas, c'est avant tout une Drow jusqu'au bout des ongles : impulsive, caractérielle, vindicative et illogique !

— Elle aussi chante tes louanges, fit Laérale, suave.

Khelben refusa de mordre à l'hameçon.

— Je t'écoute.

La magicienne poussa un long soupir.

— Selon Qilué, on pose beaucoup de questions et on graisse quelques pattes de-ci, de-là… La traque contre Liriel s'étend maintenant à Eau Profonde. As-tu prêté l'oreille aux chants de taverne, Danilo ?

— Oui, mais je ne saisis pas tout, admit le jeune homme. La tête d'un certain « Corbeau » est mise à prix – et comment ! Le reste m'échappe…

— Il n'en faut pas plus, soupira Laérale en écartant une mèche argentée de son front. Toutes les factions louches d'Eau Profonde se lanceront aux trousses de la jeune amie de Qilué, sans parler des perdants de tout poil avides d'éponger d'un coup leurs dettes de jeu…

— Et sans parler des héros en herbe qui considèrent la lutte contre le mal comme leur devoir sacré, renchérit Dan. Les Drows occupant la place d'honneur sur leur liste noire, comme de juste…

La magicienne grimaça.

— J'espérais passer cette engeance-là sous silence…

— Les bonnes âmes que compte Eau Profonde sont le cadet de nos soucis, trancha Khelben en prenant d'une poche secrète de sa manche droite un petit filet rempli de gemmes. Cela provient du trésor d'un dragon des profondeurs, dans lequel Liriel puisa pour racheter la liberté du *Demoiselle Elfe*, un vaisseau pirate rathymaar propriété du capitaine Hrolf. Liriel s'étant trouvée plusieurs jours en possession de ces pierres, elles pourront servir à la repérer. Mieux : elles nous montreront qui traque la Drow.

Khelben lança un sortilège, invoquant rapidement une carte magnifique des îles et du littoral nordiques. Tirant un flacon de sa sacoche, il préleva une pincée de poudre scintillante dont il aspergea la carte magique pour libérer un arôme aux effluves complexes.

Le jeune homme étudia l'illusion, suivant la progression de fils argentés sur terre comme sur mer. Une toile étincelante reliait Luskan à Ruathym.

— Il doit s'agir de la récente invasion maritime... Quel rapport entre ces ennemis de longue date et notre nouvelle amie ?

— Le capitaine chargé de l'assaut était Rethnor, répondit Khelben. Un des cinq seigneurs de Luskan.

— Le capitaine Rethnor..., répéta Danilo, songeur. On le dit subtil et retors, le genre d'homme incapable d'accepter le poids de ses échecs... Et quel meilleur bouc émissaire au monde qu'une Drow ?

— En ce moment même, renchérit Khelben, il répand des rumeurs selon lesquelles Ruathym aurait conclu de redoutables alliances... qui justifient cet assaut contre leur souveraineté. Rethnor prétend que Ruathym s'est acoquiné aux elfes noirs, avec l'accord tacite d'Eau Profonde sinon son soutien... Liriel fait voile vers la Cité des Splendeurs. L'accepter dans notre ville reviendrait à donner substance à ces calomnies.

— C'est absurde ! protesta Danilo. Qui irait ajouter foi à pareils raisonnements ?

Khelben renifla, ironique.

— Depuis quand la logique a-t-elle barre sur les rumeurs ? Si une chose est assez répétée, les imbéciles ne demanderont pas mieux que d'y croire.

— Alors que faire ? Faut-il livrer Liriel au capitaine Rethnor ?

— Beaucoup adoreraient la vendre au plus offrant...

L'archimage énonça une autre formule magique. Des

filaments argentés remplirent la mer comme autant de filets de pêche, s'enfonçant dans le sol et la pierre.

— La société Kraken…, raisonna Danilo. Et le réseau souterrain doit être celui des Drows, j'imagine. Liriel ne s'est apparemment pas tourné les pouces…

— Si seulement elle s'en était tenue là…, soupira Khelben.

Une nouvelle pincée de poudre conféra un aspect différent à la carte magique.

Des sphères translucides se chevauchèrent à la façon d'arcs-en-ciel superposés. Des fils fusèrent de tous ces plans d'existence pour converger en pleine mer, à l'est d'Eau Profonde. La forme globale du phénomène évoquait une toile d'araignée.

— Voilà qui n'augure rien de bon, maugréa le jeune homme.

— Ça ne pourrait pas être pire ! La divination suggère que notre jeune sorcière s'est attiré le vif intérêt d'une certaine déesse…

Laérale croisa le regard sombre de Khelben.

— Tu es en train de dire que peu importe où Liriel ira, Lolth la suivra vraisemblablement…

— C'est ce que je crains, admit l'archimage. La déesse drow ne s'était plus tournée vers le monde de la surface depuis de longues années. Il faut tenir Liriel à l'œil et au besoin, l'arrêter.

Bombant le torse, Danilo prit une grande inspiration.

— Très bien… Laissez-moi une heure pour plier bagage, et je pars.

Son oncle secoua la tête.

— Pas toi, Dan, pas cette fois. Les elfes du Temple du Panthéon ont leur propre agent.

En réponse à l'invocation muette de son maître, l'apprentie reparut sur le seuil de la pièce.

— Veuillez introduire notre invitée…

Quelques instants plus tard, Sharlarra revint avec une elfe élancée. La chevelure aile-de-corbeau – striée d'une mèche argentée nattée –, elle portait une tenue de cuir usée sous un plastron en cotte de mailles…

Une épée et un arc constituaient son armement.

— Voilà Thorn, championne d'Eilistraee récemment arrivée au Ruathym, annonça Khelben. La mission lui revient.

— Comme tu voudras, mon oncle, capitula Danilo en lançant à la nouvelle venue son plus charmant sourire. Savoir que Liriel a noué des amitiés au sein même des adeptes d'Eilistraee est un immense soulagement.

— Sur ce point, je ne saurais que dire, répondit l'elfe avec un étrange accent. Car je ne l'ai jamais rencontrée.

— Mais vous venez de Ruathym ?

— Et alors ? Il ne s'agit pas d'une camarade… (Thorn plissa ses yeux, plus dorés que verts.) En tournant le dos à l'enfance, les humains dépassent le besoin puéril de bombarder leur entourage de questions. La plupart, du moins… Ou peut-être que les plus curieux voient leur vie tragiquement écourtée.

— Vous me menacez ?

Vive comme l'éclair, Thorn prit son arc et décocha au jeune homme une flèche qui se planta en vibrant entre ses pieds, dans le parquet en chêne.

— *Ça*, c'était un avertissement.

Echaudé, Danilo recula d'un pas.

— A Eau Profonde, quel barde ou quel diplomate pourrait rivaliser de subtilité avec les elfes ? fit-il, faussement admiratif. A l'évidence, notre excellent archimage a raison : je ne dois pas attendre au port notre amie drow… Dame chasseresse, seigneur, dame Arunsun, délicieuse Sharlarra, le bonjour à vous tous.

Les arcs-en-ciel de la carte magique l'auréolèrent alors qu'il se lançait dans une grande révérence, saluant d'abord la guerrière elfique, puis les archimages. En prenant congé, il donna au passage un baiser amical sur la joue de Laérale, et un baiser plus amical encore à Sharlarra, qui lança un coup d'œil inquisiteur à sa maîtresse.

D'un geste distrait, Laérale la renvoya à ses occupations avant de se tourner vers la guerrière.

— La Demoiselle Noire n'avait plus pris de championne depuis de longues années.

— Vous connaissez l'histoire du Peuple, remarqua Thorn. Vous devez aussi savoir qu'il est passé autant de temps depuis que Lolth a accordé les pouvoirs d'une Elue à une mortelle.

Laérale pâlit.

— Vous ne suggérez tout de même pas que Liriel…

— Je ne suggère rien, trancha l'elfe, glaciale. Je sais. *J'ai vu.* Son chemin l'a entraînée à Port au Crâne, puis au large. Je l'ai suivie jusqu'à ce que des ogres de mer capturent mon vaisseau. Ceux qui étaient à bord et qu'on ne tua pas furent emprisonnés dans les royaumes sous-marins d'Ascarle. Puis des elfes de mer les ont libérés et nous ont guidés vers un portail magique jusqu'au Ruathym. Là, nous avons pris part aux combats opposant le Ruathym à Luskan. J'ai vu de mes yeux cette Drow canaliser la puissance et la rage de Lolth contre les envahisseurs.

— Alors, Caladorn a bien fait de persuader le capitaine d'accoster à Eau Profonde, dit Khelben. La puissance de Lolth sera considérablement accrue dans la cité souterraine.

Laérale écarquilla les yeux. Une de ses mains vola jusqu'à la joue que Danilo venait d'embrasser.

Le geste chagriné n'échappa pas à l'archimage.

— Un problème, ma chère ?

— On peut dire ça… (Laérale serra le poing.) Liriel va courir retrouver Qilué. Nous devons immédiatement avertir ma sœur !

Khelben fronça les sourcils.

— Tu sais que c'est impossible. Il faut déjà des heures pour qu'un simple message passe les protections magiques de Qilué. Personne ne peut se téléporter directement dans le Temple de la Promenade.

— Moi, si, répondit Laérale, sombre. Grâce à la boucle d'oreille que ma sœur m'a donnée, et que je portais encore il y a quelques instants…

Elle rouvrit la main.

Vide.

D'abord perplexe, l'archimage fronça soudain les sourcils en comprenant.

— Danilo vient de dire qu'il n'irait pas au rendez-vous de la Drow ! La déesse sait si ce garçon a des défauts, mais il n'a encore jamais manqué de parole !

Laérale leva les yeux au ciel.

— Il a accepté de ne pas voir la Drow *au port*. Très cher Khelben, tu devrais vraiment apprendre à parler la langue des gredins… Ecoute plutôt : où est ton essence en poudre de ciel, de mer et de pierre ? Où sont les gemmes de Liriel ? Et la missive que les hommes-sirènes ont rapportée du vaisseau de Caladorn ? Où sont tous les objets qui permettraient à un sorcier de localiser le navire de Liriel – tout en lui assurant que ses rivaux ne le pourront pas ?

Le regard de Khelben vola vers son pupitre et le plan de clairevision. La fiole avait disparu, ainsi que les gemmes et le parchemin en peau de phoque.

L'archimage éructa un juron de basse-cour.

— Le garçon a filé droit vers le vaisseau ! Mille tonnerres ! Pourquoi me suis-je mis en tête de confier les secrets de l'Art de Mystra à cet imbécile fini ?

Laérale suivit d'un doigt la courbe nue de son lobe d'oreille.

— Maintenant que tu en parles, je n'aurais pas dû lui enseigner l'art de l'escamotage non plus…

— Il semble que votre cher protégé ait encore quelques leçons à apprendre, commenta Thorn.

Elle pinça la corde de son arc, qui chanta comme une harpe.

Chassée par une panique toute paternelle, l'irritation

de Khelben s'évanouit. La puissance l'auréola à la façon d'une brume, générant l'illusion d'un impérieux sorcier elfique, redoutable au-delà de tout – une illusion plus proche de la réalité que les apparences…

— Quoi qu'il advienne, le garçon devra être épargné, exigea-t-il.

Guère impressionnée, la championne haussa les épaules en traversant la salle.

— Dans la mesure du possible… Et du moment qu'il ne m'agace pas trop !

Elle sortit.

Soupirant, Khelben lança un regard troublé à Laérale.

— Crois-tu qu'elle était sérieuse ?

— Eh bien, elle menace avec beaucoup d'emphase mais… combien d'elfes as-tu croisés qui ne parlent pas sérieusement ?

Comme s'il s'attendait à cette réponse, l'archimage acquiesça.

— Dans ce cas, notre garçon est un homme mort…

Une autre idée lui venant, Laérale secoua la tête.

— Ces derniers temps, Sharlarra s'agite…

Khelben la fixa comme si elle avait perdu ses esprits à force de folâtrer au clair de lune.

— Et tu le mentionnes parce que… ?

— Je vais de temps à autre à Port au Crâne. *J'en ai besoin*, et pas uniquement à cause des renseignements que je peux y glaner.

D'un hochement de tête, Khelben reconnut qu'il ne savait pas tout de sa dame. Certaines facettes de Laérale lui échapperaient toujours.

— T'ai-je jamais avoué où j'avais rencontré Sharlarra ?

— Dame Sharlarra du clan Vindrith ? Eternelle-Rencontre, ai-je toujours pensé… Mais là, quelque chose me dit que je me trompe…

Laérale eut un rire bref.

— Certes ! Nous avons fait connaissance à Port au Crâne.

— Non ! Une elfe du soleil dans cet infâme cloaque ? Par les Neuf Enfers, qu'y fichait-elle ?

— Elle était occupée à survivre. Et ma foi, elle se débrouillait très bien… Elle a subtilisé mon escarcelle pourtant ensorcelée ! Elle a bien failli réussir à la garder, d'ailleurs !

Indigné, l'archimage prit la mouche.

— Et ça t'a donné l'idée de l'amener sous notre toit pour en faire mon apprentie ?

— Pourquoi pas ? Le talent fleurit partout. A propos, Sharlarra n'est pas une elfe du soleil. Mais ne nous écartons pas du sujet… Elle était là pendant que ton neveu aux doigts de fée nous dépouillait… Si elle n'est pas allée récupérer nos petits trésors, je veux bien me raser le crâne !

Khelben leva un sourcil.

— Tu viens de dire que Sharlarra s'ennuyait. Je n'ai pas oublié. Es-tu aussi prête à parier que ta protégée de Port au Crâne nous restituera nos biens à la première occasion ?

Une luxuriante mèche de cheveux argentés dans chaque main, Laérale lui passa les bras autour du cou et lui décocha un clin d'œil lascif.

— Garde en tête qu'il faudra sans doute deux cents ans avant que ma chevelure ne repousse jusqu'à cette longueur…

Malgré lui, Khelben sourit.

— Autrement dit, pas question !

Soupirant, la magicienne se blottit contre lui.

— Eh, non…

CHAPITRE IV

DES TÉNÈBRES VISIBLES

Traqueur Lemming descendait une ruelle de Port au Crâne, sa jambe de bois cliquetant sur la chaussée pavée et pataugeant dans des flaques fétides. Alors qu'il arrivait chez lui, il affectait d'avoir encore beaucoup de chemin à parcourir – et peu de temps devant lui.

Chaque bataille perdue et chaque année de sa folle jeunesse l'avaient un peu plus diminué. Voûté et bedonnant, il avait maintenant un teint si grisâtre, à force de vivre sous terre, qu'on le prenait volontiers pour un duergar. Traqueur d'ailleurs se gardait bien de lever le doute à ce sujet. Au contraire, il se laissait pousser la barbe pour parfaire l'illusion. Les prédateurs qui auraient pris un pauvre type unijambiste pour une proie facile y réfléchissaient à deux fois avant d'attaquer un nain des profondeurs.

Evitant une flaque particulièrement nauséabonde, Traqueur éconduisit impatiemment la fille de joie famélique trop fardée qui se dressa en travers de son chemin. Des cheveux couleur paille, nota-t-il distraitement avec dédain, et un épiderme rappelant la teinte blanchâtre du ventre des poissons… Dans sa mère patrie, les femmes étaient potelées à souhait, avec de beaux yeux noirs langoureux et une magnifique peau brune gorgée de soleil. Comme si une telle beauté l'attendait dans son taudis, il pressa le pas.

Parfois, il rêvait d'un retour glorieux dans les terres

du Sud, sémillant capitaine cousu d'or et propriétaire de son bateau… Mais le plus souvent, il nourrissait des fantasmes plus simples, presque mélancoliques : sentir de nouveau la caresse du soleil sur son visage, revoir la symphonie or et pourpre d'un crépuscule…

Rien que ça, et il mourrait heureux.

Ou peut-être pas *heureux*… De la façon dont Traqueur voyait les choses, la vie apportait très peu de bonheur. Et il ne s'attendait pas à ce que la mort apporte davantage.

En fait, il ne retournerait jamais à la surface. Pour chacune de ses cicatrices, il avait dû laisser derrière lui au moins trois ennemis. Et ses cicatrices, il ne les comptait plus… Les adversaires pouvaient toujours être éliminés, mais les tueurs à gages coûtaient très cher. A Port au Crâne, un fonctionnaire touchait des émoluments de misère – seuls le vol et l'extorsion de fonds lui permettaient de joindre les deux bouts. Vue la vénalité foncière de Traqueur, il aurait dû se constituer un joli magot et être en mesure d'engager tous les tueurs à gages nécessaires – à commencer par le légendaire Artémis Entreri. De la sorte, il aurait vite été débarrassé de ses ennemis… et de nombre de ses amis.

Mais à Port au Crâne, gagner de l'argent était une chose. Le garder en était une autre.

Près de sa méchante masure, Traqueur entendit se rapprocher le tumulte d'une escarmouche. Puis il vit qu'un petit attroupement s'était formé devant chez lui et la ruelle adjacente, où le toit des hautes baraques inclinées se rejoignait.

Il eut un sourire fugace. A condition de se hâter, il se fondrait sans peine dans la foule apparemment déterminée à démembrer vif un kobold voleur. Ululant d'une colère feinte, il se lança dans la mêlée…

… Et en rejaillit de l'autre côté, quelque peu hébété. Adossé à l'une des baraques où il avait élu domicile, il reprit péniblement son souffle et fit le point. Les jointures égratignées d'une de ses mains le lançaient, du sang coulait de son nez, il avait un œil au beurre noir et les marques rondes, imprimées sur son avant-bras, étaient indubitablement celles d'une morsure.

Il grommela de satisfaction. Ç'aurait pu être pire.

La plupart du temps, ça l'était.

Il écarta la planche disjointe qui faisait office d'accès secret à l'édifice, et plongea dans l'obscurité. Puis il trouva à tâtons la lampe et l'alluma.

Des volutes de fumée malodorante s'élevèrent au plafond avant que la mèche ne s'enflamme. Une chiche lueur repoussa les ténèbres. Traqueur cilla pour s'accoutumer à l'éclairage tout relatif…

… Et la faible lumière vira anormalement au violet pâle, une couleur beaucoup plus inquiétante que d'épaisses ténèbres.

D'instinct, Traqueur fit volte-face. Quel était ce mystère ?

Il aperçut deux individus attablés et plissa le front pour tenter de percer les ombres violettes. Quand il identifia ses visiteurs surprises, il sursauta en braillant comme une fillette.

Gorlist l'avait retrouvé ! Son compagnon avait natté son opulente chevelure blanche en mille et une petites tresses qui, aux yeux terrifiés de Traqueur, paraissaient onduler comme autant de serpents affamés…

L'inconnu lança un sourire ironique à son congénère.

— Un de tes amis ?

Gorlist ricana.

— Qui donc aurait des duergars pour amis ? Cette fouine-là est un pleutre de première, même à l'aune des critères des nains des profondeurs !

— Eh, oui… Certains duergars sont pourtant capables de mourir avec dignité. Pas tous, naturellement, mais ça vaut presque la peine de les tuer.

Le Drow se leva et, d'un geste théâtral, repoussa un pan de sa cape pour exhiber une broche macabre animée par sorcellerie : un minuscule squelette d'ivoire occupé à battre la mesure sur un tambour, ses mâchoires claquant en cadence.

Traqueur déglutit avec peine.

Un ChanteMort !

— Je vois que mon art t'est familier, continua le Drow. Aurais-tu entendu parler de moi, par hasard ? Brindlor Zidorion de Ched Nasad ? Non ? Peu importe. Comme tu l'auras deviné, ma mission du moment consiste à être témoin de vengeances sanglantes pour mieux les immortaliser. La question est : quel rôle joueras-tu dans le drame qui couve ?

La voix du Drow avait la sonorité de l'océan. Il souriait avec amabilité à son « hôte » terrifié. Traqueur trouvait les dehors affables de Brindlor plus effrayants encore que la mine morose de Gorlist.

Sentant du bois mouillé sous lui, il s'avisa soudain que ses genoux – *et* sa vessie – l'avaient lâché.

— Je ferai tout ce que vous voudrez ! gémit-il.

— Liriel Baenre ! lança sèchement Gorlist. Une Drow qui s'est commise avec les prêtresses d'Eilistraee… Elle t'a payé pour annuler la confiscation d'un vaisseau enregistré au nom de Hrolf de Ruathym.

La première impulsion de Traqueur fut de nier cette procédure officieuse, relevant de la corruption pure et simple de fonctionnaire. D'expérience, il savait hélas que ce Drow-là ne se contenterait pas de demi-vérités et de réponses partielles.

Il fouilla dans sa mémoire.

— Ça date déjà… Je crois que c'était au début du printemps, à Eau Profonde, il y a quatre ou cinq mois…

— Elle t'a bien graissé la patte ? s'enquit Brindlor, plein de sollicitude.

La cupidité fit momentanément oublier ses angoisses à l'unijambiste.

— Assez, oui…

— Aurait-elle mentionné que ce pot-de-vin provenait du trésor d'un dragon ? J'en doute… (Devant le sourire du ChanteMort, Traqueur fut transi jusqu'à la moelle des os.) Un dragon des profondeurs, pour être précis. Et son butin se situait dans une grotte proche, d'ailleurs.

Epouvanté, l'homme sentit la bile lui monter à la gorge. Les dragons étaient réputés pour couver leur trésor, comptant et recomptant les plus petites pièces, et prompts à récupérer le moindre objet volé.

Brindlor approcha pour lui tapoter l'épaule.

— Le dragon est mort. Inutile de craindre d'autres visites surprises dans l'immédiat… Tout ce que nous voulons, c'est la Drow.

La Drow…, se répéta Traqueur, amer.

Comme s'il pouvait livrer des Drows comme ça, en claquant des doigts, au petit déjeuner !

N'importe quel elfe noir était déjà une calamité ambulante. Et cette tigresse-là – une sorcière par-dessus le marché ! – l'avait prévenu de ce qui lui pendait au nez si jamais il tentait de la trahir. Pire, elle lui avait donné toutes les raisons de croire qu'elle était parfaitement en mesure de mettre ses menaces à exécution.

— Difficile de trouver une Drow dans ces tunnels…

— Pas pour une fouine comme toi, répliqua Gorlist, intraitable. La princesse a dépensé une fortune en gemmes pour soudoyer de gras et paresseux fonctionnaires de ton espèce. Tu connais « ces tunnels » comme ta poche.

Entrevoyant une lueur d'espoir, Traqueur se détendit légèrement. Les dragons couvaient leurs trésors magiques.

Les Drows aussi.

Les sorciers de tout poil également.

La jeteuse de sorts s'était emparée d'un objet convoité par ces deux-là.

— Elle m'a payé en pierres précieuses.

Les gemmes recélaient et transmettaient la magie mieux que tout artefact fabriqué de la main de l'homme, du nain ou de l'elfe.

Gorlist se redressa sur son siège.

— Un rubis en faisait-il partie ? (Il écarta un pouce et un index pour indiquer la taille approximative d'une figue mûre.) De cette grosseur-là ?

L'homme hocha vigoureusement la tête.

— Oh, oui ! Je m'en souviens bien. Une couronne de table plate et une pointe...

— Tu t'en rappelles ! coupa Gorlist. Où est-il maintenant ?

— Je l'ai vendu ! précisa Traqueur avec une hâte suspecte. Le jour même ou le lendemain... Je ne sais plus.

— Espérons, dans ton intérêt, que tu n'as pas oublié le nom de l'acheteur...

En dépit de sa situation, à ce souvenir, Traqueur sentit de nouveau l'émerveillement le gagner.

— Je n'oublierai jamais ! *Elle* était de plus haute taille que bien des hommes, d'une minceur de liane, avec un visage splendide et une merveilleuse chevelure argentée...

— Un poète..., railla le ChanteMort, un fin sourcil blanc levé. Il paraît que cette engeance-là connaît la gloire à titre posthume uniquement... Dis-moi, Traqueur Lemming, entends-tu déjà les sirènes d'une renommée éternelle ?

La terreur submergea de nouveau l'humain.

— Non ! explosa-t-il. Je n'entends rien du tout ! Je ne veux pas de l'immortalité ! Je veux vivre !

— Rien de plus facile, assura Brindlor. Parle-nous donc de cette sublime beauté.

— J'ignore son nom, mais j'ai gardé jusqu'à la dernière pièce qu'elle m'ait donnée, et la bourse qui allait avec ! Je vous donnerai tout ! Un sorcier la localisera sans mal...

Traqueur jeta un regard plein d'espoir à Gorlist, qui hocha la tête. Aussitôt, l'humain se précipita vers son bas de laine et lui tendit une bourse taillée dans de la soie bleu pâle.

Gorlist la passa au ChanteMort, qui effleura la rune cousue dans du fil d'argent. Il y eut un léger crépitement de puissance.

Puis Brindlor fit un sourire carnassier à Gorlist, qui dégaina son épée et frappa.

Le temps parut s'arrêter… L'arc de cercle décrit par la lame sembla capturer et retenir l'étrange lumière violette. Traqueur revit en un éclair les nuages brillants de sa mère patrie – et repensa à l'absurde idée qu'admirer une dernière fois les feux pourpres du crépuscule lui permettrait de mourir heureux…

Dans mes rêves ! songea-t-il, amer, à l'ultime seconde.

Comment espérer mourir heureux quand on n'a jamais connu le bonheur dans sa vie ?

Gorlist essuya le fil ensanglanté de son épée sur la tunique du cadavre, puis reprit la bourse bleue.

— Un glyphe, non ?

Il s'agissait du symbole magique unique que les sorciers adoptaient en guise de signature et de talisman.

— En effet. Quelle aimable attention que de laisser une piste aussi limpide à notre attention !

Le guerrier ne goûta pas l'ironie.

— Quelle arrogance, ces sorcières ! Celle-là nous défie de la retrouver… En es-tu capable ?

— Moi ? (Brindlor secoua la tête.) Les sortilèges mineurs ne sont pas au-dessus de mes capacités, mais les sorts de traque me dépassent…

Gorlist empocha la bourse.

— Peu importe. Merdrith s'en chargera.

Il se dirigea vers la porte du fond. Grimaçant, le ChanteMort lui emboîta le pas.

— Est-ce bien sage ? Les autres détestent toute idée d'alliance avec un sorcier humain.

— Ils s'y feront avec du temps.

— Peut-être, mais le temps joue contre nous.

L'euphémisme du siècle ! ajouta Brindlor, *in petto*.

Les mercenaires du Trésor du Dragon ne cachaient plus leur trouble devant le caractère obsessionnel de la traque de Liriel Baenre.

Depuis des mois, Gorlist était dans l'impasse. L'excursion en mer de son ennemie lui avait coûté sa flotte, et les prêtresses de la Promenade avaient pratiquement anéanti ses mercenaires. Après plusieurs tentatives infructueuses visant à reconstituer sa flotte, Gorlist s'était consacré à la mise sur pied d'un réseau d'informateurs en attendant le retour de sa proie, tapi au centre de sa toile telle une grosse araignée.

Selon Brindlor, si les mercenaires de Gorlist avaient beaucoup de qualités, la patience ne figurait pas en bonne place sur la liste. Et ils ne s'étaient plus défoulés au combat depuis bien trop longtemps. Ça ne pouvait plus durer.

Le ChanteMort suivit Gorlist dans la rue.

— Les mercenaires s'impatientent. Cette longue période d'inactivité leur pèse.

— Inactivité ? cracha le guerrier. La traque devrait les occuper à plein temps ! Sinon, c'est qu'ils n'y mettent pas tout leur cœur… Fais passer le message.

Haussant les épaules, le ChanteMort n'insista pas. Ne lui en déplaise, Gorlist entendrait tôt ou tard cet air-là.

Un vif picotement titilla la paume de Shakti. Sans voir l'incube, elle pouvait suivre ses mouvements. Son épuisement oublié, elle traversa les brumes grisâtres.

Non sans difficulté, elle se concentra sur la Vestale.

— Avec votre permission, bien entendu…

— *Je t'accompagne.*

Shakti ne s'était pas attendu à ça. Avec un petit hochement de tête, elle repartit d'un pas vif. A son grand soulagement, la yochlol soutint l'allure, sa silhouette fluide évoquant les mouvements ondulatoires d'un escargot géant investi d'un sort de vitesse.

Avant longtemps, elles eurent atteint une arche de

pierre percée par huit portails ronds. Au centre de chacune flottait un crâne doté de six orbites vides aux lueurs écarlates…

Shakti en fut déconcertée. Comment un tel monument avait-il pu lui échapper ? Intriguée, elle recula d'un pas… et l'arche disparut dans la brume.

Elle avança de nouveau, craignant de perdre ce qu'elle cherchait depuis tant de temps.

Les contours de la yochlol se reconfigurèrent en deux appendices aux vagues allures de bras : l'un tenait une belle robe soyeuse, l'autre un *piwafwi* scintillant.

— *Revêts la tenue digne d'une matrone héritière*, commanda-t-elle. *Ensuite, tu ramèneras la prêtresse à Menzoberranzan.*

Shakti se débarrassa vivement de ses haillons.

— Lolth ordonne et j'obéis. Mais pourquoi Liriel compte-t-elle tant ?

— *La réponse est dans la lumière. A toi de la découvrir.*

Telle une main dépliée, un des appendices de la yochlol s'aplatit. Une bulle transparente y flottait.

La Drow écarquilla les yeux. Une âme-bulle ! Elle en avait entendu parler, mais n'aurait jamais cru en voir une un jour… Sa fabrication impliquait des florilèges de sorts complexes et mille et une phases de nécromancie… Ces bulles pouvaient retenir une âme prisonnière des siècles durant, que la victime fût en vie ou pas, et la replonger à volonté dans la mortalité.

Les lèvres de Shakti dessinèrent un sourire mauvais. Elle devait donc ramener Liriel morte ou vive ! Inutile d'hésiter trop longtemps sur la question… De plus, peu d'horreurs tourmenteraient davantage sa Némésis qu'un tel emprisonnement. En fin de compte, Shakti devrait libérer sa captive. Mais auparavant, elle aurait savouré chaque instant de cette singulière victoire.

La yochlol se décomposa en une épaisse brume grise qui disparut dans l'âme-bulle. Celle-ci se ternit, sans rien perdre de sa légèreté. Néanmoins, Shakti sentit un afflux d'énergie malveillante.

Que se passait-il vraiment ? Lolth ne lui faisait-elle pas entièrement confiance pour neutraliser Liriel ? La déesse n'avait peut-être pas tort, admit la prêtresse de mauvaise grâce.

Mais avec une yochlol dans la manche de Shakti, cette fois, la princesse n'aurait qu'à bien se tenir !

— *Eh bien ?*

La voix de la Vestale résonna durement sous le crâne de la prêtresse.

Qui franchit le portail…

… Et se retrouva dans un lieu plus étrange que tout ce qu'elle avait pu connaître ou imaginer.

Gémissant, craquant et bourdonnant, de fines structures élancées la cernaient. L'air était d'un froid mordant. De petits… bouts de papier… planaient vers le sol, s'y entassant.

La nouvelle venue leva les yeux vers un ciel saphir, illuminé par de vives lueurs – les fameuses « étoiles » supposées inspirer aux elfes blancs d'insipides orgies de chants et de danses…

Une panique familière s'empara de la Drow, l'étrange vertige qui l'avait saisie à bord du bateau des humains… Ces vastes distances en mer n'avaient rien de naturel. Mais au moins, la vision que lui avaient accordée ses dieux s'accoutuma rapidement à cette luminosité nouvelle.

La lumière…

Tournant vivement la tête vers la fumée rouge qui maculait la lisière du ciel, Shakti éructa le juron le plus vil et blasphématoire de tout le vocabulaire drow pour désigner le Soleil.

Elle chercha frénétiquement un abri. Pure élaboration magique, l'âme-bulle serait dissoute par le lever du jour. La yochlol de retour aux Abysses, Shakti serait entièrement livrée à elle-même.

Son fouet, sa nouvelle cape, son répertoire mémorisé avec soin… Tout cela se dissiperait instantanément.

Prenant d'une main les plis de sa robe, elle zigzagua entre des rocs sans doute vomis par sa mère patrie lors de lointains séismes. Elle capta le clapotis de l'eau… On disait que les montagnes, telles des grottes inversées, abritaient souvent des cavernes – autant de portails en direction d'Ombre-Terre.

Son pied buta contre un obstacle dur caché sous les tas de papiers. Elle tomba trop brutalement pour pouvoir amortir sa chute…

Quand Shakti revint à elle en grognant, la tête lui tournait et ses yeux brûlaient tant, sous ses paupières baissées, qu'elle dut attendre quelques instants avant de les ouvrir…

… Sur une scène cauchemardesque.

Le soleil inondait l'endroit, faisant scintiller les petits papiers dont la gamme chromatique allait de l'écarlate à la rouille et de l'ambre à une lueur rouge tirant sur le jaune inconnue de Shakti. Plus étincelantes encore, des sortes d'écailles tapissaient les hautes structures déconcertantes. Les cris perçants de créatures invisibles remplissaient l'air de leurs moqueries. De petits démons ailés, certains étant d'un ramage éblouissant, sautillaient entre les arches entremêlées pour mieux lancer sans doute de vils sortilèges. Pas étonnant que l'endroit attire autant l'incube !

Shakti s'assit péniblement, et fit le point. Une grosse bosse au front, du sang séché, des contusions et hématomes… Rien d'inattendu en la circonstance. En percutant le sol, elle avait cinq longues chaînes d'os reptiliens enroulés autour d'elle.

Son fouet !

L'étreinte familière avait disparu… Elle fouilla les débris multicolores qui jonchaient le sol au cas très probable où le fouet lui aurait échappé dans sa chute. Mais elle dut rapidement se rendre à l'évidence : l'infâme soleil avait détruit son arme !

Une vague de désolation submergea Shakti. L'insigne d'une haute prêtresse et des faveurs de Lolth… Combien d'années s'écouleraient avant qu'on ne lui accorde une autre de ces armes macabres ?

Quelque chose rampait sous les piles d'écailles… Dague au poing, Shakti bondit sur ses pieds.

Elle crut d'abord que son coup à la tête lui jouait des tours. Tels les doigts ondulants d'un danseur, les cinq crânes reptiliens de son fouet avançaient vers elle… Le serpent central déposa à ses pieds une créature dodue à fourrure.

Shakti s'abattit sur l'offrande pour la poignarder et l'écorcher dans le même élan. Elle se découpa une bande de viande encore palpitante qu'elle déchiqueta et mastiqua à belles dents, savourant son premier vrai repas depuis longtemps.

Sa faim en partie apaisée, la prêtresse fut étonnée. Le fouet ensorcelé était parti en chasse pour elle ! Une première !

Comment un tel prodige était-il possible ?

Shakti examina de plus près sa cape, qui scintillait au soleil… Des couleurs dont elle n'avait jamais rêvé semblaient danser devant elle.

Un fouet de prêtresse, un *piwafwi*… Tout cela aurait dû se désintégrer sous les premiers rayons de soleil ! Par la huitième patte de Lolth, que se passait-il donc ?

Circonspecte, Shakti tira de la poche secrète de sa robe l'âme-bulle qui bourdonnait de vie et d'énergie. Le gris sale disparu, le minuscule globe était redevenu translucide, même si une tornade miniature assombrissait ses profondeurs… Shakti le leva au niveau de ses yeux pour mieux voir. Une microscopique silhouette dansait d'exultation…

Comme si elle sentait l'attention de la prêtresse rivée sur elle, elle cessa de pirouetter, posa les mains sur la bulle-prison et y pressa le visage. Ses lèvres remuèrent, sa voix résonnant directement sous le crâne de Shakti :

— *La magie a tenu bon !* jubila l'ancienne yochlol. *La petite sorcière de Gromph a réussi son coup !*

Shakti dévisagea celle qu'elle n'aurait jamais cru revoir.

— Comment est-ce possible ? chuchota-t-elle.

Une joie sauvage faisait briller les minuscules pupilles rouges de l'apparition.

— *Pas de questions, prêtresse-traîtresse ! La Vestale t'a ordonné de ramener la favorite de Lolth à Menzoberranzan ? Qu'attends-tu ?*

Un ovale chatoyant apparut, frémissant d'impatience… Pleine d'appréhension, Shakti y pénétra…

… Et fut emportée par les tourbillons de la téléportation.

Elle apprécia les moments les plus sereins qu'elle connaîtrait vraisemblablement pendant bien longtemps. Si elle avait du mal à comprendre ce qui venait de se produire, une chose ne lui paraissait faire aucun doute…

Son retour aux sources serait des plus insolites.

Sous le soleil matinal, les vagues étincelaient. De minuscules arcs-en-ciel dansaient à l'horizon. Liriel subit la lumière autant qu'elle put avant de battre en retraite dans la cabine qu'elle partageait avec Fyodor.

Sans brise marine pour rafraîchir l'atmosphère, le petit espace trop chaud sentait le renfermé. Liriel fut tentée de pratiquer un trou dans la cloison histoire d'y remédier. Les ténèbres magiques empêcheraient la lumière de s'y infiltrer. Mais le sens pratique de la Drow prévalut. Des ennemis invisibles s'acharnant à la retrouver, Liriel avait tout intérêt à économiser ses forces – pour mieux réserver un accueil mémorable au premier qui l'attaquerait.

Etendu sur sa couchette, Fyodor ferma les yeux. Ses devoirs de marin incluant le quart de minuit, il se reposait le jour pendant que Liriel étudiait ses sortilèges.

En vertu d'un accord tacite, l'un ou l'autre restait en alerte à chaque moment du jour et de la nuit.

— Pourquoi te fies-tu à cet aristocrate ? demanda Fyodor.

La Drow releva le nez de son grimoire.

— Il nous aidera à contacter Qilué.

— Peut-être… Tu parais bien sûre de ce qu'il fera.

— Il l'a déjà fait une fois, rappela Liriel.

— En effet… (Rouvrant un œil, Fyodor eut un sourire en coin.) En passant par les égouts d'Eau Profonde !

A ce souvenir, elle se rembrunit.

— Il doit y avoir un meilleur accès… A l'époque, il ne nous faisait sans doute pas assez confiance pour nous le révéler.

Le Rashemi se redressa sur un coude.

— Tes pensées et les miennes se rejoignent, petit corbeau. Je me suis souvent demandé pourquoi le seigneur Thann proposait son aide aux étrangers. Il avait peu de raisons de se fier à nous.

— Surtout que je suis une Drow, ajouta Liriel, disant tout haut ce que Fyodor avait passé sous silence.

Soudain, l'atmosphère miroita, et un scintillement vaporeux donna naissance à…

… Un être humain.

Liriel avait dégainé ses dagues — et les eut rangées pratiquement dans le même élan —, avant que son ami ne s'avise de l'intrusion magique.

Un homme blond élancé fit son apparition. Tout comme Fyodor, il devait avoir dix-neuf ou vingt ans. Ses mains fines et racées tendues, il eut un geste de conciliation universelle.

— Au contraire, fit Danilo Thann, je tiens plutôt les Drows en haute estime. Dites tout ce que vous voudrez des elfes noirs, on s'ennuie rarement avec eux !

Liriel plissa le front. Dague de nouveau au poing, elle bondit sur l'intrus et lui saisit une poignée de cheveux pour lui plaquer la pointe de l'arme sous la gorge.

— Ils ne sont pas stupides non plus ! siffla-t-elle.

Qui êtes-vous et qu'avez-vous fait de Danilo de la Maison Thann ?

— Par simple curiosité – et si les dieux me prêtent vie –, comment avez-vous deviné ?

— Vos mains ! Celui dont vous avez pris l'apparence joue d'un instrument de musique. Il a des callosités au bout des doigts.

L'intrus soupira.

— Les démons adorent ce genre de détails, pas vrai… ?

Ils auraient tout aussi bien pu débattre des mérites d'un grand cru, pour toute l'inquiétude que manifestait l'inconnu…

Liriel hésitait entre admiration et irritation.

Elle se tourna vers Fyodor. Epée au poing, il était sur ses gardes.

— Je vais lever le sortilège de dissimulation. Si la tête de ce sombre idiot ne te revient pas, tue-le !

Elle s'écarta d'un pas, ses mains décrivant les arabesques idoines dans les airs. Le noble aristocrate vêtu de vert disparut, remplacé par une elfe au teint de nacre et aux longs cheveux d'or roux…

Une elfe blanche.

Une peur viscérale et de la répulsion envahirent Liriel. Elle fit volte-face.

— Fyodor, qu'attends-tu ? cria-t-elle d'une voix aiguë. Tue-la !

Le Rashemi s'interposa.

— Si vous vous expliquiez ? lança-t-il à la nouvelle venue.

— Je suis Sharlarra Vindrith, l'apprentie de Laérale Maindargent, elle-même la sœur de Qilué Veladorn.

— Qilué vous envoie ? demanda Liriel en se penchant dans le dos de son ami.

— Indirectement, répondit l'elfe blanche en l'imitant. Elle vous a expédié un message, et un autre à Danilo…

— … Qui vous envoie à sa place, grogna la Drow,

écœurée. (Les bras croisés, elle avança pour foudroyer Fyodor du regard.) Tu avais raison. Il n'est pas digne de confiance. Vas-y, triomphe !

Secouant la tête, le Rashemi se retourna vers Sharlarra.

— Le seigneur Thann sait-il que vous portez son épée ?

Sharlarra baissa brièvement les yeux sur l'arme enchâssée de pierres précieuses qui battait son flanc.

— Il doit s'en être aperçu, et être vert de rage… Mais il s'en remettra. (Elle haussa les épaules avec un charmant sourire.) Ils s'en remettent toujours…

Fyodor revint vers Liriel.

— Dans ma patrie, les sorcières disposent de sortilèges de métamorphose. Mais il faut pour cela porter un objet appartenant à la personne visée… Dame Laérale a peut-être enseigné un tel envoûtement à son apprentie.

— Je l'ai appris seule, démentit Sharlarra. Mais vous avez raison. Si nous passions à la suite ?

Sur ses gardes, la Drow hocha la tête. La visiteuse décrocha de son oreille une boucle d'argent qu'elle lui tendit.

— Danilo l'a volée à Laérale, et je le lui ai à mon tour dérobée. Je vous conduis tous les deux auprès de Qilué.

Liriel prit la petite boucle, examinant les incisions délicates – familières et de facture indubitablement drow. Le sortilège était une variante de la puissante magie de téléportation. Et la griffe de Qilué se mêlait artistiquement aux fines gravures. Seule une archimage de sa trempe pouvait en l'occurrence y apposer sa marque sans s'exposer au pire.

Elle mit le bijou et prononça le nom de Qilué. Un ovale noir *et* argent apparut.

— Il vous fallait autre chose ? s'enquit Sharlarra.

Liriel la dévisagea.

— Pourquoi m'aidez-vous ?

L'elfe blanche haussa les épaules.

— Danilo aurait pu le faire, mais ça lui aurait coûté cher.

— Et pas à vous ?

— Disons que j'étais prête à tenter ma chance ailleurs…

— Alors vous avez agi dans son intérêt, insista la Drow, cherchant à comprendre.

— Et dans le mien. Dans la tour de Blackstaff, il ne se passait rien de bien palpitant…

Liriel eut une inspiration.

— Alors voilà qui pourrait vous amuser. Un elfe des mers, Xzorsh, suit ce navire. (Elle avait prononcé ce nom avec soin : un « clic » suivi d'une sibilante.) Il désire apprendre l'Art. Ses talents ne doivent pas être phénoménaux, je pense, mais il adore relever les défis. Seriez-vous en mesure de lui proposer un maître ?

— Un mage elfique des mers… (Sharlarra haussa les épaules.) Pourquoi pas ? C'est comme si c'était fait !

De l'autre côté de la coque monta un faible tapotement, rapide et cadencé… Liriel arrondit les yeux.

— L'alarme des hommes-sirènes ! D'un instant à l'autre, des monstres vont attaquer notre vaisseau ! Xzorsh avait raison à propos des messagers de l'illithide…

— Des *messagers* de l'ogre des mers ? souffla Sharlarra. Des assassins, vous voulez dire…

— Vous voyez ? Vous avez déjà compris…

— Oh, je vois… Bien joué !

S'arrachant à la fascination du portail magique, Fyodor jeta un coup d'œil à la porte de la cabine.

— La bataille est imminente, rappela-t-il. En toute conscience, nous ne pouvons pas abandonner nos camarades maintenant…

Sharlarra leur fit signe de se dépêcher.

— Allez-y ! Je vous remplacerai. Je suis sérieuse, ajouta-t-elle devant le froncement de sourcils sceptique du Rashemi. Ce sera amusant…

La Drow et l'elfe blanche échangèrent un petit sourire en coin.

— Je pourrais en venir à apprécier quelqu'un comme elle, admit Liriel. Allons-y.

Le portail irisé chatoya quand le couple le franchit. Accoutumée au phénomène, Liriel rattrapa son compagnon désorienté par un bras pour l'empêcher de tomber tout en survolant du regard les arches et un réseau complexe de passages courant sur plusieurs niveaux.

— Impressionnant…, souffla-t-elle, en référence tant à la téléportation magique qu'au temple de la Promenade.

Le sol céda soudain sous leurs pieds, et ils glissèrent le long d'un boyau lisse escarpé. Avant que Liriel puisse reprendre son souffle, ils furent précipités sans cérémonie dans une chambre brillamment éclairée.

Une main en visière pour protéger ses yeux fragiles, Liriel se redressa. Des formes sombres les cernaient, son compagnon et elle. Et la lumière des torches dansait sur le cercle d'armes. La Drow distingua les contours d'une vasque, sur un piédestal de pierre – une coupe de clairevision, à n'en pas douter, apte à surveiller les abords du temple et à capturer de la sorte quiconque s'aventurait dans son périmètre…

Paumes nues bien visibles, Liriel écarta les mains.

— Nous venons en amis…, commença-t-elle.

— Naturellement, répondit une voix fluette. On reçoit rarement nos ennemis avec tant de grâce et de courtoisie.

Liriel sourit de soulagement.

— Iljreen ! J'aimerais lancer qu'il est bon de vous revoir, mais ce serait difficile. De vous *voir*, je veux dire… Ça vous ennuierait de baisser l'éclairage ?

La prêtresse invisible claqua des doigts. Les flammes bondissantes, autour de la chambre de pierre, baissèrent considérablement dans leurs torchères murales. Une Drow menue en vêtements de fête argentés parsemés d'éclats de pierres précieuses leva deux doigts à son front, en guise de salut martial. Pour ceux qui connaissaient le maître d'armes Iljreen, le geste n'avait rien d'ironique.

— On attendait des visiteurs drows hostiles ? lança Liriel en cillant.

Iljreen haussa les épaules.

— La plupart le sont.

Une autre voix féminine mélodieuse s'éleva.

— Nous comptons beaucoup d'ennemis parmi les elfes noirs. Et vous aussi, ma jeune amie.

Liriel plissa le front pour tenter de mieux voir, et découvrit le beau visage de la grande prêtresse.

Si un sourire flottait sur les lèvres de Qilué, son regard était plein de tristesse – une mélancolie familière, ainsi que Liriel l'avait remarqué, à Ruathym. Son propre chagrin, dû à la mort de Hrolf, en fut avivé.

— Vous avez perdu quelqu'un…, devina-t-elle dans un souffle.

— Elkantar, répondit la grande prêtresse. Au cours de la bataille du dragon, il est mort à bord du vaisseau.

Fouillant sa mémoire, Liriel fronça les sourcils.

— Votre *parzdiamo*…

A Menzoberranzan, ce terme désignait les amants des Matrones qui ne détenaient aucun titre officiel au sein d'une Maison.

Une lueur outragée étincela dans les yeux de Qilué, avant que le chagrin ne les ternisse de nouveau.

— C'était mon bien-aimé, et il n'est plus. Je ne puis en parler sans éprouver de peine. Parlons plutôt de son meurtrier.

Circonspecte, Liriel hocha la tête. Elle avait offensé Qilué… Mais de quelle façon ?

— Le mercenaire Gorlist a survécu, continua la grande prêtresse. Il vous accuse de tous ses malheurs. La vengeance l'obsède. A cette fin, il a reconstitué sa compagnie du Trésor du Dragon, qui est encore supérieure à l'ancienne. On vous cherche partout, à Port au

Crâne et au-delà. Les tunnels qui courent entre le Rashemen et ici ne sont plus fiables.

Liriel eut un rire sans joie.

— En ce qui concerne Ombre-Terre, le mot « fiable » n'est jamais le premier qui vienne à l'esprit… Si les tunnels sont vraiment aussi malfamés, nous prendrons un autre chemin.

— Attention aux humains ! Beaucoup n'hésitent pas à verser le sang pour quelques pièces d'or. Et peu leur importe qui ils tuent ou d'où l'argent provient… Des bandits de ce genre vous guettent à Eau Profonde et ils vous suivront où que vous alliez.

— Des bandits et des ruffians, renchérit Fyodor.

— La bande de Gorlist ne se limite pas à cette engeance, prévint Qilué. Les guerriers dont il s'entoure, des fidèles de Vhaerun, se sont accoutumés à la vie à la surface. Gorlist s'est aussi assuré les services d'un sorcier.

Liriel haussa les épaules.

— Ce ne sera pas la première fois que j'affronte des jeteurs de sorts.

— Des humains ? (Le regard dur de Qilué fit perdre toute envie de ricaner à Liriel.) Ne les sous-estime pas. La magie drow est puissante, mais ce n'est pas la seule. Une dague à laquelle tu ne t'attendais pas te tuera aussi vite que l'épée que tu vois.

Songeuse, Liriel hocha la tête.

— L'antique magie runique diffère beaucoup de ce que j'ai pu apprendre à Menzoberranzan.

— Exactement. Le sorcier en question est Merdrith, un mage redoutable dont on sait peu de choses, et qui vit reclus dans la Haute Forêt. Les prêtresses de la Demoiselle Noire ont de bonnes raisons de le craindre. Connaissant la haine de Merdrith pour les adeptes d'Eilistraee, Gorlist l'a convaincu de venir à Port au Crâne. En ce moment même, il vous traque.

— En résumé, ni les tunnels ni la surface, soupira

Fyodor. Comment, dans ces conditions, sommes-nous censés rallier le Rashemen ?

Qilué se tourna vers le guerrier.

— Voilà pourquoi je vous ai appelés ici. Par la grâce d'Eilistraee, je peux invoquer des rayons de lune qui vous transporteront à la frontière du Rashemen. Je ne pourrai pas vous envoyer plus loin. Les sorcières qui surveillent cette contrée sont armées contre ce genre d'intrusion. Au cours de son séjour parmi elles, ma sœur Syluné a appris leurs sortilèges. Ici, nous recourons à des enchantements similaires pour protéger notre temple. A propos de mes sœurs, je vois que tu as un bijou qui leur appartient…

Liriel ôta sa boucle d'oreille pour la lui tendre.

— Vous pouvez invoquer des rayons de lune ?

— C'est un sortilège accordé aux adeptes d'Eilistraee. Si nous commencions ?

Liriel tendit la main à Fyodor, et ils entrelacèrent leurs doigts. Sur un signe de Qilué, les guerriers sortirent par des portes dérobées. Les torches furent abruptement mouchées. Les ténèbres et le silence reprirent leurs droits.

La prêtresse commença à chanter. La mélodie mélancolique évoquait plus une brise nocturne que la musique.

Une douce lumière blanche inonda les lieux : des rayons argentés coulèrent de cieux invisibles. L'épaisse toiture en pierre et en terreau parut disparaître, des grains en suspension dansant comme de la poussière d'étoiles à la faveur du clair de lune.

Au centre, Qilué aussi dansait.

La voix de la grande prêtresse – et la magie de la Demoiselle Noire – submergea Liriel avec la force d'un vin capiteux. Presque sans en avoir conscience, elle commença également à se balancer et à tourner en rythme.

— *Ecoute le Lunechant*, chuchota mentalement Qilué. *La terre touchée bourdonne de joie, et chaque chant est unique. Trouve celui du Rashemen. Ecoute, et suis-le.*

— Et Fyodor ? demanda Liriel à voix haute.

— *Ta destinée et la sienne sont inextricablement liées. Il le sait. Tu es le chant que son cœur écoute. Va, et il te suivra.*

La jeune Drow se tendit vers la Toile de la magie, ainsi qu'elle l'avait fait en recherchant le grand chêne – l'Enfant d'Yggdrasil. Ses sens captèrent la mélodie distante. Simple, celle-ci semblait suivre la cadence secrète des récits antiques de Fyodor. Liriel s'abandonna tout entière à la musique, laissant la magie argentée d'Eilistraee inonder son corps dédié à la danse.

Un frisson la parcourut, l'arrêtant net. Pétrifiée en plein entrechat, Liriel revécut brièvement les horreurs des Abysses et les moments où le *Demoiselle Elfe* de Hrolf était passé dans le royaume de Lolth...

Le souvenir retourna dans les limbes. Pas l'épouvante.

Incrédule, Liriel vit des fils noirs se dérouler le long des rayons de lune magiques. Des araignées de la taille de chats domestiques jaillirent dans la chambre, se faufilant par les portes invisibles hors du sanctuaire si protégé de Qilué...

Un rire bas et moqueur remplit l'espace, des échos montant de profondeurs insondables... Des fils noirs s'agrégèrent pour former une toile diabolique qui fut lentement baissée vers Liriel.

— *Mienne !* exulta la voix de la déesse – un son terrible qui mêlait aux mugissements des bourrasques la polyphonie des damnés. *Je la réclame comme mienne. Le reste sera bientôt mien aussi !*

Qilué s'arracha à l'horreur pour saisir le médaillon argenté de son symbole sacré. La chaîne rompue d'un geste sec, elle le tint à bout de bras, reprenant sa danse et son chant.

Le bijou diffusa une douce lumière argentée qui repoussa lentement mais inexorablement les ténèbres de Lolth. Une fois de plus, Liriel se joignit à la danse de Qilué dans un effort désespéré de repousser la Présence.

La grande prêtresse virevolta vers sa cadette et, d'un saut gracieux, la poussa contre le mur opposé. Liriel en eut le souffle coupé. Un long moment durant, elle resta prostrée sur le sol froid, luttant pour retrouver sa respiration, pendant que Qilué en appelait à sa déesse pour vaincre une autre déesse.

Enfin, la terrible Présence s'estompa. Plus lentement, la lumière argentée qui nimbait la prêtresse d'Eilistraee se dissipa aussi.

Qilué retourna vers la coupe de clairevision qu'elle agrippa à pleines mains, s'y penchant. Après un moment, elle se redressa, l'air hagard.

— Rashemi, viens me dire ce que tu vois. La bataille m'a plus vidée de mes forces que je ne l'aurais cru possible…

Il la rejoignit.

— Des gobelins remontent les tunnels, sous nos pieds, dit-il avec la calme autorité d'un guerrier au rapport. Une horde de kobolds approche de la poterne. Des détachements drows convergent de ces trois tunnels… Quant à ces humains… J'ai vu des chasseurs de primes de Port au Crâne porter des tuniques similaires.

Se détournant, la prêtresse appela son maître d'armes à grands cris. Iljreen réapparut comme par magie. D'un regard circulaire, elle évalua la situation.

— Les protections ?

— Anéanties.

Iljreen hocha sèchement la tête.

— Je m'occupe des défenses. Vous aurez bien assez de votre côté.

— Que puis-je faire pour vous aider ? demanda Fyodor.

Les traits délicats du maître d'armes se durcirent. Elle jeta un autre coup d'œil à Liriel.

— Emmenez donc loin de notre bastion cette garce vendue à Lolth avant qu'elle ne nous tue tous !

Aussi soudainement qu'Iljreen s'était matérialisée, elle s'évanouit de nouveau.

Fyodor en eut l'estomac noué. Il ne savait comment, mais Liriel avait une fois de plus attiré l'attention de Lolth…

Accablée, la jeune Drow laissa paraître toutes ses terreurs dans ses yeux immenses.

— Comment est-ce possible ? chuchota-t-elle.

— N'est-ce pas évident ? cracha Qilué. Tu es liée à la Reine Araignée. Tu n'aurais jamais dû venir ici !

Brusquement, Liriel recouvrit toute sa combativité. Debout d'un bond, elle se trouva quasiment nez à nez avec la grande prêtresse.

— Vous nous avez demandé de venir ! Ou votre corbeau mentait-il ?

— Tu aurais au moins dû me prévenir !

— Nous l'ignorions.

— Vraiment ?

L'accusation furibonde de Qilué arracha Fyodor à sa transe. Liriel était *wychlaran*. Lui vivant, personne n'accuserait sa protégée d'une telle perfidie.

— Liriel s'est détournée de son peuple et elle a renoncé à la déesse maléfique, dit-il avec une tranquille certitude.

— Ça ne signifie pas que Lolth a renoncé à Liriel, répliqua Qilué. (Magnifique dans sa colère, elle regarda sa congénère.) As-tu idée du nombre d'années – et de la fortune dépensée en ressources magiques – qu'il a fallu pour protéger la Promenade ? Tout cela fichu par terre ! Tu viens de livrer notre refuge à ta déesse et à ses infâmes séides ! Sais-tu ce que ça signifie ?

L'assurance de la jeune Drow vacilla.

— Naturellement…, chuchota-t-elle. Comment ne le saurais-je pas ? Je suis née à Menzoberranzan…

— Un endroit qui vous colle à la peau…, commenta Fyodor à mi-voix. Vous venez vous-même de dire que Liriel était traquée. Je vous le jure, elle n'a pas plus invité ici la Chasseresse que le lièvre invite le faucon à venir le dévorer !

Le superbe courroux de Qilué s'évanouit. Elle soupira à pierre fendre.

— Je ne peux rien faire de plus pour vous, à part vous montrer un raccourci vers la surface. J'enverrai un mot à ma sœur Laérale. Elle vous guidera hors d'Eau Profonde. La nouvelle qu'une Drow est en voyage parviendra aux oreilles des adeptes de la Demoiselle Noire. Si on vous arrête et vous questionne, montrez ce talisman, il vous garantira un passage en toute sécurité.

La grande prêtresse tendit à Liriel une broche argentée représentant une archère elfe et un loup. Tous deux levaient les yeux vers la lune ascendante.

— Merci ! souffla Liriel.

Le regard dur de Qilué se radoucit.

— Quelqu'un vous guidera dans les tunnels. Allez, et puisse la Demoiselle Noire veiller sur vos pas.

S'inclinant, Fyodor prit Liriel par la main et tous deux disparurent par une des portes dérobées.

Dès qu'elle fut seule, la grande prêtresse s'effondra. Sa bataille contre Lolth la laissait sans forces, proche de l'épuisement. Elle avait fait appel à des ressources insoupçonnées pour ne pas trahir sa faiblesse devant celle que la Reine Araignée avait de toute évidence Elue…

Peu importait la réticence de Liriel – dont Qilué au demeurant ne doutait pas. Où qu'elle aille, la déesse la suivrait des yeux.

A la surface, ce serait peut-être différent. La puissance de Lolth ne s'étendait pas au royaume du soleil. Le dogme fondamental de la foi de Qilué postulait que la lumière triomphait des ténèbres, les détruisant au lieu de les rendre invisibles… Et il en avait toujours été ainsi.

Qilué n'avait aucune raison de croire que ça changerait.

Dans ce cas, pourquoi avait-elle l'horrible sensation que le sol venait de se dérober sous ses pieds ?

CHAPITRE V

L'APPRENTIE-SORCIÈRE

L'illithide Vestriss arpentait le sol en mosaïque de la salle du trône. Jusqu'à récemment, c'était une grotte au trésor dans des ruines submergées – que des elfes disparus depuis longtemps baptisaient Ascarle. Seuls quelques trésors antiques subsistaient : de la statuaire, pour l'essentiel, et des objets d'or trop lourds pour que les esclaves en fuite puissent les porter.

Vestriss était mal en point... Ses anneaux d'améthyste arrachés à ses mains à quatre doigts, son serre-tête d'argent disparu ainsi que le médaillon frappé aux armes royales de la régente auto-proclamée d'Ascarle, ses belles robes déchirées, ses tentacules faciaux si contusionnés... Elle devait la vie au fait que ses esclaves l'avaient crue morte – en raison de la magie paralysante de Liriel Baenre.

Détail bizarre, l'illithide n'en éprouvait aucune gratitude...

Vestriss capta le pas traînant de son esclave genasi. Ses tentacules faciaux se tordirent pour tester l'air. La tempête émotionnelle en gésine la renseigna amplement sur la mission de la genasi.

La rage, la frustration, l'échec, la peur...

Les raisons de trembler d'angoisse ne manquaient pas.

Se calant sur son trône, Vestriss tourna ses yeux blancs et vides vers l'entrée où apparut bientôt une svelte créature à peau bleue, qui se lança dans une profonde révérence. Des hématomes violacés lui marbraient le visage, et elle avait un œil poché. Sa haine de la Drow qui l'avait battue enflammait les pensées de la genasi. Sa soif féroce de vengeance trouva un écho dans la colère de l'illithide.

— *La vengeance est la récompense de la compétence*, « dit » Vestriss en projetant sa voix autoritaire dans l'esprit de sa séide. *Et toi, Azar, tu m'as déçue.*

Lèvres pincées, la genasi exsudait la fierté blessée par tous les pores de sa peau.

— Maîtresse, c'est parce qu'il me manquait l'arsenal magique adéquat, se défendit-elle, de mauvaise humeur. Vous m'aviez dit que la Drow était une sorcière. Mais sans rien préciser de ses talents…

— *Ah, non ? Liriel Baenre s'est tenue en ma présence. Si la fantaisie m'en prenait, je pourrais énumérer jusqu'au dernier sort de son répertoire. Je t'ai accordé toute la magie nécessaire pour repousser ses attaques.* (L'illithide tendit un tentacule vers la fautive.) *Et tu oses te plaindre ? Ce n'est pas la magie qui t'a blessée au visage !*

La genasi leva une main vers son œil au beurre noir.

— Peut-être, mais le manque de magie est bien la cause de cet échec. J'avais l'intention de suivre le vaisseau pour prendre la Drow au dépourvu, mais un chamane tyran-wug s'en est mêlé, et je n'avais aucune défense contre son influence importune…

L'illithide eut un geste d'impatience.

— Certes, les tyrans-wugs sont des monstres, mais leur magie ne compte guère. Ils t'ont surprise une fois. Tu ne te laisseras pas surprendre une seconde.

— Si seulement c'était vrai ! gémit la genasi. L'appel du chamane… Je l'entends encore ! Que les fidèles de la régente soient contraintes de répondre à l'appel d'inférieurs n'est pas seyant ! Ne pouvez-vous pas défaire ces liens dégradants ?

Après mûre considération, Vestriss inclina son bulbe céphalien conique couleur parme.

— *Modère autant que possible l'éclat de tes pensées. Ce sera moins douloureux pour toi et, plus important, moins difficile pour moi.*

Se levant, l'illithide glissa vers son esclave, qui s'agenouilla docilement, le visage levé. Des tentacules faciaux enveloppèrent la tête de la genasi alors que la magie de Vestriss sondait son esprit assujetti.

La créature s'y enfonça avec une folle aisance, passant la zone dévolue à l'élocution et celle des émotions conscientes pour atteindre directement les profondeurs mentales cachées, où pulsait un nœud haineux de contraintes. D'un contact télépathique aussi assuré et délicat que les doigts d'une harpiste pinçant les cordes de son instrument, elle desserra les fils…

… Et sa concentration vola en éclats. Vestriss tituba en arrière, fixant avec incrédulité la garde de la dague qui saillait de sa cage thoracique.

Pour la seconde fois, l'illithide était réduite au silence – non plus par la magie d'une Drow, mais par la douleur que lui valait le coup.

— Plus de contrainte ! siffla Azar en se relevant. (D'une main bleue, elle agrippa la garde pour retourner la dague dans la plaie.) Plus d'esclavage ! La vengeance, et rien que la vengeance ! Tu me trouves toujours aussi incompétente ?

Avec le caractère lancinant du ressac, la vérité submergea lentement Vestriss. Certes, Azar haïssait la Drow et le chamane tyran-wug… Mais ces nouvelles indignités avaient seulement voilé un ressentiment plus ancien – et tout aussi amer.

Mobilisant sa volonté contre la douleur débilitante, Vestriss formula une ultime pensée.

— *Et la Drow ?*

Azar ricana.

— Tu imagines encore que j'exécuterai ta volonté ? Elle m'a battue, mais toi aussi ! En ce qui te concerne, tout est réglé. Sache-le, tu mourras, et elle pas. Si ça te chagrine, je m'en réjouis d'autant plus !

D'une torsion du poignet, la genasi retourna la dague pour mieux transpercer la poitrine de sa victime. Après une brève résistance, la lame mordit des chairs tendres et pulpeuses.

Dès qu'Azar eut dégagé l'arme, Vestriss se noya dans son propre « sang ».

Et elle pleura des larmes verdâtres.

La seconde suivante, elle se retrouva étendue sur le sol de marbre sans avoir eu conscience de sa chute. Et peu à peu, une nouvelle horreur s'immisça dans sa conscience hébétée…

Azar lui tranchait un tentacule facial…

La genasi rejeta l'appendice tressautant avant de s'attaquer au suivant.

— Contre toute attente, les tyrans-wugs ont été l'instrument de ma libération. Ce sera leur récompense… Comme la Drow l'apprendra bientôt à ses dépens, je règle toujours mes comptes.

Les coups, sur la coque du bateau, se firent insistants. Sharlarra fronça les sourcils.

— J'aurais peut-être dû m'enquérir du code réservé à la réponse…

Haussant les épaules, elle tapa contre la coque le quatrain de « La Sirène », un des chants les plus grivois à la mode dans les tavernes de Port au Crâne. Voilà qui sembla satisfaire l'éclaireur invisible…

Maintenant, l'avertissement…

Comment faire ? Selon Khelben, Caladorn Cassalanter était à bord. Sharlarra ne le connaissait pas bien, mais lors du dernier bal du Festival d'Hiver, ils s'étaient côtoyés. Qu'il ait compris où avait disparu sa fibule ornée de pierres précieuses était donc tout à fait possible. Personne ne serait allé soupçonner de vol une des apprenties de Khelben Arunsun, mais… elle était loin de la tour de Blackstaff. Dans ses vêtements noirs moulants, une épée au pommeau enchâssé de gemmes battant son flanc, elle avait tout l'air d'une « artiste de la fauche » après une nuit fructueuse.

Seulement elle était plus grande qu'une petite femme, et plus sobre.

L'inspiration frappa. Se remémorant le visage et la silhouette de Fyodor, elle prit son apparence et étudia l'illusion d'un œil critique dans le miroir en bronze, au-dessus de l'aiguière… Son reflet fort peu distingué la fit grimacer : pourpoint de cuir, chemise de lin, braies de laine noire aux pointes glissées sous des bottines élimées… Son regard tomba sur son épée « d'emprunt », qui avait maintenant l'aspect d'une arme noire avec une tête d'ours stylisée en guise de pommeau.

La dégainant, Sharlarra s'apprêtait à sortir quand un bourdonnement d'énergie magique parcourut la lame, un timbre de voix de baryton se lançant dans une ode fervente :

« Qui dégaine l'épée commande mon ouïe
Car toujours ma chanson s'élève pour votre gloire !
Que le mauvais saigne et que le bon soit réjoui
Alors que retentit l'hymne de la victoire ! »

Exaspérée, Sharlarra jura en fermant la porte d'un coup de pied et en espérant que personne n'avait entendu.

— Une épée chantante ! Que les démons emportent ce chien !

L'arme donna de nouveau de la voix.

« Je ne commande pas les portes de la mort,
Je n'invoque pas la foudre sur les maudits
Et pourtant les pires maux guettent celui
Qui ose s'attirer votre noble mépris. »

— Merci infiniment. Mais aujourd'hui, nous sommes déguisées, lui répondit Sharlarra. Donc, plus question de chanter.

Elle sentit la puissance magique refluer avec ce qui ressemblait furieusement à un soupir humain de déception. Soudain, la magie revint en force. Et l'arme ensorcelée passa du chant à la rhétorique.

« Nulle mélodie ne chantera tes louanges !
Mais je déclamerai les quatrains du renom
Et dédierai ma voix à crier qui tu venges
Afin que l'ennemi tremble devant ton nom ! »

Grinçant des dents de frustration, Sharlarra leva les yeux au ciel... Sur le pont supérieur, le raclement des bottes des marins signifiait qu'ils n'avaient pas encore perçu le danger. Or, chaque minute comptait.

— Un mot de plus, et je te fais fondre pour te recycler en pot de chambre ! Pigé ?

— « Hum... Hum... Hum... »

— Douce Mystra ! explosa Sharlarra. Pourquoi Danilo n'a-t-il pas été acheter une épée sembienne ! Ces armes-là savent au moins se tenir ! Ecoute : pas de chant, pas de déclamation, pas de fredonnement, pas de bavardage ! Tu tues, un point c'est tout. Et en silence !

L'épée ensorcelée capitula enfin.

Sharlarra remonta la coursive, prit pied sur le pont supérieur et pointa son arme vers les eaux.

— Des ogres des mers approchent, les gars ! rugit-elle en imitant de son mieux les accents rashemis de Fyodor. Réservons-leur l'accueil qu'ils méritent !

Les marins la dévisagèrent. L'air penaud, l'elfe s'avisa que l'illusion ne s'étendait pas à son timbre de voix. Elle conservait le sien, rauque, sensuel... si féminin... Et elle avait négligé d'emprunter une des armes du berseker. Sans ce détail d'importance, l'illusion restait incomplète.

L'épée qu'elle tenait gloussa tout bas.

Un cri tombé du nid-de-pie sauva Sharlarra. Les hommes s'armèrent pour faire face au nouvel ennemi.

De grosses mains palmées apparurent le long du bastingage. Un des pirates se rua pour les trancher avec un coutelas, mais une autre main lui happa le poignet, bloquant le coup sans peine. Une simple torsion désarma le pirate, le précipitant à genoux. L'homme roula à l'écart à l'instant où d'énormes pieds sautaient sur le pont…

N'ayant rien de comparable aux mérous que connaissait Sharlarra, la créature arborait une tête de poisson, une épine dorsale saillante, deux grandes nageoires évoquant des oreilles d'elfe et deux yeux noirs ronds de requin. Son hideux faciès était fendu par une énorme gueule hérissée de crocs aiguisés. Le torse humanoïde très musclé se prolongeait par une longue queue sinueuse de serpent de mer également hérissée de pointes. Et quatre bras épais aux coudes prolongés par de fines extensions osseuses complétaient le tableau.

— Des démons des mers ! rugit un gaillard à barbe rousse. Des sahuagins à bord !

L'épée de Sharlarra poussa un cri de guerre retentissant avant de bondir… Marmonnant un sortilège de bouille-sang, l'elfe se laissa entraîner par la lame…

Le sahuagin dévia l'attaque à main nue, puis saisit Sharlarra par le col pour l'attirer vers lui. Une troisième main se referma sur le poignet de l'elfe avec assez de force pour lui broyer les os, et le monstre ouvrit grand la gueule, bavant d'anticipation…

Ses yeux noirs devinrent vitreux, et une vapeur fétide enveloppa ses crocs. Ses quatre mains prises de tremblements violents, son corps tout entier bouillait de l'intérieur… Sharlarra l'acheva rapidement d'un coup d'épée à l'abdomen, répandant des entrailles fumantes sur le pont. Elle les contourna et virevolta face au chaos qui régnait à bord. Dix monstres maniaient de vieilles armes rouillées de récupération.

Les pirates eurent facilement le dessus.

Peut-être trop facilement…

L'elfe s'écarta de la mêlée, parant en chemin les feintes et les attaques. Une fois libérée de l'enchevêtrement d'armes et de pirates furibonds, elle piqua un sprint vers le château arrière et gravit l'échelle à toute vitesse.

De ce perchoir, elle avait une vue d'ensemble du vaisseau. Et comme elle le soupçonnait, à l'autre bout, d'autres sahuagins en profitaient pour aborder discrètement le navire et se diriger vers les soutes…

Ceux-là n'avaient pas les armes rouillées récupérées sur les cadavres des noyés, mais des hallebardes sculptées dans de l'ivoire et des ceinturons hérissés de dagues… Chacun disposait d'un filet.

De toute évidence, ces chasseurs rusés entendaient capturer leur proie vivante.

Sharlarra en fut consternée. Encore quelques instants et les monstres constateraient la disparition du gibier… A en croire les rumeurs, ils tueraient alors tout le monde à bord.

Par plaisir.

L'elfe baissa les yeux sur son arme ensorcelée.

— Crois-tu que tu pourrais imiter la voix de Fyodor ?

— Pas en restant muette…, souligna l'épée, ironique.

Sharlarra ne releva pas la remarque offensante.

— Lance de temps à autre un cri de guerre, braille un mot d'encouragement, un avertissement… Ce genre de chose.

— C'est mieux que rien.

— Très aimable. Allons-y !

Alors que Sharlarra bondissait au pied du château, l'épée rugit… On eût dit la charge d'un ours blessé. De quoi glacer les sangs dans les veines ! D'instinct, deux des monstres et Caladorn Cassalanter se retournèrent.

Un troisième sahuagin fonça vers le noble distrait. Devant ce nouveau danger, l'épée cria un avertissement qui couvrit l'incantation de Sharlarra.

Le monstre s'arrêta près de Caladorn, son arme levée heurtant dans un crissement métallique le champ de force miniature. D'un geste vif, Sharlarra leva la barrière – juste à temps pour permettre à la riposte de l'homme de la traverser.

L'elfe se tourna à droite, suivant l'impulsion de l'épée. La lame se coinça dans les fourches d'un trident rouillé, l'attirant beaucoup plus près des crocs du sahuagin qu'elle ne l'aurait souhaité.

Avec un « sourire » horrible, le monstre plaqua les deux armes coincées sur le visage de Sharlarra, qui plongea d'instinct pour éviter le coup. De sa main libre, elle tira un couteau de sa botte et mit tout le poids de son corps derrière sa riposte.

La couenne épaisse du sahuagin résista plus que l'elfe ne l'aurait cru avant de céder soudain. La garde du couteau heurta l'abdomen du monstre. Hurlant de douleur, le sahuagin recula et leva son trident, en garde.

Un de ses congénères le poussa sans ménagement pour se camper à son tour devant Sharlarra. A la grande surprise de l'elfe, il n'attaqua pas mais, une main levée au ciel, lança une série de cliquetis stridents qui parurent se répercuter sur tous les bordés.

D'un bout à l'autre du vaisseau, les sahuagins rompirent le combat. Quelque chose changea dans leur posture... Au repos, les monstres parurent plus menaçants encore.

— Où est la Drow ? siffla leur chef.

— Tu veux leur répondre, souffla l'épée de Sharlarra, ou je m'en charge ?

— Dis-leur que nous ne la leur livrerons jamais ! chuchota l'elfe.

Avec la voix de Fyodor, l'arme ensorcelée obéit.

— Parlez pour vous, mille tonnerres ! explosa le pirate à la barbe rousse. Je suis le capitaine, alors prenez la Drow et débarrassez le plancher !

Le chef au faciès hideux se tourna vers l'humain.

— Où la cachez-vous ?

— Où je la cache ? répéta le capitaine, incrédule. Je ne lui cracherais pas dessus même si les flammes la dévoraient vive !

— Quelle chevalerie…, chuchota Sharlarra.

— Traître ! Lâche ! traduisit l'épée de sa voix de stentor.

— Quiconque s'acoquine à un elfe noir n'a plus le droit de traiter les autres de « traîtres » ! riposta le capitaine. Livrez-la ou je la tuerai moi-même !

Un trident scintillant tourbillonna dans les airs avant de se ficher aux pieds de l'homme.

Tous les yeux se tournèrent vers la mer, d'où avait jailli l'arme.

Une dizaine d'elfes maritimes enjambaient déjà le bastingage avec grâce… Une grande guerrière à peau verte, le crâne rasé pour mettre en valeur ses marques exotiques, jeta un regard noir au capitaine.

Ses compagnons se jetèrent à corps perdu sur les sahuagins. Les marins hésitèrent…

Sharlarra vit le doute s'afficher sur le visage du capitaine avant qu'il ne relève enfin son épée.

— C'est notre bateau ! Pas besoin d'elfes malingres pour nous aider à le défendre ! Hardi, mes gaillards !

Les pirates s'élancèrent. Sur leurs talons, Sharlarra suivit l'irrépressible impulsion de son épée… Celle-ci vivait pleinement le conflit, braillant un hymne martial rashemi. D'un regard glacial, elle avertit le capitaine de garder ses distances. D'après ce que Sharlarra venait de voir, elle ne serait pas autrement surprise que des elfes des mers soient bizarrement blessés par autre chose que les lames ou les griffes des sahuagins…

Mais d'où elle venait, les elfes de toute origine se tenaient les coudes.

Un sahuagin maniait en vain le filet et le fléau pour tenter de piéger son adversaire, fort d'une grâce et d'une agilité hors du commun.

Loin de se décourager, le monstre acculait inexorablement sa proie contre le bastingage, entre deux groupes de belligérants. D'un grand geste, le sahuagin déploya son filet, telle une méduse en chasse.

Une lame argentée trancha le filet comme elle l'eût

fait d'une pêche mûre. La tête horrible du sahuagin s'inclina lentement en arrière… et roula sur le pont.

Un couteau magique…, déduisit Sharlarra. Ce devait être le Xzorsh dont Liriel avait parlé.

Le cri perçant de l'épée avertit l'elfe à temps. Chacune de ses quatre mains brandissant une arme, un autre sahuagin fonçait sur elle…

… Qui se contenta de le paralyser avant de l'occire. C'était peut-être contraire aux lois de la bienséance et de l'honneur au combat, mais de l'avis de Sharlarra, la bienséance et l'honneur n'étaient pas dotés d'une paire supplémentaire de bras…

De toute façon, un autre ennemi la prenait déjà à parti.

Sharlarra continua le combat, son épée fredonnant gaiement à chaque passe d'armes.

Le démon des mers rabattit vers le pont la lame ensorcelée avant de l'arracher des mains de Sharlarra d'un coup de pied.

D'une roulade, l'elfe échappa à l'estoc suivant… et se releva avec la première arme qui lui tomba sous la main – un fin rossignol.

Le sahuagin brusquement pétrifié s'était transformé en statue noire.

Au passage, Xzorsh le fit rouler sur le pont d'une poussée dédaigneuse.

— Mon premier sortilège ! annonça-t-il fièrement. Liriel me l'a appris elle-même. Où est-elle, d'ailleurs ?

Il avait parlé à mi-voix, pourtant Sharlarra l'entendit clairement. Elle s'avisa alors que la bataille avait pratiquement cessé. Il n'y avait pour ainsi dire plus d'elfes des mers ni de sahuagins à bord. Les monstres avaient dû renoncer et retourner à l'eau.

Le nouveau venu plissa le front.

— La colère du berseker n'explique pas l'auréole de magie qui vous entoure… Vous avez peut-être l'apparence de Fyodor, mais c'est tout.

Sharlarra sourit.

— Liriel avait raison à votre propos. Vous avez bien un don. Elle m'a demandé de vous trouver un mentor. Si nous continuions cette conversation en privé ?

Xzorsh eut un sourire ravi.

— Votre voix est elfique.

— Comme le reste de ma personne..., susurra Sharlarra. Mais je ne me dévoilerai pas à vous ici et maintenant.

Avec un petit gloussement appréciateur, l'elfe des mers descendit le premier dans la cabine de Liriel et du Rashemi.

Une fois la porte refermée sur eux, Sharlarra leva l'illusion, se révélant sous sa véritable apparence.

— Je m'appelle Sharlarra Vindrith, et j'étais l'apprentie de Khelben Arunsun, un archimage d'Eau Profonde. La Drow m'a demandé de vous choisir un mentor. En attendant, je serais heureuse de vous transmettre ce que je viens d'apprendre.

— Une elfe du soleil enseignant l'Art à un elfe des mers ! s'émerveilla Xzorsh.

— Pas une elfe du soleil... Autre chose... Mais personne ne peut me dire qui je suis au juste.

— Quand pouvons-nous commencer ?

— Dès que nos deux amis seront à bon port, ou au moins en chemin, je vous enverrai chercher. Sera-t-il possible de vous contacter *via* les hommes-sirènes du port ?

— Naturellement !

— Alors, vous guetterez mon message.

L'elfe des mers paraissant troublé, Sharlarra prit dans sa sacoche le filet de gemmes de Liriel, en préleva une et tendit le reste à son nouvel ami.

— J'ai besoin d'une pierre précieuse pour suivre Liriel. Les autres seront notre lien.

Xzorsh la regarda invoquer un portail magique et le franchir.

— Un jour, chuchota-t-il, j'en serai également capable – de davantage encore !

Les couleurs irisées du portail ondulèrent brièvement, tel un arc-en-ciel pris dans la bulle de savon d'un enfant… A l'instar de cette bulle hypothétique, le portail s'évapora.

A sa place apparut une grande elfe à la chevelure aile-de-corbeau.

— Où est-il ? demanda-t-elle d'une voix rauque.

— Qui demandez-vous ?

— L'apprenti de Blackstaff.

Xzorsh en resta bouche bée.

Il ? L'apprenti ?

Certes, Sharlarra avait des capacités de métamorphose, mais Xzorsh aurait juré qu'elle était réellement une superbe elfe à la chevelure d'or tirant sur le roux et aux yeux d'un violet mordoré fascinant… En vérité, il ne savait rien de Sharlarra, à part le nom qu'elle lui avait donné. Etait-ce le vrai ? Même son timbre de voix pouvait être altéré par magie.

Plus d'une fois, Liriel l'avait mis en garde contre sa nature trop confiante.

Pourtant, l'inconnue était au courant de ses aspirations à la magie, et elle venait de lui confier une petite fortune en pierres précieuses…

La nouvelle venue suivit la direction du regard de Xzorsh – les gemmes –, et lui prit le filet des mains.

— Il était donc bien là ! Un dragon vert en maraude laisse une piste plus subtile que lui !

— On m'a confié ces pierres précieuses, dit calmement Xzorsh. Je ne vous les remettrai pas.

L'elfe le jaugea du regard.

— On peut localiser la Drow grâce à elles. Les posséder vous vaudrait bien des tracas…

— Qu'il en soit ainsi. Je n'ai jamais cru que l'Art était une chose facile.

— A votre guise.

Elle lui rendit les gemmes, puis ouvrit la porte de la cabine.

Dans la soute ouverte, un rayon de lune filtrait. Les

doigts écartés, l'elfe tendit la main vers la pâle lumière… et rapetissa à vue d'œil tout en commençant à léviter. En un battement de cils, elle eut disparu, grain de poussière parmi tant d'autres dansant au clair de lune…

Tout cela sous le regard fasciné de Xzorsh, dont le cœur déborda d'émerveillement et d'envie. Il contempla longuement la scène, bien après la disparition de l'inconnue, comme si les tourbillons de poussière pouvaient lui chuchoter le secret de ce prodige…

Il baissa les yeux sur son précieux filet. D'un doigt plein de révérence, il suivit les contours de la rune gracieuse – la griffe d'un mage.

Un jour, il aurait la sienne. Il passerait entre des bulles d'air irisées pour accéder à des mers lointaines, et suivrait les rayons de lune d'un bout à l'autre de l'univers.

Bourdonnant de rêves, il retourna discrètement à l'eau.

CHAPITRE VI

LES YEUX D'UN DRAGON

Merdrith le Fou – ancien zulkir des Sorciers Rouges de Thay – gratta pensivement son nez crochu en étudiant le filet de soie qu'il tenait à bout de bras. Au contraire de Brindlor, il s'abstint de toucher l'emblème brodé du mage.

Gorlist jeta un coup d'œil au beau ChanteMort. Adossé avec élégance au mur opposé, bras et chevilles croisés, il affichait un intérêt poli. A ses côtés se tenait le jeune guerrier qui s'attachait à ses pas comme son ombre.

En règle générale, les adeptes de Vhaerun préféraient la compagnie de leur propre sexe. Sous quelque prétexte que ce soit, Brindlor ne voulait rien avoir à faire avec la femelle de l'espèce... Et Gorlist s'en trouvait fort bien. Il trouvait *Brindlor* fort bien aussi... N'était de sa subtile mais tenace désapprobation vis-à-vis du sorcier humain infiltré en leur sein.

Gorlist avait ses raisons d'inclure Merdrith à leur bande. Si le sorcier avait tout d'un vieux treant étique, la flamme de sa haine brûlait haut et clair... Et si Gorlist n'était nullement enclin à s'en remettre à un humain, il avait néanmoins la conviction que l'obsession conférait à ses victimes une grande pureté de cœur et une détermination de fer. Il comprenait fort bien l'exécration de Merdrith.

— Il s'agit de la griffe de Laérale Maindargent, annonça le sorcier. Je ne l'avais plus revue depuis une bonne cinquantaine d'années. Non que ce dernier demi-siècle ait été particulièrement clément envers moi, notez...

Gorlist analysa ces observations à la lumière de la description que Traqueur Lemming avait donnée de la mystérieuse sorcière. En cinquante ans, les humains vieillissaient de façon dramatique. Pourtant, aux yeux de l'humain rabougri aux allures de nain, Laérale avait paru jeune et ravissante...

Il en fit la remarque.

— Laérale Maindargent sera toujours aussi resplendissante qu'elle le désire quand vos arrière-arrière-petits-enfants seront redevenus poussière..., répondit Merdrith. Des thaumaturges de premier ordre comme moi trouvent le moyen de tricher avec la mort, au moins quelques décennies durant. Laérale, elle, a vu s'enchaîner les siècles. Quiconque tenterait d'en faire autant tomberait dans des pièges magiques de nature à retenir une liche prisonnière pour une éternité ! Et la suivante... Vous avez tout intérêt à éviter Laérale comme la peste. Par les tétons de Mystra, *je* ne veux rien avoir à faire avec elle !

Il balança la bourse sur la table, où les pièces cliquetèrent.

— Je désire cette gemme, dit résolument Gorlist. Trouvez un autre moyen.

Lissant sa barbichette teinte d'écarlate, le sorcier devint pensif.

— Les gemmes faisaient partie du trésor d'un dragon, n'est-ce pas ? Or, un dragon n'oublie jamais rien de son trésor. Il faut faire appel à la clairevision en passant par les yeux du reptile.

— En passant par les yeux du reptile..., répéta Gorlist, histoire d'obtenir plus de précisions.

— Précisément, répondit Merdrith du ton patient réservé aux enfants particulièrement lents à saisir les évidences. Demandez au dragon.

— Le dragon est mort, souligna le Drow sur le même ton.

Le visage ridé du sorcier afficha son impatience.

— Alors ?

Brindlor s'écarta du mur.

— Je crois entrevoir où tout cela nous mène. Viens, Falail, et prends une dizaine de solides gaillards avec toi.

Saluant le ChanteMort, le jeune guerrier tourna les talons.

— Félicitations pour ta promotion au rang de commandant ! lança Gorlist avec une ironie mordante.

Brindlor se contenta de sourire.

— Je m'efforcerai d'être digne de cet honneur... Nous partons ?

Ravalant une réplique, Gorlist suivit le ChanteMort hors de la grotte qui servait d'étude au sorcier. Son père, Nisstyre, n'avait jamais employé de ChanteMort, écrasant de son mépris ceux qui y recouraient. Mais en dépit de toutes ses prétentions à bâtir un nouveau royaume drow, Nisstyre s'était révélé bien trop pusillanime et furtif. Gorlist, lui, aurait la tête de Liriel Baenre – littéralement *et* métaphoriquement. Il prouverait une fois pour toutes aux elfes noirs asservis qu'aucune femme ne se trouvait hors de portée d'un coup d'épée ou de la puissance de leur Dieu Masqué...

Pour ça, il avait besoin de Brindlor.

Il y avait néanmoins des limites à ce qu'il était prêt à tolérer de la part du ChanteMort, qui avait su rapidement se faire des camarades dans les rangs des mercenaires. Tant que Brindlor ne manœuvrerait pas en secret pour étendre sa sphère d'influence, tout irait bien. Mais dès l'instant où un Drow laisserait entendre que sa loyauté n'allait plus à qui de droit, Brindlor signerait son arrêt de mort.

Hors de l'antre du sorcier, un petit détachement patientait... Gorlist annonça à ses sbires ce qu'ils avaient à savoir, puis remonta d'un pas vif les tunnels qui conduisaient au repaire de Pharx.

La grotte était sombre et silencieuse, abstraction faite d'un lent goutte-à-goutte, témoin mélancolique des batailles livrées et perdues... Qilué et ses séides s'étaient emparés du trésor. Pas une piécette n'avait échappé à leur rapacité.

Ils découvrirent la dépouille de Pharx dans une grotte adjacente. Du moins ce qu'il en restait... Des écailles ternies couvraient des ossements immaculés, conférant au cadavre massif l'apparence d'un chevalier squelettique laissé à pourrir dans son armure de plates.

Les Drows s'activèrent à l'épée et à la hache. Après un long intervalle laborieux, ils réussirent à arracher le crâne massif. Il fallut pas moins de treize guerriers pour l'emporter, le dernier fermant la procession macabre, le long de tunnels toujours plus étroits. A l'approche de la grotte du nécromancien, ils en furent réduits à pousser le crâne et à l'incliner pour qu'il passe par les boyaux exigus. L'os crissait contre la roche, la vibration produite faisant tomber des débris calcaires sur les Drows.

Un cri perçant couvrit le raffut, et un grand elfe très agité jaillit d'un alvéole.

Avec une synchronisation parfaite, tous les Drows dégainèrent leur épée.

Le nouveau venu approcha en tourbillonnant, mais Brindlor leva une main dissuasive. Gorlist s'avisa que « l'elfe » était de plus haute taille que la plupart des humains – et couvert d'écailles verdâtres... Ses grands yeux dorés étaient fendus par des pupilles verticales, telles celles d'un bouc.

Ou d'un dragon.

— Un demi-dragon, murmura Brindlor, comme en réaction aux pensées de son compagnon. Aussi fou qu'un moustique gasinta, mais doué pour la nécromancie. On ne pourrait s'offrir un meilleur mage.

— Que lui versons-nous ? s'enquit Gorlist.

— Rien du tout.

Voilà qui n'inspirait guère confiance, mais avant que Gorlist puisse protester, une brume scintillante enveloppa le crâne titanesque. L'image fantomatique d'un dragon des profondeurs se forma, passant et repassant par les orbites vides à l'instar d'un chat qui se love entre les jambes de son humain favori.

— L'esprit de Pharx…, fit Brindlor à mi-voix. Tu peux lui poser quatre questions ou présenter quatre exigences. Choisis avec soin. Les morts ont tendance aux réponses obliques.

Heureux que ses recherches lui aient fourni le nom de la gemme magique, Gorlist avança.

— Je cherche le rubis de Chissentra. Dis-moi où il se trouve.

Le crâne se tourna dans sa direction, mais la voix sépulcrale tomba de plus haut, là où virevoltait l'esprit défunt.

— Comment le saurais-je ? Le rubis de Chissentra n'était pas dans mon trésor.

— Un point pour lui, chuchota Brindlor, en soutenant le regard noir de Gorlist.

— Il y a été ajouté à ta mort, précisa ce dernier, et repris dans ta grotte avec les gemmes que tu connaissais. Peux-tu sentir des pierres familières proches d'un gros rubis magique ?

— Oui.

Le ChanteMort jeta un coup d'œil caustique à Gorlist.

— Deux… Si tu reformulais cette question pour ta troisième tentative ?

Les dents serrées, Gorlist revint à la charge.

— Décris les pierres qui accompagnent le rubis, et dis-moi où elles sont.

Comme s'il partait à leur recherche, le dragon spectral sembla se dissoudre dans les ombres, avant de reprendre tellement de substance qu'on eût pu croire qu'il allait tout simplement revenir à la vie.

— Les diamants nssidra… Une vingtaine, dans un

filet d'argent… Ils entourent la gemme que tu convoites. Je vois une elfe à la chevelure d'or roux et des parois de pierre noire.

— De la pierre noire, marmonna Brindlor, qui n'était guère surpris – et guère heureux non plus. Dis-moi, s'agit-il de la crypte d'anciens dragons ?

Tourné vers le ChanteMort, l'esprit dévoila ses crocs fantomatiques.

— Tu connais déjà la réponse, ou tu n'aurais pas posé la question. Adieu. Chante bien notre histoire.

Le dragon spectral se volatilisa. Le demi-dragon s'éclipsa dans sa grotte, ses éructations devenant un étrange petit chant funèbre, dans une langue inconnue de Gorlist.

Furibond, celui-ci pivota vers son téméraire compagnon.

— Seulement quatre questions, et tu gaspilles la dernière avec ce que tu savais déjà ?

— J'espérais peut-être me tromper… (Brindlor eut un sourire en coin.) Mais considérant la sorcière que nous cherchons, et les indices que l'esprit de Pharx vient de nous livrer, notre destination paraît affreusement claire.

Elle n'avait rien d'évident pour Gorlist, qui envia au ChanteMort sa connaissance du monde des humains, sa capacité à prendre l'apparence de sujets d'autres peuples et à se mêler à d'étranges communautés dans des lieux plus bizarres encore… Le savoir venait de là, et avec lui, l'avantage.

Mais Gorlist était avant tout un guerrier, pas un ChanteMort. Il livrerait bataille au lieu de rester à l'écart et de composer des ritournelles en l'honneur des hauts faits d'armes de Drows meilleurs que lui !

— Le Trésor du Dragon t'a embauché en raison de ta connaissance du monde de la Nuit Etoilée. Mérite donc tes gages et parle sans détour.

Brindlor se fendit d'une révérence.

— A tes ordres. A en croire la légende, la ville

d'Eau Profonde était jadis un fortin de dragons. Les chantres de bien des peuples s'y réfèrent comme à la nécropole des anciens dragons. Et la tour d'un célèbre archimage est taillée dans de la pierre noire. Il semble donc que nous devions de ce pas gagner Eau Profonde, investir la tour Blackstaff et y ravir l'elfe aux cheveux d'or roux qui y habite. Voilà qui justifierait mes émoluments.

La tour Blackstaff…, se répéta Gorlist.

Lui qui ne connaissait pratiquement rien à Eau Profonde avait cependant entendu parler comme tout le monde de la fameuse tour et de son maître.

Justifier ses émoluments ? Si Brindlor avait le moyen d'accomplir ce prodige, tous les trésors perdus des dragons des profondeurs le récompenseraient à peine de cet exploit !

Non loin de la grotte où gisaient Pharx, Liriel et Fyodor, perchés sur des échasses, pataugeaient dans un tunnel infesté de rats. Ils déambulaient à près d'un mètre de haut, ayant pris soin de graisser au préalable leurs échasses pour empêcher les rongeurs d'y grimper. Mais la vermine grouillait, se piétinant dans ses tentatives acharnées d'atteindre de la chair fraîche à peine hors de portée.

Liriel grimaça.

— Je commence à avoir la nostalgie des bons vieux égouts… En tout cas, je trouverais vite le moyen de dératiser le tunnel, si on m'en donnait l'occasion.

Son compagnon vacilla, et appuya une main à la voûte basse.

— Pas de magie, lui rappela-t-il. Dame Qilué l'interdit.

— Elle l'interdit ? Qui te donne l'impression que nous sommes dans l'obligation de suivre ses ordres ?

— C'est son territoire. Sa servante nous a prévenus de ce qui nous attendait ici, et remis l'équipement nécessaire pour passer.

La Drow chassa un rongeur particulièrement tenace.

— Et nous devrions lui en être reconnaissants ? D'ailleurs, où serait le mal ? Il y a tout de même un monde de différence entre la magie cléricale et le répertoire d'un sorcier.

— J'ignore quel mal il y aurait à ça, admit Fyodor, mais en l'occurrence, il me plaît de rester dans l'ignorance.

Liriel n'insista pas. La téléportation défaillante de Qilué, l'intrusion consécutive de la déesse drow dans le sanctuaire d'Eilistraee... C'était trop troublant.

Avec des couinements de frayeur, les rats s'égaillèrent soudain. Sautant sur le sol, Fyodor dégaina son épée. Liriel abandonna aussi ses échasses, mais elle préféra léviter au-dessus du sol grâce à sa magie innée. Couteaux aux poings, elle fut sur ses gardes.

Il y eut un appel d'air chuintant... Et une araignée de la taille d'un molosse fonça sur Fyodor.

Liriel se pétrifia, tiraillée entre le tabou drow qui protégeait les araignées et le besoin impérieux de défendre son ami.

Par bonheur, Fyodor n'avait pas de tels scrupules. Son épée noire brandie, il dévia le jet de venin craché par le monstre, plongea sur le côté, inversa son élan et roula sous les pattes avant de son adversaire.

L'araignée voulut le frapper avec ses chélicères. Fyodor plongea sa lame entre les chélicères ouvertes avant de rouler derechef sur le côté. Le monstre bascula sur le dos et ses huit pattes battirent furieusement l'air pour tenter de se redresser.

Le Rashemi se releva et revint à la charge. D'une patte, l'araignée bloqua son épée, et *d'une autre le poignet*. Puis, d'une simple torsion, elle lui arracha l'arme, la jetant à l'écart.

Eclair d'argent, un des couteaux de Liriel s'enfonça jusqu'à la garde dans le corps monstrueux. Sans toucher d'organe vital.

La Drow se mordilla les lèvres. Elle était loin d'être

experte dans l'art de l'escrime, mais au lancer de couteaux, elle ne le cédait à personne ! La dernière fois qu'elle avait raté une cible, elle...

... ne s'en souvenait plus !

Liriel avait-elle vraiment échoué ou... ?

Fyodor fit le meilleur usage de ce coup de pouce inespéré, agrippant la garde du couteau à pleines mains pour éventrer l'arachnide. Les pattes s'immobilisèrent, et l'énorme abdomen se dégonfla à la vitesse d'une outre de vin déchirée. Libérées par la mort de leur génitrice, des centaines de minuscules araignées détalèrent loin du cadavre.

Se redressant, le jeune humain s'épongea le front. Surprise, Liriel ne lut dans les yeux de son ami aucun reproche ni indignation.

— Mon pays fourmille de créatures capricieuses et redoutables, dit-il d'une voix douce. Les Rashemis seraient sans doute bien mieux sans elles, mais nous ne cherchons pas à les combattre. Ce n'est pas dans nos coutumes.

Emue au-delà des mots, elle le dévisagea. Depuis le départ de sa mère patrie, elle avait connu bien des émerveillements, mais jamais rien de comparable à la capacité de cet homme à sonder son cœur... Peu après leur première rencontre, il lui avait remis un joyau inestimable : une araignée prise dans une goutte d'ambre. S'il avait assuré que c'était monnaie courante dans sa contrée, Liriel savait que ce pendentif ferait l'envie de toutes les prêtresses de Menzoberranzan. Comment avait-il pu le deviner ? Comment comprenait-il des choses qu'il n'avait jamais vues ?

Avec un hochement de tête plein de gratitude, Liriel plana jusqu'au sol, près de son ami, et...

... écarquilla les yeux.

— Je n'ai jamais tué d'araignées, mais je n'ai sans doute plus le choix, murmura-t-elle. Regarde !

D'un claquement de doigts, Liriel fit apparaître un

petit globe de lumière bleue qu'elle envoya le long du couloir.

Des milliers de fils soyeux apparurent. Fyodor poussa un juron rashemi. D'épaisses couches de toiles bloquaient le passage. Les bébés araignées, qui atteignaient déjà la taille de corbeaux, continuaient de grandir à vue d'œil.

Liriel baissa brièvement les paupières. Epée au poing, elle invoquait un flux de feu quand Fyodor lui saisit le poignet.

— Regarde ces toiles. Tu vois comme elles luisent ?

La Drow réfléchit. Même naturelles, les toiles d'araignée étaient d'une force et d'une souplesse incroyables. Là, il ne s'agissait *pas* d'arachnides naturels. Leurs toiles seraient d'une force considérablement accrue. Une fournaise suffisante pour les détruire aspirerait vraisemblablement toute l'atmosphère du tunnel.

Un flux de feu moins violent causerait des ravages, mais ces « bébés » étaient vifs et agiles. La plupart fuiraient sans mal et guetteraient ensuite leurs proies tout à loisir.

Lançant un coup d'œil à Fyodor, Liriel soupesa leurs chances face à ces centaines de monstres.

Une solution lui venant à l'esprit, elle eut un petit sourire.

— Grimpe sur cette corniche… (Elle désigna un tas de rochers.) Et quoi qu'il advienne, ne touche surtout pas la paroi.

Elle rengaina son épée, laissant le flot de feu glisser à terre… Des flaques fétides le firent grésiller tandis que Liriel faisait de nouveau appel à son don inné de lévitation avant de psalmodier. Dans l'air rance, une lueur naquit, zébrant l'obscurité. La Drow s'en empara et, la brandissant à la manière d'un javelot, la lança vers les toiles luisantes.

Une lumière bleue aveuglante courut le long des fils soyeux. Tête inclinée, les yeux fermés, la Drow se boucha les narines pour ne pas sentir la puanteur des araignées en flammes.

Après ce qui lui parut des heures, elle sentit la main de Fyodor se refermer sur une de ses chevilles pour la tirer à lui… Se dégageant de son étreinte consolatrice, elle s'en fut à grands pas, sans un regard pour les arachnides calcinés.

En silence, le jeune homme la suivit. Après avoir brisé un tel tabou, Liriel avait les nerfs tellement à fleur de peau que le moindre geste de réconfort risquait de faire voler en éclats sa maîtrise de soi. Il le comprit.

La fin du trajet se passa sans encombre. Dans l'heure, ils eurent atteint le passage vertical dont la servante de Qilué avait parlé, et gravi ses parois pourtant très lisses.

Le sommet atteint, Liriel tapa contre la trappe en bois, qui s'ouvrit pour révéler un beau visage elfique qu'entourait une chevelure d'or roux auréolée par la lumière tamisée des bougies.

Sharlarra accueillit la Drow d'un sourire amical, lui saisit le poignet et la tira à elle avec une aisance surprenante.

Liriel prit rapidement la mesure de son nouvel environnement : une pièce au plancher de bois sombre, imprégnée de relents de bière… Une auberge, sans nul doute. Un homme atteint d'un début de calvitie, mais à la carrure athlétique, tira Fyodor dans la salle.

Liriel écarta de son front une mèche enduite de suie.

— Comment nous avez-vous trouvés ?

L'elfe exhiba un gros rubis à la belle taille.

— Grâce à cette pierre, qui provient du trésor du dragon, j'ai pu repérer votre navire puis vous suivre jusqu'ici, à *La Taverne du Portail Béant*.

Une lueur d'intérêt donna un éclat particulier au regard de la Drow.

— J'aimerais beaucoup apprendre ce sortilège.

— Une autre fois, chuchota Sharlarra, en jetant un coup d'œil méfiant à l'homme presque chauve. D'abord, il s'agit de vous faire quitter la ville. Je vous ai apporté des gants et des manteaux à la dernière mode. Grâce à mon sortilège d'apparence, on vous prendra pour une dame humaine, et Durham – notre charmant hôte, propriétaire de ce bel établissement –, a préparé à votre attention deux chevaux. Ils vous attendent à l'écurie, juste derrière l'auberge.

— Des chevaux…, grommela Liriel, contrariée.

— Je me suis dit que des lézards géants passeraient moins inaperçus, lâcha Sharlarra. Une fois la Porte Est franchie, la route croise un cours d'eau. Après le pont, tournez au nord et remontez cette rivière jusqu'à sa source, au cœur d'une forêt vallonnée. Je vous y retrouverai, pour la suite de votre périple.

Fyodor prit la main de Liriel.

— Viens au Rashemen, dit-il d'une voix douce. Si c'est l'aventure et l'amitié que tu recherches, il n'y a pas meilleur endroit au monde.

Etrangement émue, la Drow lui serra les doigts des deux mains.

— En sécurité, chez nous…

Après un signe de gratitude à Durham, le couple sortit par la porte arrière.

L'aubergiste braqua un regard noir sur Sharlarra.

— L'archimage ne va pas apprécier du tout…

L'elfe lui fit un sourire rassurant.

— Faut-il le mettre au courant ?

— Il semble toujours tout savoir.

Sharlarra soupira.

— Exact. Dans ce cas, je ferais mieux de réviser les codicilles de mon testament avant de plier bagage… Tu figureras en bonne place dans mes legs, n'aie crainte !

Gloussant, l'homme lui tapota les joues, très paternel.

— Allez, disparais !

Sharlarra envolée, il referma la trappe, prenant soin de couvrir ses contours, sur le sol, d'une poudre tirée d'une des sacoches de son ceinturon.

La substance parut se fondre dans le bois, dissimulant toute trace de l'ouverture. Un cadeau de l'archimage d'Eau Profonde, son ami de longue date. Khelben Arunsun n'avait jamais approuvé que Durham prenne sur lui de surveiller les portails de Montprofont. Et il désapprouverait davantage encore de voir son apprentie prendre sous son aile protectrice la jolie petite Drow et son Rashemi de compagnon...

Néanmoins, Durham comprenait parfaitement cette impulsion. Du temps de sa belle jeunesse, il n'aurait pas autrement agi.

A la réflexion, il n'était pas encore trop décati pour ces folies !

Son vieil ami Khelben n'avait pas besoin d'être informé sur-le-champ des dernières péripéties de cette nuit, après tout...

CHAPITRE VII

RETOUR CHEZ SOI

Shakti marqua une pause devant le portail de la Maison Hunzrin. Drapée dans son nouveau *piwafwi* qui la rendait invisible, elle couva du regard la résidence de son enfance.

Son héritage.

La demeure familiale se dressait aux abords de Menzoberranzan, près des champs et des pâturages du domaine. Moins luxueuse que beaucoup d'autres, la propriété se réduisait à trois stalactites, quelques passerelles et des dépendances assez minables.

Pourtant, la fierté emplissait le cœur de Shakti. Sans être imposant, c'était à elle ! Ou ce le serait bientôt… A en juger par les fanions qui drapaient une des passerelles, sa sœur aînée venait de succomber à cette mystérieuse fièvre galopante… Son fanion – ridicule ! La silhouette d'un rothé sur fond de rouelle de fromage – ne venait plus en deuxième position. A sa place oscillait une bannière frappée du symbole de Shakti : une fourche animée d'une énergie magique.

Elle était désormais l'héritière de leur mère, une haute prêtresse investie des faveurs de Lolth. A plus d'un titre, son avenir s'annonçait délicieusement sombre…

Mais avant tout, elle devrait mieux comprendre le sens et les ramifications du déconcertant secret qu'on lui avait confié. Se présenter au manoir avant d'avoir élucidé l'affaire serait d'une stupidité avérée. Sa sœur cadette n'hésiterait pas à tirer profit de la faiblesse inhérente à sa délicate position...

Toujours drapée d'invisibilité, Shakti traversa la ville en direction du domaine Baenre. En approchant du mur d'enceinte, elle écarta sa cape magique et se révéla aux gardes. Des protections occultes entouraient le palais avec l'efficacité de douves. Mieux valait se présenter ouvertement qu'être surprise à rôder.

Aussitôt, une escouade l'entoura. Le front bas, les soldats méfiants l'écoutèrent requérir une audience avec la Mère Matrone. Un messager courut prévenir la maîtresse des lieux. Et la réponse de Triel ne se fit pas attendre : un disque flottant vint chercher la prêtresse avec tous les égards dus à son rang.

Tête haute, Shakti se laissa porter pour franchir les nombreux portails de la résidence. Dans l'heure, à n'en pas douter, Gromph apprendrait sa venue.

Résolument, elle chassa de ses pensées ce détail fâcheux. Elle devrait garder la tête froide pour composer avec Triel... Toute distraction serait fatale.

Le disque l'amena au seuil de la salle d'audience. Shakti descendit et traversa l'immense pièce haute de plafond et richement décorée. L'écho de ses pas évoquait le son distant de pierres jetées au fond d'un puits vertigineux... Une tactique classique d'intimidation. Mais en avoir conscience n'enlevait rien à son efficacité.

De ses prunelles écarlates, Triel regarda Shakti approcher. La haute prêtresse, très menue, avait doté le trône d'un magnifique repose-pieds. Que les jambes d'une Matrone siégeant dans toute sa gloire ne touchent pas terre aurait à coup sûr manqué de dignité...

Sous le regard indéchiffrable de Triel, Shakti s'arrêta à respectueuse distance et se lança dans une profonde révérence avant de s'agenouiller. Puis elle releva la tête et soutint le regard de la Matrone.

— Triel, j'ai échoué.

Un long silence tomba. La maîtresse des lieux analysa cet étrange préambule pour tenter d'en extraire le sens caché.

— Tu n'as pas amené Liriel, répondit-elle enfin.

— Non, avoua Shakti, toujours à genoux. Lolth a pour la princesse des projets dont le but m'échappe.

La Première Matrone de Menzoberranzan plissa dangereusement le front.

— Tu as l'audace de parler au nom de Lolth ?

Shakti baissa la tête.

— Je répète simplement les paroles de la yochlol, son émissaire.

— Où l'as-tu rencontrée ?

— Dans les Abysses.

Triel fit signe à Shakti de se lever et de prendre un siège.

— Explique-toi. Depuis le début.

La prêtresse prit place dans un fauteuil.

— Sur vos ordres, j'ai réuni de puissants alliés et traqué Liriel. Mais elle aussi avait su très bien s'entourer. La bataille fut féroce.

— Qui s'était allié à elle ?

— Beaucoup de guerriers. A commencer par les humains d'une île lointaine, Ruathym, et par les elfes des mers.

Triel se redressa brusquement sur son trône.

— Une fille de la Maison Baenre, alliée aux elfes-fées ? Quel odieux mensonge est-ce là ?

— Je ne mens pas, affirma Shakti. Si je souhaitais maquiller la vérité à mon avantage, ne raconterais-je pas un récit bien plus agréable pour vos oreilles ?

La Première Matrone concéda le point d'un bref signe de tête.

— Liriel s'est introduite dans le bastion d'une illithide – les ruines d'un antique complexe elfique situé sous la mer. Elle a libéré les esclaves, les armant pour la bataille. Si je ne l'avais pas vu de mes yeux, je ne l'aurais jamais cru.

— Tu as donc perdu face à un ramassis d'humains et d'elfes blancs, résuma Triel, méprisante.

— Non, répondit Shakti, très calme. J'ai perdu par la volonté de Lolth.

La matrone serra très fort les accoudoirs de son trône.

— Après avoir prouvé ton incompétence, n'aggrave pas ton cas en blasphémant !

Shakti ne désarma pas.

— J'ai défié Liriel en *nai'shedareth*.

Il s'agissait du duel rituel entre deux prêtresses visant à déterminer laquelle bénéficiait le plus des faveurs de Lolth.

Un sourire sardonique flotta sur les lèvres de Triel.

— Un coup audacieux… Tu es une haute prêtresse, et elle, à peine une acolyte !

— Elle est de la Maison Baenre, pas moi. Mon fouet-serpents anéanti, mes sortilèges furent détournés…

— Ma nièce n'est pas si puissante, fit Triel, déconcertée.

— En elle-même, non. Mais elle a été faite *Zedriniset*.

Triel blêmit. On prononçait rarement ce terme, un des plus sacrés du langage drow. En secret, toutes les prêtresses briguaient cet honneur assorti d'un immense pouvoir. Et toutes redoutaient que leurs rivales l'acquièrent.

— Tu en as été témoin.

— Comme beaucoup. Au cours de la bataille de Ruathym, la puissance divine a investi la fille Baenre.

Triel digéra la nouvelle.

— Et tu l'as pourtant défiée.

Shakti inclina la tête d'une manière qu'elle espérait suffisamment humble.

— Mon arrogance m'a précipitée au fin fond des Abysses.

Soupesant les révélations de son improbable visiteuse à la lumière des sous-entendus et des subterfuges communs à tous les actes des Drows, la Première Matrone réfléchit.

Puis reprit la parole pour poser la question indirecte qui s'imposait.

— Et pourtant, tu es ici.

— Et pourtant, je suis ici. J'ai été condamnée pour avoir attaqué une Baenre. Néanmoins, la Reine Araignée connaît mon cœur. Depuis toujours, les prêtresses de la Maison Hunzrin soutiennent les Baenre. Je suis votre très humble servante. Me châtier trop durement pourrait jeter une hideuse lumière sur votre noble chemin… La vestale de Lolth m'a testée et jugée fidèle. La faveur de la déesse m'a donc permis de quitter les Abysses.

De sous les plis de sa robe, Shakti sortit son fouet aux cinq serpents.

— Voilà l'arme que vous m'aviez remise en personne. Elle fut détruite au cours de mon duel contre Liriel, et ranimée pendant mon séjour aux Abysses.

Sceptique, Triel lorgna l'arme morte-vivante.

— Que tu dis… N'importe quelle haute prêtresse peut ranimer les morts. Tu devras être plus convaincante.

— La vestale de Lolth m'a également remis ceci en gage des très hautes faveurs de la déesse vis-à-vis de la Maison Baenre, qu'elle souhaite voir prospérer au-dessus de toutes les autres.

Shakti tendit l'âme-bulle. La matrone l'examina, mais sa vue était moins bonne que celle de sa visiteuse.

Elle cria un ordre. Ses gardes s'éclipsèrent, rapidement remplacés par une vingtaine d'elfes noires armées jusqu'aux dents – la garde d'élite. Des guerrières zélées triées sur le volet, leur loyauté féroce augmentée par magie.

Elles formèrent deux cercles : le premier à quelques pas du trône, le second autour de Shakti.

Sur un signe de leur maîtresse, toutes dégainèrent deux armes, qu'elles croisèrent avec celles de leurs camarades opposées. Un léger bourdonnement s'éleva, car une magie de protection affluait le long des lames.

Aucune sorcellerie n'aurait droit de cité à l'intérieur des cercles.

Triel jeta sur le sol le globe... qui explosa en un nuage verdâtre avant d'avoir touché terre. La brume s'immobilisa face aux armes levées. Et se dissipa lentement, révélant au sein du cercle une grande prêtresse échevelée au regard trouble.

— Quenthel..., souffla Triel, incrédule.

Quenthel Baenre, revenue d'entre les morts... La magie de protection aurait déjoué toute tentative de prendre son apparence, d'où qu'elle vînt. Il s'agissait bel et bien de Quenthel et de nulle autre. Quenthel qui avait pourtant péri au combat...

En accord avec les coutumes réservées aux grandes prêtresses, sa dépouille ramenée à Menzoberranzan avait été incinérée. Les cadavres des prêtresses de moindre stature étaient embaumés et préservés, dans l'éventualité qu'il faille lever une armée de zombies.

Réduite en cendres... Et *elle* se tenait là, indéniablement vivante...

Impossible de douter encore de la volonté de Lolth ! Une puissante prêtresse venait d'être rendue à la Maison Baenre !

La faveur de Lolth... Une prêtresse Baenre revenue d'entre les morts, et une autre investie du très convoité *Zedriniset*, une Elue de la déesse !

Avec d'aussi redoutables alliées, Triel n'aurait pas besoin de chercher loin ses ennemies...

Et Shakti, également investie par Lolth en personne de tant d'honneur et d'information !

D'une chiquenaude, la Première Matrone renvoya sa garde d'élite avant de se tourner vers les deux prêtresses...

... Ces conspiratrices qui dissimulaient si bien leur jeu !

Car c'était la seule conclusion possible.

— Comment avez-vous pu quitter les Abysses ?

La revenante dévisagea longuement Triel.

— Je… l'ignore…

Elle vacilla, comme sur le point de tourner de l'œil. Par un effort suprême de volonté, elle se ressaisit, et se composa la mine hautaine dont Triel se souvenait si bien.

Celle-ci trouva la force de sourire.

Et dit la seule chose qu'il y avait à dire :

— Bienvenue chez vous, mes sœurs.

Cette nuit-là, travesti en docker par magie, Brindlor jouait des coudes pour fendre la foule d'une taverne bondée et malodorante d'Eau Profonde. Il cherchait des yeux un Nordique roux au regard dur et méfiant.

Il le trouva attablé dans un coin, près de la porte des cuisines, les bottes posées sur la seule autre chaise de l'angle. L'air revêche, le capitaine défiait quiconque de prétendre la récupérer pour s'asseoir.

Brindlor le rejoignit, s'adossa au mur et préleva au passage une chope de bière sur le plateau d'une servante surmenée – une vivacité qui lui valut un hochement de tête approbateur du rouquin.

— Les affaires marchent bien, commenta Brindlor en imitant le débit haché du commun parlé par les Nordiques. Un peu trop même, si on installe maintenant les capitaines aux portes des latrines…

Le pirate eut l'air amusé.

— On dirait que vous venez de goûter l'infâme brouet de la maison…

— J'ai essayé une bouchée. (Brindlor tapota son ample bedaine – une parfaite illusion.) Bah, ce ne sera pas la première fois que mon « souper » se limitera à de la bibine ! (Il fit tinter les pièces de son escarcelle.) Si je paie, je m'assois.

Après un coup d'œil à sa chope vide, le pirate libéra la chaise. Se faire offrir une tournée lui plaisait plus que préserver son intimité.

— Vous savez donc que je suis capitaine. Quoi d'autre ?

— A peu près rien, répondit Brindlor. Je trimais ce matin sur le débarcadère pour décharger la cargaison du *Narval*. Je vous ai remarqué avec le contremaître, qui vous appelait Ibn. Je suis Wolfrich, ajouta-t-il en tendant une main amicale.

Ibn la lui serra. Puis ils burent en silence.

La tournée suivante aussi.

En vérité, Brindlor en savait long sur le personnage : natif de Ruathym, le loup de mer tirait fierté de son héritage... et haïssait les elfes. Sa réputation de taciturne bien méritée, il ne disait jamais trois mots quand un seul suffisait. A une exception près : à chaque escale, il revenait boire en solitaire. Et s'il avait de la compagnie, plus il vidait de chopes, plus il retrouvait sa langue...

— J'ai rencontré un de vos garçons, dit Brindlor. Leigaar... Il en raconte de bien bonnes, celui-là !

Les joues rougies par l'alcool, Ibn redevint méfiant.

— Ah, oui ? Par exemple ?

Le Drow travesti haussa les épaules.

— Un tissu de mensonges, à mon avis... Mais très distrayant, il faut le dire ! Il était question d'une « tapisserie d'âmes » et d'un elfe des mers...

Ibn se rembrunit.

— Hélas, c'est la stricte vérité.

— Vraiment ? (Pensif, Brindlor but une longue gorgée.) Vous connaissez l'elfe des mers en question ?

— Je ne le connais que trop ! Xzorsh, qu'il s'appelle... Du jour où je me suis enrôlé sous les ordres de Hrolf, il n'a cessé de nous coller aux basques, pire qu'un caleçon mouillé ! Il s'est mis en tête de protéger notre navire, avec sa bande de vauriens... Quand Hrolf a coulé avec son bateau, ce satané elfe a continué à nous suivre en mer... A cause d'une Drow ! Vous pouvez croire ça ?

— Eh bien ! s'exclama Brindlor, en faisant signe à

la serveuse. Un elfe des mers et une Drow ? Que ficheraient-ils ensemble ?

— La magie ! Xzorsh se pique d'être un sorcier aux doigts palmés ! Un comble ! Et la Drow a promis de lui dénicher un mentor…

Adossé à son siège, Brindlor caressa sa barbe blonde. Après mûre réflexion, il jeta un regard en coin à son compagnon de beuverie.

— Ce Xzorsh est dans les parages ?

— A un jet de pierre, si vous êtes bon lanceur… Aux dernières nouvelles, il folâtrait dans le port avec le peuple-sirène.

— Hum… Et il a beaucoup d'elfes sous ses ordres ?

— Combien au juste, je ne saurais le dire. Mais ça a suffi à nous faire gagner plus d'une bataille.

— Je vois le problème…

Pas mal éméché, Ibn tenta de retrouver sa lucidité.

— Ah, oui ?

— Confier une arme à une Drow est toujours risqué. J'ai eu parfois affaire aux elfes noirs. Tous ne sont pas à tuer, remarquez, mais les filles sont pires que tout ! Elles ont toujours une idée derrière la tête, et un intérêt à agir comme elles le font. Selon toute probabilité, celle-là a des projets pour Xzorsh et sa bande.

Ibn fixa son interlocuteur sans comprendre. Le Drow réprima un soupir. Il avait peut-être un peu trop incité l'humain à lever le coude.

— Si les elfes des mers qui disposent de la magie convoitent un butin, aucun pirate, de Lantan jusqu'ici, ne pourrait s'opposer à eux. Et si on en arrivait là, pas un marin honnête ne gagnerait une bataille contre eux.

Ibn réfléchit.

— Naturellement, je comprends que vous vouliez le protéger. C'est votre ami, après tout.

Le capitaine retrouva d'un coup toute sa sobriété.

— Sûrement pas ! Je protège mon bateau, et mes hommes.

— Or, il connaît votre navire, souligna Brindlor, d'un ton plein de sous-entendus.

L'humain le dévisagea d'un regard soudain clair et perçant.

— Pour un type censé m'avoir aidé à vider un demi-tonneau de bière, vous voilà bien serviable, mon gars… Quel est votre intérêt, là-dedans ?

— J'aimerais bien en avoir un… (Penché en avant, Brindlor prit une mine et un ton de conspirateur.) Je cherche un navire prêt à emporter une cargaison au nord des Sélénae. Nous en serons tous les deux beaucoup plus riches, du moment que la livraison se fera dans les temps – et sans poser de questions. Nous serions aussi rudement avisés de prendre le moins de risques possible, si vous voyez ce que je veux dire.

Ibn vida sa énième chope et croisa les bras.

— Tant que vous payez la tournée, j'écoute !

Les cloches du temple Ilmater sonnèrent deux heures du matin, libérant les fidèles de leurs dévotions. Ils titubèrent dans la nuit, impossible à distinguer des ivrognes qui regagnaient leurs mansardes en vacillant le long d'une chaussée jamais assez large. Les tavernes des docks se vidaient. Le tintement plana au-dessus de la scène, se mêlant au clapotis des vagues.

Adoptant une pose décontractée fort étudiée, Ibn déambulait les mains dans le dos. Il approcha d'un garde, un vieux marin presque aussi taciturne que lui, le salua d'un hochement de tête, et se tourna vers le port en sortant sa pipe.

— Un peu de tabac ?

Il tendit à l'homme un sachet odorant.

Ce dernier l'accepta et bourra sa pipe. Contemplant le reflet de la lune sur l'océan, ils fumèrent de concert.

— J'en ai ma claque de la cité, reprit le capitaine. Un bon gars ne s'éloigne jamais de la mer.

— Yep, grommela le type.

— Je ne peux pas fermer l'œil dans ces auberges

puantes aux lits plats… Tu es un vieux de la vieille, hein, mon gaillard ? Rien ne vaut un hamac. Je parie que tu dors toujours dans le tien.

— Yep.

— Le mien m'attend à bord, et j'ai bien l'intention d'y retourner me coucher. Je sais, la loi l'interdit mais… Ça me coûtera un peu.

Pour toute réponse, le garde tendit sa pipe vide. Ibn tira d'une poche d'autres sachets de tabac. L'homme soudoyé leva trois doigts.

— Un bon prix pour une nuit de repos, accepta le capitaine.

La transaction conclue, il se dirigea vers son bateau… Peu après, dans la coquerie, il ouvrit un coffre en bois entreposé juste au-dessus du niveau de l'eau pour en extraire un étrange instrument aux vagues allures de luth. On en jouait en tournant une manivelle pour pincer les cordes et on pressait des clés pour produire la mélodie voulue.

Ibn le plongea dans l'eau et commença par les quelques notes de *Lolinda la pulpeuse*, accompagnées de cliquetis et de couinements sans aucun sens…

Hrolf avait eu l'idée de recourir aux rythmes musicaux en guise de signaux. Le pirate appréciait les belles odes lestes et entraînantes. Mais il chantait aussi mal qu'il maniait bien l'épée…

A ce souvenir, un rare sourire flotta sur les lèvres de Ibn.

Un visage trop familier creva la surface, près de lui. Rejetant l'orgue de Barbarie, le capitaine reprit sa pipe.

Xzorsh ne cacha pas son étonnement. Ibn n'avait jamais lancé cet appel, ni cherché à voir un membre du Peuple des Mers.

Il attendit poliment que l'humain prenne la parole.

— Je viens au sujet de la Drow, annonça-t-il enfin.

Xzorsh hocha la tête. Ibn lui paraissait très tendu.

Sans doute en raison de sa haine des elfes et de sa réticence à leur faire une faveur.

L'homme fourra un médaillon argenté dans les paumes de son interlocuteur.

— Voilà… à propos du maître. Ça te mènera où tu dois aller. Pas de questions ! J'ai dit ce que je savais, un point, c'est tout.

L'elfe des mers le remercia en se passant le médaillon autour du cou.

Aussitôt, la froideur familière de l'océan disparut, remplacée par un air trop sec et des murs en pierre. Une eau bizarre clapotait sous ses pieds. Intrigué, il se pencha et y goûta. Ses yeux s'écarquillèrent d'émerveillement.

— De l'eau douce !

— Eh, non… ! lança une voix mélodieuse amusée.

D'une volte-face, Xzorsh se retrouva face à deux Drows. Sur le point de dégainer son arme, il se reprit, se morigénant de ses réactions. Il était devant les professeurs que Liriel lui avait promis. Il n'aurait pas imaginé avoir affaire à des Drows… Mais à la réflexion, quels autres collègues ou connaissances Liriel aurait-elle pu avoir ?

Leur regard infiniment froid lui rappela celui des squales.

— Les gemmes, ordonna l'un d'eux.

Xzorsh sortit le petit filet qu'on lui avait confié.

— Elles appartiennent à Liriel. Puisque vous êtes au courant, j'imagine qu'elle vous les offre pour payer mon apprentissage. Accepteriez-vous de les lui restituer ? A la première occasion, je vous verserai une somme équivalente en argent et en pierres précieuses. Vous avez ma parole.

Le Drow à la chevelure moins longue eut un fin sourire.

— Elle ne perd rien pour attendre. Crois-moi.

Impossible de se méprendre sur ce qu'il voulait dire…

Ni sur ce qu'il était, tout compte fait. Cet être respirait la malveillance par tous les pores de sa peau. Il l'exsudait comme une seiche expulse de l'encre…

Xzorsh eut la sensation que des miasmes flottaient dans l'air raréfié.

Il mesura trop tard la gravité de son erreur. Comme détaché de lui-même, il vit le Drow lui lancer en un éclair une dague… qui le heurta avec la brutalité d'un coup de poing au plexus solaire.

Incrédule, l'elfe des mers baissa les yeux sur la garde enfoncée dans son abdomen, avant de les relever vers ses assassins.

— C'est donc vrai, ce qu'on dit de vous…

— Et c'est encore au-dessous de la vérité ! siffla le Drow aux cheveux moins longs en se rapprochant de sa victime pour retourner le couteau dans la plaie.

Son compagnon lui bloqua le poignet.

Puis il eut pour le mourant un sourire plein de… compassion ?

— J'imagine que tu n'as pas entendu que des louanges à *son* propos, non plus…, dit-il d'une belle voix mélodieuse.

Xzorsh espéra contre toute attente que ce Drow… gentil… allait balayer les affreuses calomnies dirigées contre Liriel.

Le doux sourire de Brindlor s'élargit.

— Toutes ces choses terribles qu'on dit d'elle ? Elles sont entièrement vraies.

Ravi, le ChanteMort vit le regard de sa victime se ternir sous l'effet du désespoir, avant que Xzorsh ne succombe.

Brindlor décocha un coup d'œil à Gorlist.

— Tu vois ? Il y a plus d'une façon de tourner le couteau dans la plaie.

Sharlarra descendit de son cheval et saisit les rênes d'une main. Elle connaissait assez la forêt au terrain inégal pour préférer s'y aventurer à pied.

Au clair de lune, elle longea la rivière qui jouait à cache-cache avec les frondaisons. Un appétissant fumet de lièvre rôti la guida jusqu'au camp, à quelque distance de la source.

Assise près des flammes, Liriel lisait un livre. A l'approche de Sharlarra, elle tourna la tête, et une soudaine lueur assombrit son regard.

L'elfe blanche comprit parfaitement cette réaction, vite réprimée. Jusqu'à ce qu'elle rencontre Qilué et les siens, elle avait nourri les mêmes sentiments à propos des Drows.

— Où est ton ami ? lança Sharlarra en entrant dans le cercle de lumière.

— Il chasse. Ou il explore le terrain. Ou il finit de dresser le camp…

Liriel haussa les épaules.

Lui prenant le livre des mains, Sharlarra examina les runes avant de le lui restituer rapidement. Elle savait pertinemment qu'il était déconseillé de trop fixer les écritures magiques.

— Pas un seul sort familier…

— J'espère bien que non ! C'est un grimoire drow.

— Ça rappelle la calligraphie de Thay.

Une ombre passa sur le visage de Liriel.

— Parle-moi des Sorciers Rouges.

— Eh bien, ils sont chauves…

La Drow leva les yeux au ciel.

— Tu n'as rien d'une conteuse née…

— Mon petit doigt me dit que tu as tes propres sources.

Après un silence gêné, l'elfe noire capitula d'un hochement de tête. Elle commença par évoquer sa rencontre avec un sorcier humain : un esclave qu'elle était censé traquer dans un réseau de tunnels d'Ombre-Terre et occire à l'épée ou avec un sortilège.

En fin de compte, son mentor avait achevé l'humain.

Liriel eut un petit haussement d'épaules, comme si rien de tout ça n'avait d'importance.

Sharlarra eut la nette impression que la Drow était loin d'avoir tout dit.

— C'est un rite de passage, conclut Liriel. Ça existe aussi à Eau Profonde ?

— D'une certaine façon, oui. Par groupes de trois ou quatre, les jeunes gens vont se soûler puis pisser dans les fontaines publiques… Je reconnais que votre rituel est plus digne.

Cette ironie ramena un sourire sur les lèvres de la Drow.

— Ce n'est pas ce que je voulais dire. Et vous, les elfes-fées ? Comment marquez-vous le passage de l'adolescence à la maturité ?

Sharlarra détourna les yeux.

— Chaque clan ou communauté a ses propres coutumes.

— Mais sûrement…

— Des esclavagistes thayans m'ont capturée quand j'étais gamine, traînée à Port au Crâne et vendue… Difficile de tourner le dos à une enfance qu'on n'a jamais eue.

— Et maintenant, tu es une sorcière, souffla Liriel.

— Je connais quelques sortilèges, mais ce n'est pas ma première vocation.

En manière d'explication, Sharlarra fit léviter une des araignées de jet de sa compagne.

Les yeux d'abord ronds de Liriel se firent menaçants… avant qu'elle n'éclate de rire, ravie.

— Bien joué ! J'aimerais apprendre ce tour…

Sharlarra tira de son sac une flasque argentée qu'elle lui tendit. Liriel but une gorgée, et ses prunelles d'ambre pétillèrent sous le coup de l'agréable surprise.

— Du *qilovestualt* ! Comment as-tu mis la main sur du vin drow ?

L'air modeste, l'elfe écarta les mains.

— A Eau Profonde, on trouve de tout du moment qu'on a les poches pleines, des doigts de fée, ou des fréquentations louches… Non, garde-la, ajouta-t-elle quand Liriel fit mine de lui rendre.

Aussitôt, la Drow fut sur ses gardes. Qu'elles vivent sous les étoiles ou dans les entrailles de la terre, peu de créatures donnaient sans arrière-pensées…

Avec un petit sourire, Sharlarra suivit sans peine le fil des cogitations de sa compagne.

— Parle-moi donc des Drows, et nous serons quittes.

Liriel leva un sourcil blanc.

— Que veux-tu savoir ?

— N'importe quoi… Tout !

Amusée, la Drow rendit quand même la flasque à Sharlarra. A point nommé, elle lâcha innocemment :

— Eh bien, pour commencer, ce cru est à base de jus de fermentation de champignons…

L'elfe blanche avala de travers le puissant breuvage et faillit s'étouffer. S'essuyant les yeux, elle eut un sourire penaud.

— C'est de l'humour drow ?

— Un pâle ersatz… Les moyens de s'amuser sont rares à Menzoberranzan. Jouer des tours en fait partie. Des tours pendables, de préférence…

— Les choses sont plutôt chaotiques, pas vrai ?

— Naturellement ! Comment notre société se maintiendrait-elle, sinon ?

L'elfe fronça les sourcils.

— Vous la maintenez par le chaos ? (L'étonnement de Sharlarra fit rire Liriel.) Comment ça marche ?

— A première vue, c'est très simple. Tout le monde a un rang. D'abord viennent les Maisons, que vous appelleriez des dynasties ou des clans. Elles sont classées par rang d'importance, les Matrones des premières Maisons siégeant au Conseil des Huit. Chaque Maison est le théâtre de luttes d'influences constantes. *Idem* dans les écoles, les arènes, les guildes, les marchés, les forums…

— Je crois que je commence à comprendre, dit Sharlarra. La compétition est constante au sein d'une structure très rigide. Voilà qui explique vos superbes armes et votre renommée en matière de magie.

— En partie, oui. Mais garde en tête qu'il y a deux façons pour un forgeron de prendre du galon : travailler dur et collectionner les *satisfecit*, ou tuer son concurrent, meilleur que lui… (Liriel eut un sourire sombre.) Cette technique d'élimination exige aussi de bonnes armes et une magie efficace.

— Exact. Sans vouloir t'offenser, selon ce que j'ai entendu dire des Drows d'Ombre-Terre, on peut facilement déduire que la seconde méthode est de loin la plus prisée.

Le sourire de Liriel s'effaça.

— Avec les Drows, il n'est jamais prudent de « déduire facilement » quoi que ce soit.

— Je ne l'oublierai pas.

Elles continuèrent de se passer la liqueur. Puis Fyodor les rejoignit, prit la flasque qu'on lui tendait et en avala une bonne gorgée sans flancher.

— Comment as-tu entendu parler des Drows d'Ombre-Terre, Sharlarra ? demanda Liriel.

Fyodor tendit sa propre flasque à l'elfe blanche, qui déclina. Après son premier flirt avec le *jhuild* rashemi, elle gardait de mauvais souvenirs de son réveil.

— Un sorcier du clan Harkle – quel ramassis d'excentriques, ceux-là, même pour des humains ! –, a eu un long entretien avec un Drow originaire de ta ville. Harkle a accouché d'un traité qui circule toujours entre les mains des dirigeants et des chefs sorciers.

Liriel gloussa.

— Et dans quelle catégorie te ranges-tu ?

— Dans les deux, et plus encore ! répliqua Sharlarra avec une gravité feinte.

Elles en rirent en se repassant la flasque.

— Qilué m'a appris quelques petites choses sur ses congénères.

— Comment l'as-tu connue ?

— Grâce à sa sœur Laérale Maindargent, la dame

de mon ancien maître, l'archimage d'Eau Profonde. J'oserais ajouter qu'elle doit être le seul bon côté du personnage…

Songeuse, Liriel regarda Fyodor, de l'espoir et du contentement illuminant ses prunelles singulières. Sharlarra se demanda quel message la Drow avait pu capter dans sa réponse.

Mais le temps pressait.

Elle se releva en s'époussetant.

— Si vous voulez, j'invoquerai un portail qui vous conduira en Haute Forêt et vous économisera des journées entières d'expédition.

Une ombre inquiète passa sur le visage de Liriel. Elle expliqua à son interlocutrice ce qui était arrivé à Port au Crâne.

Sharlarra réfléchit aux possibles retombées de son implication dans les aventures mouvementées du couple en fuite… Mais où serait-elle maintenant si Laérale ne l'avait pas secourue et prise sous son aile ?

Elle écarta les avertissements de Liriel.

— Lolth ne m'effraie pas.

Le regard de la Drow s'enflamma.

— Alors, tu es un imbécile !

— Une imbécile, peut-être, répondit Sharlarra posément. Mais qui connaît des sorts très utiles.

Liriel ourla les lèvres, pensive.

— Dans ce cas, tu pourrais nous aider…

Elle déroula une tapisserie en expliquant ce que c'était.

Dubitative, Sharlarra accepta néanmoins d'essayer.

Plusieurs échecs plus tard, un sortilège de folklore simplifié livra un détail capital.

— Il s'agit certes de magie elfique, mais l'ironie veut que ce soit la seule école dont j'ignore tout.

— Les elfes-fées ! grogna Liriel, dépitée.

— Les elfes-fées ? répéta Sharlarra, surprise. Voyons, il y a les elfes de lune, toujours prêts à faire la bringue, ceux du soleil – dont il faut parler le moins possible –

ceux des forêts et les sauvages – qu'on peut parfois confondre –, ceux des mers... Citons aussi les légendaires avariels ailés. Pour ce que j'en sais, il en existe peut-être toujours. Et n'oublions pas les lytharis, ces loups-garous. Mais... les elfes-fées ?

— Nous appelons ainsi tous ceux qui ne sont pas drows.

— Ah... Toujours ravie d'apprendre de nouvelles insultes ! badina Sharlarra. Si tu veux faire voir rouge aux elfes de lune, traite-les « d'elfes gris » ! Et pour agacer souverainement les elfes du soleil, appelle-les donc elfes de lune, tu verras leur tête !

Liriel sourit malgré elle.

— Il y a vraiment autant de dissensions entre vous ?

— Ridicule, pas vrai ?

La Drow avait l'esprit vif. La lueur pensive qui éclaira ses prunelles n'échappa pas à Sharlarra.

— L'art et la magie elfiques remontent à la nuit des temps. A ce qu'il paraît, tu aurais vu les ruines d'Ascarle. Ses constructeurs furent vaincus il y a des siècles, et la magie attachée aux lieux a été pervertie à des fins sinistres. Pour Myth Drannor, c'est pratiquement la même chose. L'antique mythal existe toujours, et nombre d'ambitieux cherchent à le corrompre.

— A commencer par mon peuple..., fit Liriel avec un sourire en coin.

A contrecœur, Sharlarra s'apprêta à partir. Et comprit qu'elle n'aimait pas quitter la Drow. Déjà, certaines affinités les liaient. Une fraternité aussi réelle qu'inattendue.

— Une chasseresse est à vos trousses. Une grande elfe nommée Thorn, la championne d'Eilistraee... Prenez garde à vous.

— Je t'accompagne un bout de chemin, proposa Fyodor.

Sharlarra reprit en main les rênes de son cheval et se dirigea vers la source.

Dans la clairière, le Rashemi prit une longue inspiration.

— L'hiver approche… Les feuillages se parent d'or et d'écarlate. Dans dix jours, les branchages se dénuderont.

Sharlarra hocha la tête. Elle se souvenait des difficultés à passer inaperçue dans la forêt, l'hiver. Les routes seraient noires de caravanes en chemin pour de lointaines destinations.

Pour des raisons que Sharlarra ne put s'expliquer, repenser au Rashemen l'émut. De façon presque magnétique, son regard fut attiré vers l'est. Puis, pensive, elle revint à son compagnon.

— Mon offre d'invoquer un portail tient toujours.

— C'est un risque, admit Fyodor.

— Qu'est-ce qui ne l'est pas quand on voyage avec une Drow ?

Le Rashemi acquiesça.

— On se comprend à la perfection… Je voulais vous dire un mot en privé pour d'autres raisons. Cette Thorn… Il s'agit d'une Chasseresse de Lune, et les sorcières du Rashemen l'ont envoyée à mes trousses. Ce n'est pas Liriel qu'elle cherche. Si je tombe au combat, mon amie me ramènera dans ma patrie.

Songeuse, Sharlarra hocha la tête.

— Mon peuple aussi tient beaucoup à passer l'éternité dans ses forêts d'origine. Merci de me prévenir.

— Qui est ton peuple ?

Bien que raisonnable, la question troubla Sharlarra.

— Oh, tu sais bien… *Le Peuple*. Les elfes.

Fyodor se contenta de sourire.

— Mon offre tient toujours, elle aussi. Viens au Rashemen te régaler des légendes à propos d'elfes aux yeux améthyste…

Sharlarra ne réagit pas.

L'instant suivant, elle incanta. Un ovale chatoyant apparut dans l'air. Derrière, les arbres semblaient trembloter. Traverser ce voile irisé et se retrouver au bout du monde ne manquait jamais d'émerveiller Fyodor.

— Et les chevaux ?

Sharlarra secoua la tête à regret.

— Deux personnes, pas plus. C'est le mieux que je puisse faire.

— Pas d'importance. De toute façon, il nous faudrait faire traverser la forêt à nos montures. Peux-tu les ramener à leurs propriétaires, en leur transmettant nos remerciements ?

— Comment sais-tu qu'ils ne sont pas à moi ?

Le Rashemi se contenta de lever un sourcil. Souriante, l'elfe remonta en selle et partit au petit trot, les deux autres chevaux derrière elle.

Fyodor revint sur ses pas. A sa grande surprise, Liriel leva rapidement le camp sans émettre d'objections et le suivit dans la clairière.

Où ils franchirent le portail iridescent…

… Pour se retrouver dans un bivouac drow.

Tels des oiseaux surpris qui s'envolent à tire-d'aile, les elfes noires qui paraissaient dormir bondirent sur leurs pieds, armes au poing. Des danseuses aux atours argentés plongèrent sur leurs épées.

En un clin d'œil, deux cercles hostiles se furent formés autour des intrus.

— *Que'irrerar stafir la temon ?* lança une elfe noire.

Une langue similaire au drow maternel de Liriel, mais avec une intonation différente : plus douce, plus fluide, moins hachée… Et à en juger par leur tenue, il s'agissait de prêtresses de la Demoiselle Noire.

Secouant la tête pour signifier qu'elle ne comprenait pas, Liriel tendit le médaillon que Qilué lui avait confié.

Une grande Drow en robe diaphane avança pour le prendre.

— Qui as-tu tué pour t'en emparer ?

A cette accusation, Liriel se hérissa.

— Personne ! Demande-moi plutôt qui je suis prête à occire pour le garder !

D'un coup d'œil, la chef fit reculer ses prêtresses. Toutes sauf une, qui tendit une épée.

Fyodor avança. Aussitôt, dix lames le menacèrent. Et une bouffée de magie le paralysa aussi sûrement que le souffle d'un dragon blanc. Prenant au mot le défi de Liriel, la chef ne tolérerait aucune ingérence dans leur duel.

Réduit à l'impuissance, Fyodor vit son amie se mettre en garde.

Selon la coutume drow, l'adversaire se présenta :

— Dolor.

— Liriel.

Une expression étrange passa sur le visage de la prêtresse, qui baissa légèrement son épée. Sentant un avantage qu'elle ne pouvait comprendre, Liriel plongea.

Aussi légère qu'une plume, Dolor esquiva et riposta à la vitesse de l'éclair. Liriel bondit par-dessus l'arc de cercle décrit par la lame, son saut augmenté par son don de lévitation innée.

Les murmures de surprise, chez les témoins de la scène, se chargèrent vite de colère. Fyodor en fut découragé. Ce réflexe si simple et naturel aux yeux de Liriel venait de l'identifier comme un Drow d'Ombre-Terre. Or, peu d'entre eux pouvaient transférer leur magie dans le monde de la surface – et encore moins la conserver.

Loin de s'avouer battue, la prêtresse, épée brandie, leva une main vers la lune. Un flot de lumière déchira les frondaisons pour venir frapper ses pieds nus. Sa lame pointée, la Drow s'éleva le long du rayon oblique…

Sa lévitation abandonnée, Liriel retomba à l'écart. Son adversaire l'imita en se réceptionnant d'un roulé-boulé. Avec la souplesse d'un félin, elle se redressa vivement pour bondir sur Liriel… qui l'évita.

Sous les étoiles, la danse mortelle continua. Liriel se battait avec acharnement, mais son adversaire était plus grande, plus forte et plus talentueuse. Un instinct que Fyodor ne comprenait pas poussait la prêtresse à soutenir un rythme furieux – trop rapide pour que Liriel ait le temps de recourir à ses nombreuses armes de jet.

Constamment sur la défensive, elle réagissait sans possibilité de prendre l'initiative.

L'engourdissement de Fyodor se transforma en picotements douloureux. Non sans effort, il réussit à glisser les doigts vers son épée… Les Drows qui le cernaient se penchèrent légèrement, lui entaillant le cou de la pointe de leur lame.

— Bouge encore et tu es un homme mort ! grogna une des Drows.

La menace parvint aux oreilles de Liriel, qui tourna de grands yeux effarés vers son ami.

Il n'en fallut pas plus à son adversaire… La prêtresse plongea, et les gardes des deux lames s'entrechoquèrent.

Liriel voulut dégainer un couteau, mais Dolor lui saisit le poignet, le lui tordit et lui arracha l'arme. D'une autre torsion, elle la força à s'agenouiller, avant de lui plaquer la pointe de sa lame sous la gorge.

Dans le silence tendu, un grognement précéda l'irruption d'une grande elfe aux cheveux noirs, qui se jeta sur le vainqueur.

Dolor et elle roulèrent dans l'herbe pendant que Liriel se hâtait de se relever et de récupérer son arme. L'elfe blanche eut rapidement le dessus.

D'ailleurs, Fyodor eut la nette impression que Dolor ne lui avait guère opposé de résistance.

Liriel se remit en garde.

— Toi et moi, Thorn ! la défia-t-elle.

La championne d'Eilistraee ne daigna pas répondre.

— J'apprécie ton inquiétude, Dolor, mais cette Drow est sous ma garde.

— Ta protection ? s'écria la prêtresse, incrédule.

— Ma garde, insista Thorn. S'il devient nécessaire de l'éliminer – et rien ne me prouve que ce ne soit pas déjà le cas –, ce devoir m'incombera.

CHAPITRE VIII

AFFREUSES VÉRITÉS
DANGEREUSES DUPLICITÉS

Au « grand jour », Shakti fit son retour triomphal dans la Maison Hunzrin. Matrone Triel Baenre l'avait honorée. Peu importait quelles rumeurs parviendraient aux oreilles de Gromph Baenre, il n'oserait pas agir contre elle.

Pas encore, du moins.

Jetant des coups d'œil fréquents aux portes, une prêtresse solitaire arpentait la cour du domaine. Quand elle reconnut sa mère, Shakti sourit.

Les gardes, eux, ne l'identifièrent pas tout de suite. Furibonde, elle leur montra son insigne, et passa.

Puis elle s'agenouilla devant sa génitrice.

— Matrone Kintuere...

La Drow dévisagea sa fille prodigue.

— Pourquoi cette longue absence ? Tu as quitté l'Académie et la ville sans ma permission ! Maintenant, j'en suis réduite à apprendre ton retour par des commérages de domestiques ?

Shakti se releva – également sans la permission de sa mère.

— Triel Baenre m'a fait quitter l'académie et m'a envoyée en mission secrète.

Kintuere renifla de dédain.

— Quelle importance on se donne, tout à coup ! De quoi s'agissait-il ? De capturer des étalons rothés pour améliorer nos hardes ? De chercher de nouvelles variétés de champignons ?

— Quentel Baenre a été ressuscitée, répondit calmement Shakti. C'est tout ce que je peux vous dire.

La Matrone écarquilla les yeux avant de jeter un coup d'œil au ceinturon de sa fille, où pendait le fouet-serpent. Et ce simple regard lui apprit que sa progéniture était devenue plus puissante qu'elle.

Une sentence de mort.

Un instant, Shakti fut tentée de sacrifier aux coutumes de son peuple en abattant Kintuere sans attendre, histoire de prendre sa place.

— Je ne suis pas prête à revêtir le manteau de Matrone. D'autres devoirs m'appellent. Régnez bien, mère, et vous régnerez longtemps.

Sur cette menace à peine voilée, Shakti tourna les talons et gagna son ancien appartement. Sur son passage, les domestiques et les gardes lui témoignèrent plus de déférence qu'ils ne l'avaient jamais fait, de son vivant. La nouvelle de son entrevue avec Triel avait dû se répandre très vite. Ou ils avaient vu Shakti affronter sa mère avec succès, dans la cour, réglant leur comportement en conséquence.

Après ses ablutions, Shakti revêtit des vêtements neufs, congédia ses esclaves et tira de sa cachette – une fissure entre deux pierres – une page arrachée à un des livres de Liriel.

Elle gagna ensuite Narbondel, la colonne thermique qui marquait le passage du temps, et attendit jusqu'à minuit l'arrivée du premier sorcier de Menzoberranzan.

Resplendissant dans son *piwafwi* étincelant et ses robes fines, Gromph Baenre se matérialisa au pied de la colonne. Impressionnée, Shakti assista au rituel de l'ensorcellement de l'horloge qui reconstituait l'énergie thermique du monument.

De son vivant, elle avait plus d'une fois assisté à cette cérémonie sans en saisir les ramifications. A présent, elle voyait ce rituel pour ce qu'il était : un moyen efficace d'enchaîner le sorcier à sa ville natale.

Son devoir accompli, Gromph Baenre repartit. Prenant un risque terrible, Shakti se drapa dans son *piwafwi* et lui emboîta le pas.

— *Je sais que vous êtes là*, souffla une voix mélodieuse sous le crâne de la prêtresse. *Si vous me disiez une bonne fois ce que vous avez à dire ?*

— Mon seigneur…

— *Silence !* tonna Gromph. *Contentez-vous de penser, et je vous entendrai parfaitement.*

Shakti hocha la tête.

— *Liriel est morte. L'amulette qu'elle portait sera restituée aux sorcières du Rashemen.*

Gromph ne trahit aucune émotion en apprenant le sort de sa fille.

— *Vous souhaitiez que je la récupère en votre nom, à cause de ses pouvoirs particuliers. Je n'ai pas été en mesure de le faire, mais je m'offre à sa place.*

Un gloussement ironique monta dans l'esprit de Shakti.

— *Vous voilà devenue une sorcière ?*

— *Je suis ce que j'ai toujours été, seigneur Gromph. Une prêtresse de Lolth.*

— *Menzoberranzan ne risque pas de manquer de prêtresses.*

— *Exact. Mais combien d'entre elles siègent au Conseil et vous rapportent tout ce qu'elles apprennent ?*

Gromph se rembrunit. Un esclave kobold qui crut s'être attiré ses foudres couina de terreur. D'un geste, le sorcier enflamma la tunique de la malheureuse créature, qui se l'arracha du dos et la piétina pour étouffer le feu en geignant de douleur.

Indifférents, les deux Drows passèrent leur chemin.

— *Ce que vous suggérez est impossible. Absurde ! Triel vous extirperait de l'esprit toute pensée de trahison à demi formulée !*

— *Ce serait vrai si mon unique protection se limi-*

tait aux faveurs de Lolth. *Mais le masque de Vhaerun est bien plus difficile à percevoir…*

Le sorcier eut l'air alarmé.

— *J'ignore de quoi vous parlez.*

— *Souhaitez-vous en savoir plus ?*

Un profond silence accueillit cette proposition. Opposant ses boucliers mentaux à ceux du sorcier, Shakti s'autorisa un sourire furtif.

Après quelques instants, Gromph lui jeta un regard noir.

— *Continuez. Mais sachez que vos paroles vous détruiront bien avant qu'elles ne me nuisent.*

— *Si vous souhaitez connaître mes pensées, lisez donc en moi.*

D'abord courroucé et incrédule face à tant d'impudence, il comprit soudain la portée de ce constat.

— *Vous pouvez m'empêcher de sonder votre esprit… Moi ?*

Shakti baissa la tête.

— Par la grâce du dieu, oui. Savez-vous ce que je désire le plus de ce nouveau pouvoir ?

— *Rien que de très habituel, j'imagine. La mort prématurée de votre mère. Une succession sans accrocs, l'avancement hiérarchique de votre Maison, un siège au Conseil des Huit, et tous les noirs plaisirs du pouvoir.*

— Je veux survivre, répondit Shakti d'une voix douce et ferme. Exercer le pouvoir, certes. Mais je connais Menzoberranzan, et je ne veux pas que les contraintes qu'on m'imposera me rendent folle. Et qui maîtrise mieux que vous ce talent ?

Gromph la dévisagea. Il ne la tança pas d'avoir de nouveau parlé à voix haute, ni pour sa présomption. Pour la première fois, une lueur d'intérêt dansa au fond de ses prunelles ambre.

Après un instant, il se détourna.

— *Il y a plus !* ajouta Shakti, revenant à la communication mentale. *J'ai suivi Liriel, et sais dans quelle* direction voyage l'amulette. Voilà en quoi je vous serai utile. Si vous aviez quelque intérêt pour Vhaerun, vous pourriez chercher à contacter d'autres adeptes du dieu masqué. S'il vous fallait des oreilles et une voix au sein du Conseil, vous trouveriez certainement une prêtresse plus puissante pour exécuter votre volonté. Mais moi seul peux vous promettre la restitution du Marcheur de Vent.

— Les promesses ne coûtent rien. Oublieriez-vous que Triel recherche également l'artefact ?

— Ce n'est plus le cas. Je lui ai dit que Liriel, toujours vivante, resterait sous les étoiles, selon la volonté de Lolth, et utiliserait encore l'artefact pour la plus grande gloire de notre déesse.

Gromph gloussa.

— Et ma sœur l'a cru ?

— Un mensonge agréable à l'oreille est toujours suspect. Racontez aux gens ce qu'ils ne veulent pas entendre, et dans un sens, ils y croiront plus volontiers.

— Retors... Mais cela seul n'a sûrement pas suffi à convaincre Triel.

Shakti inclina la tête.

— Bien vu, mon seigneur. Lolth a clairement manifesté son soutien à la Maison Baenre en ramenant Quenthel à la vie, aux côtés de Triel.

— Quenthel vivante, dites-vous ?

— Oui, seigneur.

Dans le long silence qui suivit, Gromph envisagea les ramifications nées de ce nouvel équilibre des pouvoirs.

— Voilà qui devrait plaire à Triel.

— Qui peut le dire ? commenta Shakti. J'ai exécuté les ordres de la yochlol, à une exception près. Par la volonté de Lolth, je dois trouver le moyen de vous dédommager de la perte de Liriel.

Yochlol...

Par la volonté de Lolth...

Des paroles investies d'un grand pouvoir. Leurs échos semblèrent résonner dans le silence.

— *Retournez devant Narbondel*, commanda Gromph. *Cherchez le trio d'illithids gravé sur l'obélisque. Touchez trois fois la tête de celui du centre. Un éclat de pierre viendra se loger dans votre sandale gauche. Ne le retirez surtout pas. Quand je souhaiterai vous recontacter, vous le saurez. Vous vous retirerez dans un coin tranquille et prendrez l'éclat de la main gauche.*

Sur ces mots, le sorcier se volatilisa. Sans cesser d'observer. Et de voir la prêtresse sourire de satisfaction.

D'une démarche assurée, elle retourna vers la colonne. Le sorcier la regarda chercher le trio de flagelleurs mentaux le long des frises sophistiquées, puis passer les doigts sur les creux et les bosselures… Quand elle fit passer le poids de son corps sur la jambe droite, il sut qu'elle avait réussi.

D'une pensée, Gromph envoya son « message ».

Une décharge d'énergie frappa la prêtresse, lui soutirant un petit cri de douleur. Ses mèches de cheveux ondulèrent follement. Mais elle lissa sa chevelure et s'éloigna – à une allure remarquablement posée pour quelqu'un qui souffrait autant du pied…

Gromph la suivit en direction du lac. A l'embarcadère, des barques dansaient mollement, prêtes à transporter les travailleurs sur l'île aux rothés. Il se rappela que leur élevage, avec la production de viande, de fromage et de laine, était sous la direction des Hunzrin. Grimaçant, il accéléra le pas, déterminé à rattraper la prêtresse avant qu'elle ne s'embarque pour ce lieu détestable.

Il lui prit le bras et…

… Tous deux se rematérialisèrent dans son étude privée.

Shakti tenta de dissimuler son désarroi passager. Puis s'écarta prudemment.

— Un honneur que je n'aurais pas espéré si vite…

— Appelez ça un test, si vous voulez. Mon appel a donc été très clair pour vous ?

— Limpide, mon seigneur.

— Tant mieux, pour une fois… Votre histoire ne manquait pas d'intérêt, mais votre raisonnement défie la logique et l'entendement. Matrone Triel est d'avis que sa nièce Liriel est bien vivante, et que Lolth désire qu'elle continue l'aventure en gardant l'amulette. A votre avis, comment ma chère sœur réagira si j'utilise cet artefact ?

— La déesse est capricieuse, répondit Shakti sans hésiter. Elle favorise les fourbes et les audacieux. Si vous entrez en possession de l'amulette, ne deviendra-t-il pas évident que Lolth s'est détournée de Liriel ?

— C'est ce que beaucoup en déduiront, admit Gromph. Tout ce qui arrive sous ce « ciel de pierre » est attribué à la volonté divine. Très bien, apportez-moi le Marcheur de Vent, si vous en avez la capacité. Je placerai une compagnie de mercenaires sous vos ordres.

— Mieux vaudrait qu'on se donne rendez-vous hors de la ville, suggéra Shakti. (Elle tira un tube d'une de ses manches bouffantes et en sortit une carte qu'elle déroula sur la table.) Voilà les tunnels qui courent sous le Rashemen, le pays de l'amant humain de Liriel. Après sa mort, il a récupéré le Marcheur de Vent. Il entend le restituer aux sorcières qui gouvernent la contrée.

— Un humain ? (Gromph fut outré.) Est-ce vrai ou s'agit-il encore d'un des mensonges odieux avec lesquels vous croyez pouvoir travestir la vérité ?

Une lueur de panique passa dans les yeux de Shakti.

— Quelle importance, du moment que le Marcheur de Vent vous revient ?

Gromph haussa les épaules.

— Aucune… Je vous enverrai les mercenaires. (Il la congédia d'une chiquenaude avant d'ajouter :) Une dernière chose…

La prêtresse se retournant, il lui tendit une petite fiole de cristal.

— Quand les circonstances s'y prêteront, voilà qui hâtera la fin de votre mère. Matrone Kintuere ne siège pas au Conseil des Huit. Faites vos preuves, et votre famille prendra son essor. Allez. Servez bien mes intérêts et les vôtres.

Lorsque Shakti se fendit d'un brillant sourire, le sorcier s'avisa, surpris, qu'elle était devenue très attrayante. Pas comme Sosdrielle Vandree, la mère de Liriel – mais bien peu de Drows avaient pu soutenir l'éclat de sa beauté… Pas même sa fille.

Il étouffa un pincement au cœur. Il n'avait plus repensé à sa maîtresse depuis des années.

Shakti patientait.

— Qu'attendez-vous ? grommela-t-il. Allez !

La prêtresse s'inclina. D'un geste, elle invoqua un portail tendu d'une draperie. Ses cinq serpents squelettiques se redressèrent et s'écartèrent des plis de la robe pour écarter cérémonieusement la tenture.

Shakti disparue. Le pan de tissu retombé en place, le portail s'évanouit à son tour.

Une sortie impressionnante… Et, accessoirement, un rappel de la faveur de Lolth. De bien des façons, Gromph était beaucoup plus puissant que Shakti ne le serait jamais. Mais ainsi que la prêtresse venait de le démontrer, à Menzoberranzan, le véritable pouvoir venait *toujours* d'une source divine.

Et si cet artefact humain, le Marcheur de Vent, offrait en réalité des débouchés que Gromph n'avait pas encore considérés ?

CHAPITRE IX

DES DROWS À COMBATTRE

Dans la petite clairière de Haute Forêt, réunies autour des braises de leur feu de camp, les prêtresses drows de la confrérie Vents Sauvages écoutaient avec une sombre fascination le récit de Thorn sur les dernières aventures de Liriel. De temps à autre, leurs prunelles rougeâtres se tournaient vers la jeune Drow et son compagnon – hors de portée d'oreille et sous bonne garde.

Le récit achevé, Dolor se releva pour prendre la parole.

— Liriel est un danger pour nous toutes et celles que nous servons.

Lèvres pincées, elle se rassit, signifiant clairement que tout était dit.

Et défiant Thorn de la contredire.

La championne soutint calmement son regard.

— En ce lieu, tu es la grande prêtresse. La décision d'aider ce couple ou pas te revient. Mais il *traversera* la forêt.

Les prunelles des Drows brillèrent de colère, mais aucune ne s'opposa à ce décret. Toutes les Eclats-de-Lune honoraient la championne d'Eilistraee. Les adeptes de la Demoiselle Noire devaient leur nom aux fragments célestes qui faisaient comme une traîne à l'astre nocturne : des lueurs disséminées dans la voûte stellaire, isolées et pourtant unies dans leur vénération de la Chasseresse divine.

— Ainsi que dame Qilué l'a appris à ses dépens, recourir à la magie lunaire pour ces voyageurs est une grave erreur, souligna néanmoins une des prêtresses. Et la route est longue jusqu'au Rashemen.

— Pas en passant par les terres de mon peuple, rappela Thorn.

Un long silence salua cette forte déclaration. Les prêtresses n'en croyaient pas leurs oreilles.

— Vous feriez ça ? souffla Dolor. Alors que pas une seule d'entre nous, même Ysolde ou Qilué n'a eu ce privilège ?

Thorn se releva.

— Liriel vous en parlera peut-être, par la suite. A condition bien sûr que vous vous assuriez avec moi qu'elle survive au voyage…

Une Eclat-de-Lune eut un rire dur.

— Alors, nous devrions nous battre pour une noble prêtresse de Lolth ? Une princesse d'Ombre-Terre ? Et votre peuple joindra ses efforts aux nôtres ? ajouta-t-elle, perfide.

— Je l'en prierai, oui.

Un silence atterré suivit. Les âmes charitables avaient cru à une simple question rhétorique de leur camarade ulcérée… Les autres y avaient vu une pique mordante.

Personne n'avait attendu de réponse de la bouche de Thorn. Et surtout pas aussi fracassante !

— Sonnez le cor, ordonna la championne. Prévenez Ysolde et la confrérie des Eaux Vives que nous trois, la Drow, le Rashemi et moi, la chasseresse, foulerons leur forêt demain à l'aube.

Elle rejoignit le couple. Impatiente, Liriel écarta une des gardes et avança d'un pas avant que deux épées croisées ne lui barrent le chemin.

— Il vous en aura fallu du temps pour décider de mon sort ! grogna la princesse. Maintenant, essayez d'appliquer la sentence, pour voir !

Thorn laissa son regard s'attarder sur Fyodor.

— Nous partons tout de suite. Je vous escorterai jusqu'au val du Rusalka blanc.

— La frontière du Rashemen…, commenta le jeune homme. Vous vous êtes battue à ma place pour Liriel. De cela, je vous remercie.

— Foin de courbettes avec une elfe grise ! maugréa Liriel, qui gardait en tête les révélations de Sharlarra.

Fyodor en fut atterré.

— Petit corbeau, tu t'adresses à une Chasseresse de Lune !

La Drow désigna l'astre déclinant.

— La lune, la voilà… Pouvons-nous partir, maintenant ?

Thorn renifla de dédain.

— Où iriez-vous ? Au Rashemen, certes, mais… connaissez-vous le chemin ?

Liriel jeta un regard dubitatif à son compagnon, qui secoua la tête, dépité.

— A ma courte honte, je l'avoue, ma vie en dépendrait que je serais incapable de désigner mon pays sur une carte… Où sommes-nous ? A combien de jours de marche du Rashemen ?

— A pied, vous n'y serez jamais avant l'hiver. Suivez-moi et vous reverrez votre pays demain soir.

Fyodor réfléchit.

— J'en sais peu sur la téléportation, mais les portails ne ressemblent-ils pas à des seuils ? Les franchir, c'est se retrouver dans des endroits lointains… Pourtant, vous parlez d'une journée entière de voyage.

— Des endroits lointains…, répéta Thorn. On dit des Rashemis en *darjemma* que ce sont d'intrépides aventuriers. Est-ce vrai ?

Liriel, qui avait observé un silence lui ressemblant très peu, laissa échapper un petit rire.

— Il voyage avec moi.

— Exact, répondit Thorn, glaciale, avant de se tourner vers l'humain. Nous traverserons à pied les terres de mon peuple.

Surpris, Fyodor sursauta. Thorn vit, dans ses yeux écarquillés, une soudaine lueur de compréhension. Apparemment, celui-là s'était intéressé de près aux vieux récits rashemis… Plus important, il y croyait.

— L'exil ou le silence, lui rappela-t-elle.

— Votre secret et mon honneur, jura-t-il, deux doigts croisés.

Les poings sur les hanches, Liriel pivota vers son ami.

— Par les Neuf Enfers, que vient-il de se passer au juste ?

Sans crier gare, Thorn voulut lui flanquer un direct au menton. Sidérée, la Drow réussit néanmoins à lever les bras pour bloquer l'attaque. Avec une force incroyable, le coup rabattit les poignets de Liriel contre son visage…

Les yeux de la Drow roulèrent dans leurs orbites. Elle s'effondra.

Fyodor s'interposa et dégaina son épée.

— Moi vivant, personne ne blessera mon amie.

L'elfe leva un sourcil noir.

— Si je voulais la voir morte, j'aurais laissé Dolor l'achever.

— Alors, pourquoi ?

— Tu sais ce que je suis. Alors, tu ne devrais pas poser cette question. Tu n'es pas comme cette Drow avec ses histoires « d'elfes-fées » ou « d'elfes gris ». Tout Rashemi a entendu parler des terres que nous allons traverser. Elles sont de ce monde… sans l'être. J'ignore si une déesse drow peut nous y suivre du regard ou pas. Mais j'ai vu Lolth nous épier à travers les yeux de Liriel. Et je refuse de prendre un tel risque.

Fyodor soupira.

— Liriel ne restera pas longtemps évanouie… Elle revient déjà à elle.

D'une sacoche pendue à son ceinturon, Thorn tira une botte d'herbe séchée.

— Cela vient de ma patrie. L'odeur très forte la maintiendra inconsciente.

— Et tu n'aurais pas pu en parler avant ?

— Ça *maintient* le sujet endormi, insista Thorn. La quantité nécessaire pour *plonger* une personne dans un profond sommeil est plus importante, et beaucoup plus dangereuse. Sachant cela, aurais-tu choisi cette herbe ?

La Drow gémit. Son épée remise au fourreau, Fyodor s'agenouilla pour prendre son amie dans ses bras. Puis il releva les yeux vers la championne d'Eilistraee.

— Le choix ne m'appartenait pas – pas plus qu'à toi. Tu n'as aucune envie d'inviter la Déesse Araignée sur les terres de ton peuple. Je comprends parfaitement ta manière d'agir. Mais je ne l'approuve pas. Au prochain carrefour, montre-nous les chemins à prendre, et laisse Liriel choisir sa voie.

— Entendu.

La guerrière piqueta les tiges dans la trame de la cape de Liriel, de façon à ce que le bouquet lui caresse la joue. Aussitôt, la Drow, évanouie, retomba dans les bras de Fyodor.

Devant l'inquiétude du Rashemi, Thorn précisa :

— Il ne lui arrivera rien de mal. Et ça ne te rendra pas léthargique ni confus. Viens.

Tournant les talons, elle s'enfonça dans la forêt. Son amie dans les bras, Fyodor lui emboîta le pas. Ses yeux bleus brillaient d'anticipation. Le lendemain, il aurait une franche explication avec Liriel. Mais pour l'heure, son cœur vibrait à la perspective de voir et de comprendre.

Au Rashemen, les jeunes gens consacraient au moins un an à l'errance rituelle appelée *darjemma*. Or, personne n'avait eu l'occasion de s'aventurer là où Thorn promettait de les emmener. Ou plus exactement, de ceux qui s'y étaient risqués, aucun n'était revenu… A moins que d'éventuels rescapés aient tout oublié de leur expérience… C'était aussi possible.

Les herbes des Chasseurs de Lune se révélaient redoutables…

Un doute soudain assaillit le jeune homme. En dépit des mesures de Thorn, si la puissance de Lolth s'étendait à ces terres distantes ? Qilué et ses prêtresses ne s'étaient-elles pas laissé surprendre ? Se pouvait-il que Lolth puisse suivre partout Liriel, consciente ou inconsciente ?

Dans ce cas, il ne reverrait sans doute jamais sa patrie. Thorn et les siens étaient de féroces guerriers. Ils ne pardonneraient pas à ceux qui mettraient leur territoire en danger.

Et le propre peuple de Fyodor ? Que lui apporterait-il ? Et comment réagirait-il ?

Rapporte l'amulette, avait ordonné Zofia Othlor. *Elle liera et brisera, guérira et détruira…*

Fyodor baissa les yeux sur Liriel. Pour la première fois, il comprit pleinement pourquoi sa grand-mère avait féminisé l'artefact. En chemin, l'objet de sa quête s'était modifié. Il rapporterait l'amulette au Rashemen, mais d'une façon mystérieuse, il ne s'agissait plus du Marcheur de Vent de la légende.

Il s'agissait de Liriel.

Grâce à son don de double vue – une malédiction autant qu'une bénédiction –, le petit-fils de Zofia sut qu'il ne se trompait pas.

Un sourire triste flotta sur ses lèvres. Une chance que Liriel, malgré ses talents, ne puisse se douter du sort qui la guettait…

Une journée passa. Le crépuscule approchait quand Sharlarra s'arrêta devant quelques cabanes de pierre, à un jour de cheval d'Eau Profonde. Elle mit pied à terre, et grimaça devant la toute dernière exposition de crânes, « décorant » la masure du gardien.

Elle se hâta d'afficher un sourire de bon aloi en voyant sortir un vieil homme aux jambes arquées.

Quelques mèches de cheveux jadis rousses s'accrochaient à son crâne dégarni, et sa démarche chaloupée évoquait irrésistiblement celle d'un marin arpentant son bateau par grand vent. L'épée accrochée en bandoulière brillait faiblement à la lumière déclinante. Les dépouilles de bandits et de voleurs de chevaux attestaient des capacités du bonhomme à protéger l'avant-poste.

Il examina la nouvelle venue de ses yeux bleus fatigués, avant de s'éclairer d'un large sourire.

— Si ce n'est pas dame Judith, revenue voir son vieux maître d'armes ! Entrez, ma fille ! Quel plaisir !

Il fallut un moment à Sharlarra pour se faire au patois des Sélénae du Nord. Shaymius Ciel, qui avait en effet été le maître d'armes de la famille Thann, se rappelait la chevelure d'or roux de Judith – tout ce que sa vision déclinante lui apprenait dans le brouillard continuel où, à ses yeux, les gens disparaissaient de plus en plus. Dame Judith n'avait pas oublié son vieux tuteur… Le guerrier vieillissant tirait tant de plaisir des visites de sa protégée que Sharlarra n'eut pas le cœur de le détromper.

Elle se remémora une remarque de Danilo, lors d'une soirée de gala, et lança :

— La caravane de Portponant devait passer par ici. Vous avez bien été livré ? Une caisse de vin et des gâteaux, c'est ça ?

Shaymius se frotta le ventre.

— Oh, oui ! Un régal ! A la fraîche, rien de tel que du bon vin chaud épicé pour oublier ses mille et une petites misères… Mais dites, pourquoi avez-vous besoin de trois beaux chevaux ? Ma foi, ils n'ont pas l'air épuisé.

— Dans les fermes Ethering, les juments ont leurs chaleurs.

C'était la vérité. Shaymius en tirerait ses propres conclusions.

Il flatta l'encolure de l'étalon noir que Sharlarra avait chevauché.

— De belles bêtes, en effet. Dame Cassandra tient toujours à jour ses livres de saillies ?

— Ça ne me surprendrait pas le moins du monde.

Cassandra régissait dans les moindres détails les affaires de la famille. Et, à ce que Sharlarra avait pu observer, elle tentait d'en faire autant avec sa parentèle. La dame avait une personnalité écrasante…

— Quelle maîtresse femme, votre mère, commenta Shaymius. Et elle s'y connaît en affaires.

— Vous confier ce poste était encore une de ses idées de génie, répondit Sharlarra, désireuse de passer au vif du sujet. Vous bichonnerez mes chevaux, je sais que je ne pourrais pas les laisser entre de meilleures mains. Pas un seul marchand que vous ayez hébergé n'a émis une réclamation ou une plainte.

Satisfait, le gardien hocha la tête. Aussi vieux soit-il, ses employeurs étaient contents de lui, et il n'avait rien à craindre. Il commença par étriller le bel étalon noir sans se douter de la vérité.

Bien sûr, Sharlarra avait entendu les rumeurs – un des bons côtés d'être apprentie dans la tour de Blackstaff. On avait composé des ballades sur les exploits du jeune Shaymius Ciel, et dame Cassandra lui avait gaiement versé une coquette somme pour qu'il veille à l'éducation du premier-né de la famille. Un temps, elle avait fermé les yeux sur les frasques de son précepteur, et ses séjours réguliers en prison, au lendemain de beuveries fracassantes, payant régulièrement les autorités pour le libérer. Car le bougre avait l'alcool mauvais… Mais elle avait fini par faire les comptes.

Sans parler des fameuses rumeurs… Pas question de laisser de sordides ragots entacher le renom de la dynastie Thann !

Danilo avait convaincu le régisseur de libérer une dernière fois Shaymius contre des espèces sonnantes et trébuchantes et de lui offrir cette nouvelle responsabilité. De moins en moins heureux de son existence citadine, se languissant d'aventures qu'il ne revivrait jamais, le vieux guerrier n'y avait pas vu un châtiment mais une récompense. En ce qui concernait Dan, Shaymius Ciel méritait de croire en ce pieux mensonge jusqu'à son dernier jour.

Et Sharlarra n'aurait pas pu en convenir davantage.

Une fois les chevaux bichonnés et nourris, le vieil homme et l'elfe s'installèrent au coin du feu pour échanger des récits et des chants entre deux chopes de vin épicé. Bien que ravie de cet interlude, Sharlarra fut soulagée quand la faconde de son compagnon d'un soir commença à se tarir. Elle chanta une dernière ballade, contente de l'entendre ronfler.

Puis elle quitta l'âtre et sortit dans la clairière, derrière l'écurie. Elle prit dans sa sacoche un grand saphir brut et le flacon de poudre magique « emprunté » à Khelben. Il lui restait une dernière mission à effectuer avant de dormir – au nom d'un égaré de plus en quête d'un coin tranquille dans un monde fou furieux...

A Eau Profonde, un elfe des mers attendait qu'on l'aide à devenir un mage. Si Sharlarra ne lui avait pas encore trouvé de mentor, elle voulait s'assurer qu'il n'avait pas oublié. Et, tant qu'elle y était, elle récupérerait les gemmes qu'elle lui avait confiées. Si Khelben et elle pouvaient repérer Liriel grâce aux biens de la Drow, d'autres en seraient aussi capables... Entre ses mains palmées, Xzorsh détenait une fortune des plus dangereuses.

Elle lança un sort complexe, presque similaire à un de ceux que Blackstaff lui avait récemment enseignés. Une main invisible la saisit et l'entraîna le long d'une piste magique. Un instant, toutes les couleurs qu'elle eût jamais vues ou imaginées se télescopèrent dans sa tête, tel un arc-en-ciel en délire.

Soudain, tout mouvement cessa. Momentanément aveuglée, Sharlarra inspira, s'attendant à sentir l'air iodé de la mer et les effluves – bien moins agréables – du port. Au lieu de cela, elle fut assaillie par l'odeur cuivrée du sang fraîchement versé et celle, unique, des endroits que le soleil n'avait jamais atteints…

Le genre de lieu qu'elle connaissait trop bien.

— *T'larra kilaj…*

Une simple comptine elfique que Khelben lui avait apprise.

Sa vision s'éclaircit.

Sharlarra se tenait dans une grotte chichement éclairée par du lichen mural phosphorescent. Avec une horreur croissante, elle dévisagea le Drow stupéfait devant lequel elle venait de surgir.

Les cheveux courts, un tatouage de dragon sur la joue, il était en train de découper des bandes de viande sur un gros lézard paralysé, dont les yeux roulaient follement dans leurs orbites.

Avec le calme olympien que génèrent les grands chocs, Sharlarra se souvint d'une bribe d'information glanée dans le traité Harkle. D'avis que la souffrance et la terreur de leurs proies donnaient une saveur particulière à la viande, les Drows préféraient les manger vives.

Recrachant une bouchée à demi mastiquée, l'elfe noir se redressa d'un bond. Comme par magie, une épée apparut dans sa main.

Sharlarra ne l'avait même pas vu dégainer.

S'arrachant à sa transe morbide, elle tira son épée. Un réflexe parfaitement futile, elle en avait conscience. Avant même de voir du coin de l'œil les ombres frémir… De la nuit éternelle jaillirent des guerriers d'Ombre-Terre, qui encerclèrent l'intruse.

Le cercle mortel se resserra vite.

— *Zapitta doart !* rugit le tatoué.

Le cercle s'immobilisa.

Le chef baissa les yeux sur le saphir brut que Sharlarra serrait toujours.

— Y en a-t-il d'autres ? lança-t-il en commun, avec un accent dur *et* mélodieux.

L'elfe blanche suivit rapidement le fil de son raisonnement. Il voulait savoir si davantage d'intrus risquaient de se matérialiser.

— Des comme celle-là ? (Sharlarra haussa les épaules.) Trois ou quatre, je dirais. Mais c'est la seule qui soit en ma possession. Les autres étaient vendues aux enchères.

— Donne-la-moi.

La première impulsion de Sharlarra fut de la lui jeter à la tête. Un geste qui serait à juste titre perçu comme une attaque… Dire qu'elle n'avait préparé aucun sortilège de défense ! Outrée par tant d'insouciance, elle se morigéna. Elle avait franchi en pleine connaissance de cause un portail magique à « destinations fluctuantes », sans qu'une prudence élémentaire l'incite à parer à toute éventualité… Aucun apprenti de première année n'aurait commis une négligence aussi abyssale !

Un de ces jours, elle devrait vraiment se soucier de ce genre de « détails ». Les démons adoraient en tirer profit…

Les Drows aussi.

Se penchant lentement, Sharlarra déposa le saphir sur le sol rocailleux. En un éclair, le tatoué bondit sur elle et lui décocha un coup de pied dans les côtes.

— Mensonges ! éructa-t-il en tournant comme un vautour autour de sa victime au souffle coupé. Mensonges grossiers, par-dessus le marché ! Une seule gemme manquait ! Crois-tu que j'ignore la somme exacte versée pour libérer le vaisseau du pirate ?

Sharlarra s'avisa qu'il ne parlait pas tant à son bénéfice qu'à celui des témoins de la scène. Ses remarques relevaient autant de la vantardise que de la défense. S'il y avait des discordes dans les rangs des Drows, c'était le moment ou jamais de les attiser.

Elle retrouva assez de souffle pour parler.

— Une information utile. A condition de s'y connaître assez en pierres précieuses pour distinguer le faux du vrai, et voir quand on a substitué un joli bout de verre coloré à un vrai saphir…

Le chef eut une telle expression de haine et de colère que Sharlarra en fut glacée jusqu'aux os. Elle mesura l'effort violent qu'il fit pour éviter de jeter des coups d'œil à ses guerriers. S'il l'avait fait, il aurait surpris des lueurs de joie mauvaise au fond de leurs prunelles rougeoyantes… Et leur air suffisant l'aurait mis hors de lui.

Après avoir autant embarrassé le chef de la bande, Sharlarra devina qu'elle ne s'en tirerait pas.

— Debout !

Oubliant ses côtes douloureuses, elle obéit. A une vitesse hallucinante, le Drow la bombarda de coups portés du tranchant de la main. Même en pleine possession de ses moyens, elle n'aurait jamais pu bloquer le premier…

Son étonnement fut immense quand elle constata qu'elle tenait encore debout à la fin…

— Ton épée.

Hébétée, elle baissa les yeux sur la garde enchâssée de pierres précieuses de sa lame. Sauf qu'il n'y en avait plus une seule en place…

Le Drow ouvrit le poing, révélant son petit butin. Tout y était, jusqu'au saphir qu'elle venait de poser par terre…

— Impressionnant, souffla Sharlarra, qui n'en croyait pas ses yeux.

— Pour toi, peut-être. Je pourrais t'arracher les poumons et le foie sans te laisser une cicatrice.

Ses prunelles étincelaient déjà à cette alléchante perspective. Mais du coin de l'œil, Sharlarra remarqua, alors qu'il bougeait légèrement le bras, une fine cicatrice courant de son coude à son poignet.

— Ah, non ? fit-elle avec un regard pointé au bras noir. Dommage que ton dernier adversaire n'ait pas eu ton talent…

En le voyant de nouveau défiguré par la rage, elle

sut qu'elle venait de toucher une autre corde sensible. Elle allait mourir. Mais au moins, sa fin serait plus rapide et plus douce que celle du lézard dépecé vif.

Le Drow plongea, bloquant l'épée de Sharlarra avec la garde de la sienne et la désarmant d'une simple torsion. Puis il déjoua sans peine la tentative de l'elfe blanche de se rabattre sur sa dague. D'un bond, il lui plaqua un coup de coude au visage, qu'il fit suivre d'un coup de pommeau.

Du sang coula sur les yeux de Sharlarra, qui surmonta sa douleur pour tenter de l'essuyer. Aveuglée, elle ne fut pas en mesure d'échapper aux attaques répétées du plat de la lame que lui infligeait son bourreau, ni aux coupures brûlantes qui se multipliaient...

Comme venue de très loin, Sharlarra prit conscience d'un flot de lumière, l'attirant irrésistiblement. Elle s'y sentit tomber corps et âme... et s'en moqua.

Un sentiment de paix intérieure l'envahit. Un baume de sérénité contre les attaques du Drow... Après toutes les erreurs qu'elle avait commises en si peu de temps, la lumière s'offrait à elle !

Sharlarra n'aurait jamais osé en rêver.

Quand les ténèbres l'enveloppèrent enfin, elle s'y abandonna tout entière, un sourire aux lèvres.

A proximité de Port au Crâne, Khelben Arunsun était accroupi dans une grotte déserte encore éclairée par un sort de lumière qui avait été aveuglant. Il partageait son attention entre l'elfe évanouie, allongée sur le sol, et les tunnels silencieux, au-delà. Les Drows s'étaient dispersés comme des cafards soudain baignés par l'éclat d'une lampe. Mais avec les elfes noirs, même un archimage de sa trempe avait tout intérêt à rester prudent.

Sharlarra gémit. Lui écartant de force les mâchoires, son sauveur lui versa dans la gorge une troisième potion thérapeutique – en se promettant de les lui faire toutes rembourser dès qu'elle serait rétablie. Il réfléchissait déjà aux corvées les plus ingrates à lui infliger, en inventant, même de pires, tant qu'il y était.

Lentement, Sharlarra rouvrit les yeux et redevint lucide. Au fond de ses prunelles vertes, Khelben lut toute la désolation d'un hiver au Grand Nord.

Il n'eut pas à se demander ce que ça signifiait. Il se rappelait trop certains de ses retours à la vie… où il avait été moins qu'heureux de se retrouver parmi les vivants.

Chassant ses sombres souvenirs, il se composa une mine revêche et féroce à souhait.

— Fille stupide ! Que t'ai-je dit à propos des Drows ?

Redressée sur un coude, Sharlarra se massa le front.

— Qu'il ne fallait jamais les combattre… ?

— Ça non plus ! (Il soupira à pierre fendre.) *Dame* Sharlarra Vindrith – si tel est bien ton nom –, as-tu la moindre idée de ce que tu viens de faire ?

— Je pensais aider deux tourtereaux…

— Tu *pensais* ? Tu n'as *pensé* à rien ! Liriel Baenre n'a *rien* d'une simple Drow ! Pourtant, Mystra sait combien cela serait déjà calamiteux… Mais Liriel s'est ouverte à la puissance divine de Lolth d'une façon accessible à bien peu de mortels. Brièvement, je te l'accorde, elle est devenue une sorte d'avatar. D'aucuns n'hésiteraient pas à la qualifier d'Elue !

Alors que des couleurs revenaient à Sharlarra, elle redevint livide.

— Alors… Ça explique le drame de la Promenade…

— Oui, nous en avons entendu parler… Laérale est allée à Eternelle-Rencontre recruter des prêtresses afin de reconstituer les défenses du temple. Ma dame a un faible pour les défis impossibles et les causes perdues.

— Vrai. De même que votre caractère ensoleillé l'attire irrésistiblement…

Avant, Sharlarra n'aurait pas osé lancer ce genre de saillie à son maître. Mais leurs relations avaient évolué. Et son apprentissage était du passé.

Khelben la dévisagea.

— Tu ne vas pas demander ce qui est arrivé à l'elfe des mers ?

La façade taquine de Sharlarra s'effrita.

— Inutile…, souffla-t-elle. Je cherchais Xzorsh, et à sa place, j'ai trouvé des guerriers drows… Je ne suis pas assez stupide pour espérer une seconde qu'ils se soient contentés de le remercier pour les gemmes de Liriel en le laissant repartir…

L'archimage savait trop ce que de tels remords coûtaient. Il respecta son chagrin.

— Alors, il n'y a rien à ajouter. Toi et moi, nous en avons fini avec cette histoire. D'autres devront suivre Liriel jusqu'au bout de sa quête. Quant à nous, contentons-nous de ce que le destin nous réserve.

Se levant, Khelben décrivit un cercle avec la pointe de son bâton noir. Un portail scintillant apparut, reflet des mouvements de l'archimage. La lumière se déversa au sein du cercle.

— Tu viens ?

Sharlarra se releva lentement.

— Vous voulez encore de moi ?

— Pas particulièrement, mais Laérale, oui. Et j'ai constaté que ma vie était infiniment plus agréable quand elle obtenait tout ce qu'elle voulait…

Une lueur amusée fit pétiller son regard, et un sourire au charme redoutable flotta sur ses lèvres tandis qu'il repensait à la dame de son cœur. Ainsi, Khelben n'était pas tout à fait inconscient de son propre pouvoir de séduction. Et l'utiliser n'était pas davantage au-dessus de lui…

Avec une satisfaction secrète, il vit Sharlarra y céder et le rejoindre tout naturellement avant même de comprendre que sa décision était prise.

Comme ça !

Ensemble, ils franchirent le portail. Pourtant, Sharlarra ne cachait pas ses regrets – influer sur le destin de Liriel ne serait plus de son ressort.

Khelben se promit de garder un œil sur son apprentie. On ne savait jamais.

Dans une forêt lointaine, Liriel s'agita dans son sommeil, troublée par un rêve récurrent. Elle errait dans un monde de grisaille, privé de chaleur solaire et des mystères d'Ombre-Terre.

Elle était livrée à une écrasante solitude.

Dans son « rêve éveillé », elle chercha Fyodor à tâtons, et trouva sa couchette vide. Son sentiment d'isolement et d'abandon n'eut plus de limite.

Jusqu'à ce qu'une main familière lui serre les doigts. Et qu'une présence tout aussi familière l'enveloppe de son amour.

Rassérénée, elle replongea dans le sommeil.

De son perchoir dans un arbre, à quelques pas du camp, Fyodor assurait le premier tour de garde. Il remarqua l'agitation soudaine de son amie, puis le doux sourire qui la remplaça. Un rayon de lune toucha la Drow endormie, nimbant de reflets bleutés l'ébène de sa beauté.

Le guerrier rashemi suivit des yeux le rayon qui trouait la frondaison. Au-delà, il imagina le ciel étoilé qu'il ne voyait pas d'où il était, et rêva des mystères qui l'attendaient.

CHAPITRE X

RUDES RÉVEILS

Liriel dévalait la pente du tunnel. Pour une raison qui lui échappait, elle courait à rebours. L'écho de ses foulées se répercutait de paroi en paroi, tel un roulement de tambour, et « zébrait » les brumes grises persistantes.

Elle enleva ses bottes et continua pieds nus au mépris des échardes coupantes qui jonchaient le sol. Mais bientôt, le sang dessina les sillons de ses empreintes… La pierre glaciale n'absorbait pas le fluide précieux. Au contraire, les empreintes devinrent de plus en plus brillantes. Leur éclat rubis éclaboussa les parois, remplissant le tunnel brumeux d'une lueur écarlate.

La Drow sentait le sang aussi bien qu'elle le voyait. Ses sens de prédatrice s'éveillaient, s'aiguisaient…

Cherchant à s'éclaircir les idées, Liriel secoua la tête. Mais d'autres odeurs, aussi boisées qu'inconnues celles-là, l'enveloppèrent pour mieux la confronter à sa nature profonde.

La première empreinte commença à chanter.

Un filament écarlate s'en éleva, ainsi qu'une voix claire de soprano. Liriel reconnut une invocation à Lolth – elle faisait partie des dévotions vespérales d'Arach Tinileth. L'une après l'autre, les empreintes de pas ensanglantées reprirent le chant sacré, comme en écho aux foulées de Liriel. Les filaments écarlates adoptèrent des formes représentant tour à tour les fluctuations de l'hymne et des faciès de démons inconnus.

Quand la Drow percuta un cul-de-sac, elle réalisa, horrifiée, qu'elle n'avait plus nulle part où fuir.

Une brise glaciale dispersa l'odeur boisée avec la brutalité d'un coup d'épée. Les brumes rougeâtres volèrent en hauteur. Le tunnel lui-même se désintégra.

Réveillée en sursaut, Liriel chercha son souffle en continuant de se débattre… Elle était empêtrée dans des toiles gluantes ! Une araignée rouge sang de la taille d'un gros rat d'égout recula hors de portée en continuant de fredonner l'hymne à Lolth.

Un coup de botte écrasa l'arachnide. Puis on dégagea Liriel de la masse des toiles, et on l'aida à se relever…

… Avant de la jeter violemment sur le sol.

Le bourdonnement et la luminosité caractéristiques d'un portail magique entourèrent la Drow, manquant de peu la téléporter très loin de là.

Liriel roula à l'écart, puis se débarrassa des derniers fils qui lui collaient au visage. Quand Fyodor s'agenouilla près d'elle, la Drow lui sauta au cou. Ils s'étreignirent longuement, le temps que les battements désordonnés du cœur de Liriel s'apaisent. Et qu'elle n'entende plus l'écho fantôme de ses propres pas…

S'écartant enfin, elle tourna les yeux vers Thorn, qui gardait une main prudente sur la garde de son épée, comme si elle s'attendait à ce que Liriel s'en prenne à elle pour l'avoir poussée sans ménagement.

— Merci ! lança la Drow.

La championne d'Eilistraee se tourna vers l'humain.

— C'était stupide et dangereux ! Le bouquet d'herbe la maintenait inconsciente. En l'enlevant, tu lui as permis d'échapper au rêve.

— J'aurais dû la laisser se débattre seule face à son cauchemar ?

— Si c'est ce qu'il faut pour tenir Lolth loin de ma patrie, oui ! cracha Thorn. Mieux vaut ça que déchaîner ce fléau sur mon peuple !

Liriel recouvra la mémoire. Se levant sur des jambes incertaines, elle fit face à la guerrière.

— Tu m'as frappée. Pourquoi ?

— C'était plus facile que de discuter avec toi.

Fyodor gloussa, s'attirant le regard incrédule des deux elfes. Il reprit un sérieux de bon aloi, puis invita Thorn à continuer.

— Il existe un chemin plus court pour rallier le Rashemen, mais inaccessible aux sorciers. Et je ne veux pas que Lolth découvre lequel. Où que tu ailles, elle te suit du regard ! Le rêve qui te troublait tant le prouve indéniablement, n'est-ce pas ?

Se détournant, Liriel fit les cent pas.

— Que veut-elle de moi ? s'écria-t-elle. Pourquoi refuse-t-elle de me laisser en paix ?

— Viens, fit Thorn, glaciale.

Elle se détourna. Après avoir échangé un regard perplexe, Liriel et Fyodor la suivirent dans une petite clairière, près d'une source. Les pistes des animaux étaient clairement visibles, des touffes de poils restant accrochées aux broussailles. Mais bien autre chose attirait le regard… et éclipsait tout.

Suspendus par les poignets à des branches maîtresses, deux Drows avaient chacun une cheville mordue par des mâchoires de fer. A voir les plaies profondes laissées par les pièges, leur agonie avait été longue.

— Des pièges à loup, laissa froidement tomber Thorn. Ces deux-là étaient des pillards originaires d'Ombre-Terre. De ceux qui tuent par plaisir tout ce qui se présente. Des elfes, des humains, des animaux… peu leur importe. Ils ont eu la mort qu'ils réservaient à leurs victimes.

Liriel expira longuement.

— Vous ne faites pas de prisonniers ?

— Au moins, je ne les ai pas écorchés vifs ! riposta Thorn. En tout cas, ces Drows ne faisaient pas partie des adeptes de Vhaerun. Voyez leurs insignes… Ils venaient bien d'Ombre-Terre !

— Pourquoi cela a-t-il tant d'importance ? demanda Fyodor.

— Lance un sort de détection de la magie, et tu le sauras, dit Thorn à Liriel.

Haussant les épaules, la Drow obéit. Instantanément, une lumière bleue baigna la clairière. Presque tout ce que portaient les cadavres luisait : leurs bottes, leurs capes, leurs armes.

— La mort de ces éclaireurs remonte à des jours, observa Liriel. Tout ça aurait dû se dissiper depuis.

— En effet.

Etonnée, la Drow secoua la tête.

— Comment est-ce possible ? Je ne suis pas partie d'Ombre-Terre depuis très longtemps ! Et que je sache, personne n'était en mesure de créer des sortilèges ou de façonner des artefacts capables de résister au soleil… Est-il concevable que nos pouvoirs aient si vite évolué ?

— Quelque chose a changé, confirma Thorn. Comment c'est arrivé et ce que ça recoupe n'apparaît pas encore clairement. Quand on sait le vif intérêt que te porte la Reine Araignée, on doit conclure que tu joues un rôle essentiel dans tout ça.

Accablée, Liriel s'assit sur une souche.

— Que se passe-t-il, à la fin ?

— A Zofia Othlor de le découvrir. (Thorn se tourna vers Fyodor.) La sorcière qui m'a lancée sur ta piste m'a parlé de ta quête du Marcheur de Vent. La Drow lui est apparue lors d'une vision.

— Elle a vu Liriel ? s'émerveilla le jeune homme, une note d'espoir dans la voix. Elle a vu l'avenir, et l'a approuvé ?

Thorn renifla de dédain.

— Tu sais bien que non. Les visions sont hautement symboliques. La sorcière a vu un corbeau aux yeux dorés portant l'amulette autour du cou.

Fyodor pivota vers son amie.

— Zofia Othlor m'a demandé de retrouver le

Marcheur de Vent et de le rapporter. C'est ma destinée, petit corbeau. Il ne s'agit pas d'une simple amulette dorée, tu sais…

La Drow entremêla ses doigts aux siens.

— Voilà pourquoi tu ne doutais pas que tes compatriotes m'accueillent parmi eux… Et cette Zofia pourrait élucider le mystère, tu crois ?

Fyodor hocha la tête.

— Elle compte parmi les *wychlaran* les plus puissantes de ma contrée.

— Alors, ne tardons plus. Quelle distance nous reste-t-il à couvrir ?

Thorn tomba sur un genou, écarta des feuilles mortes, tira un couteau de sa botte droite et dessina une carte grossière sur le sol sableux.

— Nous sommes ici, dans la Haute Forêt, commença-t-elle en tapotant un caillou gris. La mer s'étend loin à l'est, et Eau Profonde est là. Avec des chevaux frais et dispos, vous auriez pu couvrir cette distance en deux ou trois jours. Et voilà le Rashemen…

Elle planta son couteau à une distance d'environ un bras.

Liriel en fut découragée.

— Je ne dispose pas d'un sort de voyage pour nous emmener si loin… Tu parlais d'un raccourci ?

— Il nous fera traverser mon pays et franchir les nombreux portails que mon peuple emprunte sans peine. Mais pas question de reprendre les mêmes risques… (Elle lança un regard dur à Fyodor.) J'ai sur moi une herbe qui pousse uniquement dans ma contrée. L'odeur seule suffisait à t'empêcher de te réveiller, Liriel. Le goût d'une simple feuille te plongera dans un profond sommeil… et te livrera pieds et poings liés aux rêves qui te guettent. Ce n'est pas sans risque. Certains sujets ne se réveillent jamais. Mais au moins, ta déesse ne pourra pas te suivre dans tes cauchemars.

La Drow retira soudain sa main de celle de Fyodor.

— Ce n'est pas ma déesse ! Sors donc tes fameuses

feuilles ! Les mauvais rêves ne me font pas peur, et je n'ai rien à craindre d'*elle* non plus !

Haussant les épaules, Thorn tira le bouquet d'herbe de son sac.

— Ce n'est pas moi qu'il faut convaincre.

Shakti s'assit en sursaut, réveillée par un de ses golems de protection. Elle se dégagea des doigts de pierre de l'être magique et se leva. Une robe propre attendait son bon vouloir, préparée par des serviteurs Hunzrin désormais aux petits soins pour elle. Elle la passa, la serrant à la taille avec le fouet-serpent et glissa les pieds dans ses escarpins. Alors, un *disque dérivant* vint flotter sur le seuil de la chambre. Inutile de demander qui l'envoyait…

Elle retira un parchemin de sa cachette, au fond d'un tiroir secret de son pupitre, le fourra dans sa manche, s'installa sur le *disque* et se laissa porter à travers l'immense grotte de Menzoberranzan. Un tel honneur apaisait presque l'irritation due à un réveil intempestif. Après avoir erré dans les Abysses sans pouvoir dormir, même quelques heures de repos, en Ombre-Terre, lui valaient un mieux-être des plus nécessaires.

Shakti se retrouva une fois de plus devant la porte de la salle d'audience de Triel Baenre. Tête droite, l'orgueilleuse Quenthel Baenre se tenait près du trône de sa sœur, richement vêtue de robes de soie aux broderies arachnides. Sa coiffure sophistiquée s'ornait de rangs de perles noires. Elle portait en sautoir le médaillon emblématique de son rang suprême : dirigeante d'Arach Tinileth.

Voilà donc comment Triel comptait utiliser sa sœur ressuscitée… Une tactique avisée. L'ambitieuse Quenthel faisait une rivale redoutable pour le trône. En la plaçant à la tête de l'Académie sacrée, Triel lui offrait un véritable petit royaume. Peu de Mères Matrones exerçaient autant de pouvoir que la maîtresse en titre d'Arach Tinileth. Et placer une prêtresse Baenre revenue d'entre les morts à la tête du bastion du culte était un moyen parfait de souligner qu'on avait les faveurs de la Reine Araignée.

Descendue du *disque dérivant*, Shakti s'inclina.

— Matrone Triel, Maîtresse Quenthel, je suis honorée…

— *Silence !*

Triel venait de hurler cet ordre, sa voix amplifiée par magie.

— Je me moque éperdument de tes flatteries. Parlenous de ton entretien avec Gromph, mon cher frère.

Shakti s'exécuta.

— Je devais le rencontrer, conclut-elle. Il m'avait chargée de ramener Liriel, et il attendait de moi un compte rendu de mon incursion dans le monde de la surface. Je n'avais rien à refuser au premier sorcier de Menzoberranzan, héritier de la Maison Baenre.

— Exact. Mais pourquoi lui avoir promis l'amulette de Liriel ?

— Parce qu'il la convoite ardemment. Cette quête mobilisera ses ressources et, plus important, détournera son attention de problèmes plus critiques. Il y aurait des velléités de rébellion au sein des fidèles du Dieu Masqué. Tôt ou tard, le sorcier en aura vent. Ne serait-il pas plus prudent de l'en distraire ?

Quenthel éclata de rire.

— Un rat chassant sa propre queue ! Comme c'est approprié… Dis-moi, quelles ressources mon cher frère consacre-t-il à cette entreprise ?

— Il a engagé les services de mercenaires. Discrètement.

— Il n'apprécierait guère que ça s'ébruite, chuchota Triel.

Appuyée sur les accoudoirs du trône, le menton niché au creux de ses paumes, elle réfléchit. Un sourire flotta sur ses lèvres.

— Je percerai à jour ce petit complot et, sous couvert de soutenir mon cher frère, je lui adjoindrai mes propres effectifs, afin de garantir le succès de l'aventure – après de longues et palpitantes péripéties, naturellement ! Il serait avisé d'avoir une copie de l'amulette. Histoire de le détourner du vrai artefact et de lui faire perdre un peu plus de temps. Dans l'intervalle, tu récupéreras la véritable amulette et tu me la rapporteras.

Shakti s'inclina respectueusement.

— Anticipant vos désirs, j'ai apporté de quoi faire avancer plus vite notre cause. Voilà une page que j'avais arrachée à un livre de folklore appartenant à Liriel…

Le dessin représentait en détail une petite dague au fourreau gravé de runes. Triel eut un hochement de tête approbateur.

— Il y a plus, ajouta Shakti. Gromph croit Liriel morte. Je lui ai menti afin qu'il recherche uniquement l'amulette, pas la *Zedriniset*.

L'Elue de Lolth…

Un choix de mot délibéré.

Une lueur assassine embrasa les prunelles de Triel. Le sort qu'elle réservait à sa nièce trop aimée des dieux ne faisait aucun doute.

Shakti savoura l'instant, le gravant dans sa mémoire.

— Malin, mais peu réfléchi, commenta Triel. Que feras-tu si la Déesse du Chaos décide que Liriel doit revenir parmi nous ?

— Si c'est la volonté de Lolth, je ramènerai en personne la princesse… Au vu des faveurs qu'elle prodigue à la Maison Baenre, un tel retour ne serait pas impensable. Mais en attendant, mieux vaudrait que Gromph n'ait aucune raison de rechercher sa fille.

— Tu es loyale, commenta Triel – d'un ton aussi ironique qu'intrigué.

— Et pourquoi ne le serais-je pas ? Depuis toujours, les Hunzrin lient leur destin à celui de la Première Maison, qu'ils soutiennent inconditionnellement. Vos revers de fortune ne m'apporteraient rien, alors que j'ai tout à gagner de vos faveurs.

— Aussi mordante et franche qu'une hache naine, dit Quenthel.

— Pour l'instant, ça me convient, assura Triel. Parle encore en toute franchise, et dis-moi pourquoi Gromph ne doit pas faire main basse sur ce Marcheur de Vent.

Shakti y avait longuement réfléchi. A cet instant seulement, la réponse s'imposa à elle.

Tout concordait : son *piwafwi* étincelant au soleil, la survie de l'âme-bulle dans le monde de la surface en dépit de la naissance du jour, la jubilation de Quenthel lors de sa métamorphose à rebours, de yochlol en Drow…

— Liriel a utilisé l'amulette pour préserver notre magie là où elle allait… Mais elle n'a pas mesuré toute la puissance de l'artefact, ni les conséquences qu'aurait son incantation…

Triel inclina la tête.

— C'est ce que tu crois…

Le silence tomba. Toutes les trois se perdirent dans leurs pensées.

Atterrée par l'énormité de ces révélations, Shakti eut le vertige. Les implications avaient de quoi donner le tournis. Elle repensa à l'attaque mal inspirée de la vieille Matrone Baenre contre Mithril Hall et, en particulier, à la bataille désastreuse qui avait eu pour théâtre le Val du Gardien – un lieu nommé ainsi par les humains. Les Drows n'avaient pas été vaincus par les forces conjuguées des nains, des barbares humains et des sorciers mais par le lever du jour… Si tout recommençait, ils auraient tous les atouts en main pour remporter la victoire !

Et une fois que ça se saurait…

Voilà pourquoi les deux premières Matrones de Menzoberranzan avaient tiré Shakti de son lit. Une fois que ça se saurait, au nom de quoi les Drows continueraient-ils à se tapir en Ombre-Terre ? Et pourquoi diantre les guerriers ou les sorciers de Menzoberranzan continueraient-ils de subir le joug des Matrones si des perspectives plus alléchantes s'offraient à eux ?

— Te voilà devenue indispensable, dit Triel d'une voix douce. En ta qualité de prêtresse-traîtresse, tu peux fouler des lieux qui nous restent inaccessibles. Et t'assurer que tout cela ne se sache pas. Personne ne doit savoir. Tu seras nos oreilles et notre épée.

Shakti s'inclina. Pourtant, elle ne put s'empêcher de formuler ses réserves.

— Beaucoup m'ont vue revenir ici. Et beaucoup se perdront en conjectures sur les raisons de ma deuxième visite.

— Naturellement. Notre communiqué officiel saura satisfaire toutes les curiosités. Les guerres successives ont hypothéqué nos cheptels d'esclaves et de travailleurs, compromis nos accords commerciaux, ralenti la production des biens nécessaires à notre communauté... Les nobles et les roturiers portent tous des habits de laine et doivent se contenter de rothé ou de fromage. Dans ces conditions, tous verront en Hunzrin les fournisseurs attitrés des Baenre. J'espère que tu y veilleras.

Plus encore que la mort de sa rivale honnie, c'était le rêve le plus cher de Shakti ! Elle ne put dissimuler sa joie. Enfin, ses talents étaient reconnus ! Aussi ambitieuse que n'importe quelle Drow, elle n'aspirait cependant pas au pouvoir. Elle savait parfaitement gérer ses affaires – avec, justement, une précision et une rigueur qui échappaient souvent à son peuple si chaotique.

Dans la nouvelle mission que lui confiait Triel, Shakti excellerait.

Elle fit une profonde révérence.

— Il en sera fait selon vos désirs. Néanmoins, j'aimerais souligner que tous nos contacts commerciaux avec le monde de la surface risquent d'être perturbés pour quelque temps. Certains de nos marchands sont des adorateurs de Vhaerun. Leur magie d'Ombre-Terre ayant depuis longtemps disparu, ils ne représentent pas une menace immédiate. Mais il faut les empêcher de revenir, sous peine qu'ils découvrent notre secret.

— J'en conviens, répondit Triel. Le mieux serait de les traquer et de les exterminer. Le secret ne doit pas passer les portes de cette salle.

— Et Liriel ?

La Matrone prit son temps pour statuer.

— Ramène-la si tu le peux. Ou tue-la. Par-dessus tout, il nous faut le Marcheur de Vent. Si cet artefact a provoqué un changement aussi radical, qui pourrait dire de quoi il est encore capable ?

L'irruption d'un sorcier humain et de son satané sort de lumière avait laissé Gorlist d'une humeur massacrante. Il réintégra en silence le camp Crâne du Dragon. Brindlor n'émit aucun commentaire – les regards noirs que lui coulait son compagnon le dissuadèrent d'amorcer quelque comparaison que ce fût avec Merdrith.

Gorlist s'arrêta au bord d'un ravin, Brindlor restant prudemment à l'écart. La puanteur des déchets et des corps pourrissants montait par vagues. Le ChanteMort n'avait nulle envie d'ajouter sa dépouille à ce sinistre monument à la décomposition.

Gorlist sélectionna une gemme dans le sac de Liriel avant de jeter le reste dans le vide.

— C'est plus prudent, souffla Brindlor. Mais bien dommage…

— N'aie crainte. Je t'ai réservé la plus belle.

Le mercenaire tira de sa poche secrète une pierre rouge qu'il déposa sur la paume de Brindlor. Avant que ce dernier puisse reculer, Gorlist lui tordit le poignet, le forçant à s'agenouiller. Il reprit la pierre et l'approcha du visage du ChanteMort qui se débattit en vain. Quand le mercenaire pressa les arêtes de la pierre contre le front de sa victime, elle parut s'embraser, se fondant dans le crâne même de Brindlor…

Il revint à lui étendu sur une couchette. Que faisait-il là ? Combien de temps était-il resté évanoui ? Et pourquoi avait-il si mal au crâne ?

Dès qu'il se tâta le front, il sentit une des facettes du rubis qui y était enchâssé. Et une vision s'imposa à lui : celle d'une prêtresse à l'expression féroce, la bouche pulpeuse… De ses yeux écarlates, elle sembla sonder les lieux.

— *Nisstyre ?*

L'appel résonna sous le crâne douloureux du ChanteMort avec la force d'une sonnerie de cloches.

— Parle doucement, ou tue-moi tout de suite…, gémit Brindlor.

— Ah, je vois qu'on est réveillé… ! lança Gorlist.

Il entra dans le champ de vision de son compagnon, le saisit par le col de sa tunique et, sans ménagement, le mit en position assise pour le caler contre la paroi de la grotte. Cela fait, il s'accroupit à son niveau pour mieux le dévisager.

— Contente-toi de répéter ce qu'elle dit. Elle m'entendra sans mal.

— *Nisstyre ?* insista la prêtresse.

Encore sous le choc, Brindlor se fit l'écho de sa question.

— Il est mort. Gorlist, son fils, commande maintenant le Trésor du Dragon.

— *Et tu es ce Gorlist, naturellement ?*

Brindlor répéta de nouveau la question.

— *Qui est le nouvel hôte du rubis ?*

Le ChanteMort se décida à parler en son nom propre.

— Moi, Brindlor Zidorion de Ched Nasad, un ChanteMort renommé pour ses odes à la sombre gloire.

— Il composera son chef-d'œuvre dédié à la mémoire de Liriel Baenre, précisa Gorlist. Si c'est toujours votre vœu…

— *Nos desseins respectifs se recoupent.*

Le mercenaire sourit.

— C'est bien ce que je pensais.

— *Retrouvons-nous près de la grotte de la Draco-liche Luisante, dans les cavernes des trolls.*

Gorlist se rembrunit.

— Vous voulez nous rejoindre ? Inutile de risquer votre vie durant notre longue marche souterraine ! Le rubis vous permettra d'assister à tout...

— *Ultérieurement, voir à travers les yeux d'un ChanteMort sera sans doute utile, ou au moins amusant. Mais en attendant, vous exécuterez mes ordres. Gromph Baenre en personne vous récompensera royalement.*

Après un flot d'énergie douloureux éprouvé à travers la pierre, la présence de la prêtresse s'estompa.

— Elle est partie..., soupira Brindlor – avant de foudroyer Gorlist du regard. Que signifie tout cela ? La gemme, la prêtresse, *le sorcier* ? Je serai censé interpréter le chant du cygne d'une princesse Baenre devant les membres de sa propre famille ? Pourquoi m'avoir caché que Gromph Baenre était notre pourvoyeur ? J'aurais pu m'égorger moi-même et lui épargner l'inconvénient d'avoir une dague tachée de sang !

— Gromph Baenre, notre *pourvoyeur* ? Jusqu'à cet instant précis, j'ignorais tout de l'intérêt qu'il nous portait... Quant à la prêtresse, Shakti Hunzrin, elle avait remis la gemme à mon père, Nisstyre. Ils ont collaboré jusqu'à sa mort. Désormais, la mission de mon père me revient.

— Je préférerais que la *gemme* de ton père te revienne ! maugréa Brindlor.

Le mercenaire haussa les épaules.

— Est-ce toi ou moi qui a choisi de devenir barde ? Ne dit-on pas que l'art naît dans la souffrance ?

CHAPITRE XI

RÉGIONS LIMITROPHES

Sur l'embarcadère de Kront, Merdrith contemplait les eaux au calme trompeur de l'Ashane. Non loin de là, un pêcheur ashanathi le regardait, soupçonneux. Malgré le capuchon de laine qui dissimulait les tatouages de son crâne, Merdrith savait que sa barbichette écarlate (maculée de suie) et ses habits l'apparentaient aux nobles sorciers de Thay. Or, au Rashemen, ceux-ci étaient abattus à vue – et guère mieux accueillis dans les régions limitrophes…

— Vous êtes seul ? lança le pêcheur.

— Oui, confirma Merdrith.

— Ça vous coûtera cher. Je ne comptais pas accoster au Rashemen. Et je n'approcherai d'aucune ville portuaire. Je pourrai vous débarquer du côté du Bois aux Trembles, si ça vous convient. C'est à un jour de marche environ au sud d'Immilmar. A prendre ou à laisser, ajouta le bonhomme, sur la défensive.

Merdrith comprenait parfaitement. Si le pêcheur avait désespérément besoin d'argent, il ne tenait pas pour autant à s'attirer les foudres de ses puissants voisins.

Son passager débarqué, il passerait sans doute la nuit à Immilmar. Puis il vendrait ses prises du jour et préviendrait la *fyrra* locale à propos de l'étranger douteux qu'il avait « aperçu » le long de la côte…

En tout cas, la destination convenait à Merdrith.

— Dix thesken d'or, ça suffira ? dit-il en tenant une bourse en peau de daim.

Ravi de cette bonne fortune, le pêcheur s'empara de la bourse avec un sourire édenté.

— Prenez place et emmitouflez-vous bien, surtout. En cette saison, les bises de l'Ashane pourraient geler un dragon blanc sur pied !

Merdrith le savait. Au cœur de l'hiver, il était sur les rives de l'Ashane quand – avec un détachement de Sorciers Rouges –, il avait eu pour mission suicidaire d'attaquer une tour de guet afin de détourner l'attention des magiciennes. Et, contre toute attente, les agresseurs avaient vaincu.

Alors qu'ils n'auraient pas dû.

Ce succès inattendu intriguait encore Merdrith, lui inspirant le premier acte véritablement impulsif de toute sa vie. Ses collègues assassinés de sa main, il s'était approprié les trésors de la tour. Au prix d'une trahison, bien sûr. Mais s'il avait tout à fait réussi, il aurait pu faire un retour triomphal au pays, et recevoir les honneurs réservés à un zulkir…

La faillite de la magie spirituelle du Rashemen, unique en son genre, lui paraissait indéniable. Il n'y avait pas d'autre explication à cette victoire. Et s'il parvenait à cerner la source de cette nouvelle faiblesse, en trouvant comment l'exploiter, la conquête du Rashemen et la ruine des sorcières seraient enfin à portée des Sorciers de Thay. On disait que cette tour de guet contenait des trésors de magie. Et Merdrith n'avait pas été déçu… Persuadé de trouver bientôt les réponses à ses questions, il avait ensuite repris sa route.

Son butin comprenait un bâton de souhait taillé dans de l'ébène et finement sculpté, grâce auquel il avait détecté une des cachettes les plus protégées du Rashemen, débordant elle-même de trésors inestimables.

En l'état, Merdrith aurait déjà dû siéger au conseil, aux côtés des sorciers les plus puissants de sa confrérie.

Mais deux complications imprévues s'étaient présentées : une bande de voleurs drows, et un guerrier rashemi fourrant son nez partout… Les Drows avaient découvert par hasard l'antre secret de Merdrith – une cabane légendaire –, alors qu'il était parti en quête de fantômes diserts… Les elfes noirs avaient combattu les gnolls du sorcier, ce fouinard de Rashemi et… la cabane elle-même.

Merdrith était revenu à temps pour assister au dénouement des combats, et voir le berseker emprisonné dans un linceul de glace. Mais le Rashemi s'en était sorti, pour suivre stupidement les Drows qui se repliaient par leur portail magique… La cabane endommagée avait disparu à son tour.

Selon la légende, elle se régénérerait d'elle-même, et serait de retour avec l'équinoxe d'automne afin de continuer à hanter les forêts du Rashemen.

Avec quasiment une année d'attente devant lui, Merdrith se retrouvait sans quête, sans magie et sans patrie… En l'état actuel des choses, s'il retournait à Thay, il serait exécuté pour trahison. Faute d'une meilleure idée, il fuyait donc vers l'ouest, adoptant l'existence d'un ermite perdu en Haute Forêt – un lieu célèbre pour ses portails le reliant à Ombre-Terre.

Les premières tentatives de Merdrith visant à entrer en contact avec les pillards drows s'étaient révélées désastreuses. D'abord, il y avait les petites confréries de prêtresses-guerrières dont la déesse, apparemment, n'approuvait pas la démarche du sorcier – ou le personnage lui-même. Merdrith avait réussi à éliminer une de ces enquiquineuses. Puis, en interrogeant les mânes de la défunte prêtresse, il avait tout appris de la bataille qui, dans les royaumes souterrains de Port au Crâne, opposait la bande de voleurs drows – ou Trésor du Dragon – à un autre ramassis de prêtresses drows… L'une d'elles avait pour compagnon un guerrier rashemi, et détenait un artefact : le Marcheur de Vent.

Merdrith s'était donc rendu à Port au Crâne pour traquer la Drow, le Rashemi et les voleurs. Les deux premiers s'étaient envolés depuis quelque temps, apprit-il, mais le nouveau chef du Trésor du Dragon avait accepté de conclure une alliance.

Tout allait bien. Un peu trop, peut-être... Aux yeux de Merdrith, tout le problème était de retarder le vol du Marcheur de Vent, le temps que ses gardiens actuels reviennent au Rashemen.

Car l'amulette ne déchaînerait sa pleine puissance nulle part ailleurs.

Le pêcheur rallia rapidement la côte. Merdrith débarqua et se dirigea vers le nord.

Dès que la barque eut disparu, cependant, il rebroussa chemin pour s'enfoncer dans le Bois aux Trembles.

Dans une petite clairière, il traça un cercle avec la poudre magique en fredonnant un vieux chant rashemi soutiré au fantôme d'un guerrier. Les spectres rashemis ne manquaient pas ! Et tous ces ectoplasmes débordaient de vantardises injurieuses et de superstitions imbéciles...

Quoi qu'il en soit, certains avaient à leur insu fait progresser le nécromancien dans ses recherches.

Alerté par un froissement de brindilles, Merdrith se cacha dans des broussailles.

Une cabane se présenta, propulsée par des pattes de poulet géant... Hormis sa stupéfiante mobilité, la bâtisse était par ailleurs parfaitement ordinaire, avec son toit de chaume, ses poutres sombres, ses murs de torchis, ses jolis volets aux gais coloris...

Des volets clos.

La légendaire résidente des lieux s'était absentée.

La hutte avança au centre du cercle invisible et tourna sur elle-même avant de replier les pattes, apparemment satisfaite.

L'instant suivant, une assiette en laiton fusa par une fenêtre soudain ouverte, et frappa Merdrith à la main. Alors que le sorcier blessé sautillait sur place en jurant, une patte aviaire massive avança pour s'emparer du bâton de souhait qu'il venait de laisser tomber, et le tirer sous la cabane… qui reprit sa pose de chien couché qui ne dort que d'un œil – ou de poule qui couve ?

Comme pour mieux défier Merdrith, vert de rage…

Mais il en avait assez vu. Sans l'aide de la magie rashemie, il ne franchirait jamais le seuil de la porte d'entrée. Il le savait.

Sa détermination de s'emparer à tout prix du Marcheur de Vent n'en fut que renforcée. Que ses orgueilleux confrères l'admettent ou pas, le seul moyen de vaincre le Rashemen et ses sorcières consistait à passer par leur propre magie…

Brindlor arriva le dernier au camp secret du Trésor du Dragon – une grotte où planait encore l'odeur du dernier résident des lieux, évincé par les Drows : un gobelour. Et le ChanteMort trouva son maître en pleine discussion avec Merdrith, leur sorcier humain – une discussion houleuse…

Indifférents, cinq ou six mercenaires assis au pied de la paroi opposée fourbissaient leurs armes ou jouaient aux dés en attendant la conclusion de la querelle.

Comme à son habitude, Brindlor préféra rester hors de vue pour écouter et observer.

Sans être très grand, Merdrith dépassait Gorlist d'une bonne tête. Des tatouages rouge vif couvraient son crâne chauve, et sa barbichette également teinte était maculée de suie. Au lieu de ses robes habituelles de sorcier, l'homme portait une tunique en peau de daim munie de poches et des bottes montantes à lacets. Une de ses mains, pansée, portait une attelle de fortune. A première vue, il s'agissait d'un simple ermite.

Gorlist n'était pas de cet avis.

Restait à espérer qu'il ne se trompait pas…

— Nous devrions aller directement au Rashemen, insista le sorcier. La Drow et son compagnon rashemi s'y dirigent. Vos guerriers peuvent leur tendre une embuscade sans risquer d'autres ingérences des prêtresses du Temple de la Promenade.

Gorlist se rembrunit encore. Il détestait qu'on lui rappelle ses échecs.

— Je connais la région, et les tunnels qui la relient à notre campement. Ça fait une sacrée distance.

— C'est pour ça que vous employez un sorcier, non ? fit Merdrith.

— Vous servez mes objectifs, un point c'est tout. N'ayez pas la présomption de me dicter ma tactique. Une fois que j'aurai décidé de la démarche à suivre, vous veillerez à son exécution.

— Et quelle stratégie votre ChanteMort immortalisera-t-il ?

— Il s'agit de retrouver la Drow et de la tuer grâce à la gemme.

— Ah, oui, fit Merdrith, sarcastique. La fameuse subtilité des elfes noirs…

Un couteau apparut entre les doigts de Gorlist et lança des éclairs métalliques. Le mercenaire pressa la pointe entre les deux yeux de l'humain.

— Vous jouerez votre rôle, vieillard, ou je vous arracherai vos tatouages et le cuir chevelu avec !

Haussant les épaules, Merdrith tendit une main. Gorlist prit le sac de gemmes pendu à son ceinturon et lui en versa deux au creux de la paume.

Dès que le sorcier les eut jetés dans une flaque d'eau, de la vapeur verdâtre en monta, tourbillonna et vira au bleu tendre. Merdrith se pencha sur la mare de clairevision… Et un sourire mauvais ourla ses lèvres.

— Dire que je les cherchais partout…

Gorlist, qui voyait également, tourna les yeux vers ses guerriers.

— Ansith, Chiss et Taenflyrr, suivez-moi.

Sur cet ordre, il sauta dans la flaque limpide, qui l'engloutit sans une éclaboussure ni une ridule.

Impressionné, Brindlor quitta sa « cachette » et suivit les mercenaires à travers le portail improvisé. Après une petite chute de transition dans les ténèbres, il se réceptionna souplement au pied d'un arbre, dans la forêt.

Le ChanteMort sonda son environnement. La lune était sur son déclin, et une rivière coulait, non loin.

Elle seule troublait le silence anormal.

Pas de grondements sourds de prédateurs à l'affût, pas de trilles d'oiseaux… Même les stridulations assourdissantes des insectes saluant en chœur la fin de l'été brillaient par leur absence.

Les autres Drows avaient déjà disparu entre les arbres. Longeant des buissons, Brindlor s'éloigna à pas de loup du portail quasi indétectable.

Presque invisible tant elle se confondait avec les jeux d'ombre et de lumière des lieux, une faible lueur verte attira l'attention du Drow solitaire. Elle venait de Gorlist, tapi derrière une souche moussue. Son tatouage de dragon scintillait doucement.

Une joie féroce s'empara de Brindlor. Une bataille, enfin ! Et avec un dragon vert… *Voilà* qui lui inspirerait un chant digne d'intérêt !

Gorlist riva un regard sévère sur l'arbre vénérable derrière lequel trois de ses guerriers se dissimulaient. D'un signe, il leur ordonna de ne pas bouger.

Brindlor imagina sans peine leur étonnement, leur colère et leur élan de rébellion – vite refoulé. Autant de réactions qui reflétaient les siennes…

Gorlist ne voyait-il pas que ses mercenaires brûlaient d'en découdre ? Rester si longtemps sans avoir les mains couvertes de sang, c'était contre nature !

A la surprise de Brindlor, néanmoins, les guerriers obéirent.

Et la proie – un jeune dragon vert –, apparut. Il ne serait pas facile à tuer. Voilà qui promettait une nuit mouvementée !

Avançant avec grâce, le reptile se déplaçait quasiment sans bruit. Ses belles écailles chatoyaient au clair de lune. Le doux chuchotement de ses mouvements ondulatoires enchantait autant Brindlor que le cadre ravissant d'une nuit presque romantique... L'ivresse de la tuerie embrasait déjà le ChanteMort.

Réprimant avec peine ses instincts, lui aussi resta dissimulé.

Le dragon disparut.

Les stridulations de quelques criquets se refirent entendre. Progressivement, la nature reprit ses droits.

Tranchant des lierres au passage, Ansith sortit de sa cachette. Il couvrit en cinq ou six foulées hargneuses la distance qui le séparait de son chef et flanqua un coup de pied vicieux à la souche moussue.

Gorlist avait déjà bondi en arrière. Epée au clair, il évita la première attaque et riposta. Ansith pivota pour bloquer le coup, un couteau apparaissant comme par magie dans son autre main. Le chef des mercenaires lui saisit le poignet et le lui tordit avec assez de brutalité pour lui briser les os, mais il réagit par une violente poussée...

... Tous deux roulèrent dans l'herbe, se dégagèrent puis se relevèrent, tels deux chats en chasse. Ils se tournèrent autour, à l'affût de la moindre ouverture.

Gorlist exécuta une feinte haute, plongea et attaqua en position basse avant même que leurs épées s'entrechoquent. La pointe de la sienne toucha le torse d'Ansith entre les lacets défaits de sa tunique – sans entailler la peau.

Aussi vivement, Gorlist écarta l'épée de son adversaire avant que la parade redevienne une attaque.

Une époustouflante démonstration de supériorité : trois figures en réponse à un seul estoc.

Un sourire arrogant sur les lèvres, épée presque pointée vers le sol dans une pose insultante, le chef des mercenaires recula.

— Dis-moi pourquoi je devrais t'épargner.

— Parce que tu ne peux pas me tuer ! (Ansith releva le menton, plein de défi.) Aucune cicatrice ne me marque. Personne ne m'a jamais vaincu. Comme l'a fait remarquer l'elfe aux cheveux roux, *toi*, tu ne peux pas en dire autant !

Gorlist en perdit instantanément le sourire. Avec un hurlement de rage, il se jeta sur le rebelle.

Des passes d'armes frénétiques s'ensuivirent.

Leur visage reflétant un plaisir malsain, les autres firent cercle.

— L'œil noir au cœur de l'ouragan d'acier…, murmura Brindlor, admirant son chef en pleine action.

Il hocha la tête. Il tenait déjà le fil conducteur de la saga qui prenait forme dans son esprit.

Un long moment, Ansith réussit à tenir la mort en échec. Avant qu'il ne succombe, son frère Chiss se joignit au duel.

Pas par loyauté fraternelle… De la pure frustration ! Brindlor l'aurait parié.

Sourcils froncés, il continua d'observer le combat. La perspective de fêter la mort de Gorlist – si les choses en arrivaient là – ne lui posait pas de problème de conscience, mais… qui le paierait, dans ce cas ? Il avait tout intérêt à ce que Gorlist reste en vie – jusqu'à la fin de l'aventure, au moins.

Taenflyrr hésitait à se lancer à son tour dans la danse mortelle… Mais c'était une simple question de secondes.

Un son particulier – très doux – filtra à travers les arbres.

Brindlor l'identifia immédiatement.

— Des cors de chasse !

Les deux adversaires rompirent le combat. Se foudroyant mutuellement du regard, ils reprirent leur souffle. Ils savaient précisément de quoi il retournait, mais le besoin impérieux de se battre et de tuer ne se contrôlait pas si facilement.

— Les cors de chasse d'Eilistraee, insista Brindlor. Ils appellent à la fête ou aux armes… Dans ce dernier cas, je ne suis pas certain que nous fassions le poids…

L'appel se rapprochait. D'autres cors lui répondirent. La clairière allait être cernée…

Ansith essuya un filet de sang de son visage, et provoqua encore son chef :

— Les prêtresses t'ont sauvé la vie !

— Elles le regretteront amèrement ! feula Gorlist.

A l'alléchante perspective de torturer à mort des prisonnières, Ansith se fendit d'un sourire complice. Rien de tel qu'un ennemi commun pour balayer toutes les dissensions.

Ah, ce que c'est d'être jeune et stupide..., pensa Brindlor, amusé.

Mais déjà, face à l'air enchanté de ses guerriers, Gorlist perdait de sa hargne.

Le ChanteMort réprima un sourire. Gorlist commençait-il à entrevoir comment son père, le brutal et fourbe Nisstyre, avait tenu ses sbires sous sa houlette ? Une suggestion ou un coup de pouce dans la bonne direction suffirait peut-être à lui faire comprendre de quoi sa bande de renégats avait le plus besoin...

Brindlor se rapprocha.

— Notre sorcier humain peut-il donner à Ansith l'apparence d'une fille ?

Une lueur enthousiaste fit étinceler les prunelles de Gorlist.

— Sinon, il apprendra vite. (Son regard vola de Chiss à Taenflyrr.) Nous ramènerons Ansith dans les grottes de Port au Crâne, où il mourra jeune fille...

Chiss haussa les épaules. Après tout, lui aussi avait levé l'épée contre son chef. Et il était plus disposé à perdre un frère qu'une main ou un œil.

Les deux Drows maîtrisèrent l'impétueux Ansith, le traînant vers le portail.

Gorlist lança un sourire glacial au ChanteMort.

— Nous retournerons vite dans la Haute Forêt. Achever Ansith aiguisera nos appétits !

Brindlor se fendit d'une courbette ironique. Peu lui importait que Gorlist s'approprie son idée.

— Je suis un barde. Sous quel prétexte me priverais-je des bénéfices d'un peu d'exercice ?

Sous les feux du crépuscule, Fyodor et Thorn marquèrent une pause à l'orée de la clairière et contemplèrent les eaux argentées de l'Ashane. Puis la guerrière se pencha au-dessus de Liriel. Entourée par une multitude de bottes de l'herbe redoutable – qui ne poussait nulle part dans les Royaumes –, la Drow était étendue sur une litière en bois de bouleau tendue de peau de daim.

Thorn rassembla les bouquets et leva les gardes magiques qui avaient protégé Liriel.

Fyodor regarda vers l'est.

En direction de sa patrie.

Le Rashemi se réjouissait de ces images familières : les collines pentues, les affluents rocailleux de l'Ashane, le lac bordé de montagnes piquetées de pins et d'autres arbres aux couleurs automnales...

Fyodor inspira longuement, se remplissant les poumons des senteurs particulières de sa patrie. Dans l'air vif planait l'odeur caractéristique des baies de genièvre. Même les pins dégageaient un parfum à nul autre pareil. Plus sombre, plus intense, plus... mélancolique... que partout ailleurs.

Le regard du jeune homme s'attarda sur les eaux au calme trompeur du lac Ashane. La surface argentée reflétait le crépuscule – le plus somptueux de tous les crépuscules, aux yeux de Fyodor.

Un festival d'or, d'écarlate et de pourpre...

Quel merveilleux accueil ! Et quel contraste saisissant avec la tour dont les contours austères se découpaient à l'embouchure de la vallée...

Une main fine et ferme se posa sur l'épaule de Fyodor, qui se retourna vers Thorn.

— La Drow se réveillera bientôt. Si tout va bien, nous ne nous reverrons pas.

Ce n'était pas le plus doux des adieux. Mais le jeune homme acceptait que les manières de Thorn diffèrent des siennes. De guerrier en exil à un autre, il lui tendit la main.

— Si jamais je fais allusion à ce que j'ai vu aujourd'hui, que mes os pourrissent dans quelque terre lointaine et oubliée des dieux.

— Si tu n'avais pas toute ma confiance, ce serait déjà le cas, répondit l'elfe.

Elle lui serra la main avant de regarder Liriel, les sourcils froncés.

— Elle aurait déjà dû se réveiller... Apporte-moi des galets mouillés.

Fyodor alla en ramasser au bord de l'eau, puis les laissa tomber dans la main tendue de l'elfe, qui les posa sur Liriel : un sur son front, un sur chaque paupière, et le reste le long de son corps. Puis, les paumes tournées vers l'herbe, Thorn tendit les bras au-dessus de sa patiente avant de pousser un ululement troublant. De la vapeur monta des galets, qui devinrent plus clairs en séchant.

Ce fut le seul effet perceptible du sortilège.

Thorn regarda le ciel.

— Mon unique recours, après celui-là, serait la magie lunaire. Mais, outre que ce n'est pas la pleine lune, elle ne se lèvera pas à temps.

Le Rashemi s'agenouilla. Le visage de Liriel était froid, et son souffle quasi imperceptible. Le sommeil de mort qui avait dissimulé l'itinéraire de sa créature à Lolth semblait ne plus devoir finir.

— Que pouvons-nous tenter ?

— Plongeons-la dans l'eau, suggéra Thorn. Le choc la réveillera, si ça n'arrête pas les battements de son cœur...

Fyodor se passa une main dans les cheveux. Même l'été, le lac des Larmes était glacial. Mais il avait vu Liriel nager, et *elle* en avait vu bien d'autres... Il ne craignait pas qu'elle se noie. Après tout, elle portait toujours l'anneau de respiration sous l'eau que les laquais de l'illithide avaient utilisé en tentant de l'enlever.

— Et les gardiens ?

— Si les esprits de l'eau ne veulent pas de ta Drow

au Rashemen, répondit Thorn, autant que tu sois tout de suite fixé.

Un argument valable.

Fyodor se mit à l'œuvre. Enlevant ses bottes, il défit son ceinturon et se dévêtit. Aucun Rashemi ne pénétrait dans l'eau avec ses armes et ses vêtements. Cela serait revenu à insulter les esprits qui peuplaient les rivières, les cours d'eau, les mares et les puits. Or, l'Ashane était un des lieux les plus hantés du pays. Alors que Fyodor entreprenait de déshabiller la Drow, il s'émerveilla une fois de plus qu'on puisse dissimuler autant d'armes sur un corps aussi menu.

Enfin, Liriel dans les bras, il avança de quelques pas au bord de l'eau – ensuite, le fond du lac se dérobait très vite sous les pieds –, et fit basculer la Drow dans l'onde.

Les bras et les jambes fouettant l'air, Liriel revint à elle en jurant. Sa situation évaluée d'un coup d'œil, elle entreprit de nager vers son compagnon.

Soudain, des mains glaciales lui happèrent les chevilles, l'attirant au fond de l'eau. Elle entendit Fyodor crier son nom, puis plonger en hurlant.

Mais les ravisseurs étaient très rapides. A force de se contorsionner, Liriel les aperçut : deux elfes vertes…

Bras tendus, la Drow tenta en vain de se cramponner à des algues ou des roseaux.

Quand les néréides la lâchèrent enfin, Liriel nagea aussitôt vers la surface.

Les créatures l'avaient entraînée loin de la berge. Une longue barque apparemment vide filait dans sa direction…

Liriel réfléchit à toute vitesse. A supposer qu'elle ne soit pas prise dans les rets d'un cauchemar, elle avait dû atteindre le Rashemen grâce à ses compagnons. Elle se creusa la cervelle. Que savait-elle des bateaux rashemis ?

La Drow se rappela soudain les puissantes mage-barques.

Inspirant à fond, elle plongea. La magebarque s'immobilisa au-dessus d'elle.

Liriel nagea en direction de l'ouest.

La magebarque la suivit – à distance.

La Drow put donc remonter par intermittences à la surface se remplir les poumons… Apparemment, le bateau enchanté n'avait pas l'intention de la noyer.

Liriel réfléchit. D'après Fyodor, Zofia Othlor avait appris leur arrivée dans une vision… Il n'était donc pas impossible que la sorcière leur ait envoyé les néréides et la magebarque.

Quand la Drow remonta à la surface, elle trouva une autre elfe sur son chemin : une créature familière au beau visage bleu et au regard fou…

Liriel eut beau tenter de l'éviter, la genasi fut trop rapide pour elle, la tirant par les cheveux.

La Drow se débattit avec toute la férocité dont elle était capable. La mêlée fut si brutale que l'eau bouillonna autour d'elles.

Fyodor réussit à les rejoindre et à les séparer. Comme il avait pied, il en prit une sous chaque bras et revint sur la terre ferme. Aussitôt, Liriel se dégagea pour plonger sur sa pile d'armes.

Un couteau au poing, elle fit face à son adversaire.

— Pourquoi m'as-tu combattue ? grogna la genasi furibonde, les poings sur les hanches. Tu aurais pu te noyer !

— Tu viens de répondre à ta propre question, idiote ! riposta Liriel. Je t'empêchais justement de me noyer !

La genasi eut l'air sincèrement peinée.

— Tu as vraiment cru que je voulais ta peau ?

— Avec la tournure qu'a prise notre dernière rencontre, qu'aurais-je dû croire d'autre ?

Confrontée à une logique incompréhensible, la créature à peau bleue fronça les sourcils.

— Vestriss est morte, dit-elle enfin.

Ce fut au tour de Liriel d'être perplexe.

— Vestriss ? L'illithide ?

— Je l'ai tuée ! annonça fièrement la genasi. Moi, Azar, fille des Plans Elémentaux ! Le poulpe bipède ne réduira plus ses supérieures en esclavage.

D'une certaine façon, la situation commençait à avoir un sens…

— Vestriss t'avait envoyée à mes trousses… Nous nous sommes battues et je t'ai vaincue. Ensuite, tu as traversé la moitié des Royaumes pour voler à mon secours quand tu as cru que je me noyais… Pourquoi ?

— L'illithide voulait te voir morte, expliqua Azar. Une raison plus que suffisante pour que je désire au contraire te sauver. Tu m'as inspiré beaucoup de haine, alors bien sûr, j'étais ton obligée… Et voyager d'un cours d'eau à un autre est pour moi un jeu d'enfant.

Avec cette « explication », la genasi replongea dans l'Ashane.

Lèvres pensivement ourlées, Liriel se retourna vers Fyodor.

— Ton pays est très irrigué ?

— On ne compte plus les rivières, les cours d'eau, et les sources chaudes…

— Je ne risque pas de me sentir seule, dans ce cas… Quel accueil, bon sang !

— Nous ne sommes pas encore arrivés, répondit Fyodor d'un ton léger.

Mais son regard était sinistre.

La Drow se rhabilla. Lente et majestueuse, la mage-barque glissait vers le couple. Avec son couteau, Fyodor commença à tailler en pointe un gros bout de bois presque blanc.

— Très joli, dit sa compagne.

— Du frêne rashemi. Il n'y a pas de bois plus solide.

Liriel se souvint du gourdin qu'il maniait lors de leur première rencontre.

— Ça fait une assez bonne arme… Légère et résistante.

— Oui, mais pas seulement. Le bois flotté détient les vertus de la terre *et* de l'eau.

— Et ça compte ?

— Parfois, oui. Ce pays abrite d'étranges créatures. On peut en combattre certaines et en amadouer d'autres – mieux vaut éviter le reste. Les distinguer les unes des autres peut aussi être difficile. Tu aurais tout intérêt à calquer ta conduite sur la mienne.

— Je serai plus docile qu'une demoiselle ruathane, promit Liriel avec un sourire enjôleur et une lueur malicieuse au fond des yeux.

Ils échangèrent un sourire complice.

Thorn, qui s'était assise près du feu, se releva.

— La magebarque approche lentement, sans doute pour vous laisser le temps de vous réchauffer. Adieu donc. Bon vent et bonne chasse.

Tournant les talons, elle disparut entre les arbres en quelques enjambées.

Blottie dans les bras de Fyodor, Liriel entreprit de lui desserrer sa tunique.

— Je commençais à l'apprécier… Qui l'aurait cru ?

Amusé, le jeune homme lissa la magnifique chevelure blanche de la Drow.

— Une demoiselle ruathane docile ? la taquina-t-il.

— Et pourquoi pas ? Il faut tout essayer dans la vie.

La lune se leva.

Les braises couvèrent.

Et la magebarque attendit patiemment, au bord du lac, de ramener au pays le berseker et le Marcheur de Vent.

CHAPITRE XII

LA CITÉ DES MORTS

Dans la tour de Blackstaff, une journée suffit à convaincre Sharlarra qu'elle avait eu tort de revenir. La ronde des corvées et des leçons paraissait sans fin, et les possibilités de jouer des tours se révélaient très rares… Pire, Laérale étant en visite chez ses sœurs, Sharlarra restait seule avec le maître. Non qu'elle fût ingrate… Après tout, Khelben Arunsun l'avait suivie lors de sa dernière mésaventure en date, surgissant à pic pour l'arracher aux griffes d'elfes noirs hargneux.

Il m'a suivie…

Troublée par ce constat, Sharlarra laissa bouillir la potion qu'elle était censée surveiller. Sourde aux récriminations de ses collègues apprentis, elle tourna les talons et gravit au pas de course l'escalier en colimaçon qui conduisait à sa petite chambre à coucher. Elle ouvrit son coffre de rangement, qu'on avait fouillé, et découvrit la disparition des deux pierres vertes qu'elle avait subtilisées à Danilo Thann…

Voilà comment l'archimage avait pu retrouver sa trace.

Se mordillant les lèvres, Sharlarra réfléchit. Ça changeait tout. De jolis diamants, également entrés en sa possession, soulignaient à merveille l'éclat du superbe rubis que Laérale avait négligemment laissé à la vue, sur sa coiffeuse. Sharlarra avait fait monter en collier le rubis et les diamants. Dans le quartier sud de la ville, un orfèvre nain tenait à la disposition de sa clientèle des modèles de monture en argent artistiquement patinés. Plus d'une fois, ses services s'étaient révélés fort utiles. Des pierres isolées finissaient ainsi dans des « héritages familiaux », devenant du coup beaucoup moins identifiables. Ni vu ni connu.

Depuis, Sharlarra portait le précieux collier sous sa tunique.

Si les scrupules ne l'étouffaient pas, elle s'abstenait de dépouiller ses amis. Emprunter sans permission, oui. Voler, non. Le collier serait un cadeau pour Laérale, qui aimait les bijoux mais détestait faire les boutiques. Se fichant que le rubis lui appartienne vraiment, elle serait ravie de cette délicate attention. Mais depuis la création du collier, Sharlarra n'avait plus revu Laérale. Et elle ne résistait pas à la tentation de le porter en douce, juste pour le plaisir.

Une main glissée sous sa tunique, elle défit l'agrafe. Tant qu'elle le gardait sur elle, des liens invisibles la rattacheraient à l'archimage.

Sharlarra voulut admirer une dernière fois sa petite merveille… et un cri outragé jaillit de ses lèvres.

Le rubis s'était envolé !

Furieuse, elle jeta le collier dans le coffre. Dire qu'elle n'avait pas eu le temps de remplacer les pierres du pommeau de son épée que le Drow avait fait sauter…

Au cours du combat, le collier avait dû sortir de sous la tunique de Sharlarra, et l'elfe noir avait ajouté le rubis à son petit butin… Un sacré tour de force, qu'elle aurait adoré ajouter à son répertoire !

Mais dans ce cas… pourquoi s'était-il contenté du rubis en laissant les diamants en place ?

S'il désirait simplement pouvoir repérer Sharlarra à tout instant, il lui restait assez de gemmes pour cela. S'il s'intéressait plutôt à la valeur des pierres, il aurait logiquement récupéré le collier entier au lieu d'en faire sauter le seul rubis…

Celui-ci avait une valeur spéciale.

Mais le collier aussi ! C'était un cadeau pour Laérale, et même si tous les dieux du panthéon elfique s'y opposaient, Sharlarra s'entêterait.

Elle revêtit des braies et une tunique vert foncé, choisit une cape chaude, passa des bottes puis se munit de son épée, de rossignols et de sacs vides avant de quitter la tour d'un pas dégagé.

L'après-midi touchant à sa fin, les rejetons de la haute société se retrouvaient dans des établissements sélects pour boire le thé en attendant le souper. Pour la plupart, les voleurs préféraient agir à la faveur de l'obscurité. A l'heure du thé, Sharlarra courait moins de risques. Car quiconque était surpris, la nuit, à rôder où il ne fallait pas se voyait immédiatement arrêté et écroué. En agissant au grand jour, en cas de pépin, on avait au moins le bénéfice du doute. Surtout dans le cas de Sharlarra... Avec son joli minois d'elfe aux boucles roux doré, qui irait croire qu'elle ne fût pas du côté des anges et des paladins ?

De l'avis de la voleuse, les gens stupides et superficiels au point de se fier à la bonne mine des suspects méritaient d'être dépouillés.

En moins d'une heure, elle eut achevé sa mission.

Elle se penchait au-dessus de l'épaule du nain orfèvre.

— Ce rubis-là est beaucoup plus petit. Et les griffes de la monture sont très abîmées... Va à la cuisine nous servir à boire le temps que j'y remédie.

Sharlarra avait vidé deux chopes quand le nain eut terminé son travail.

Ravie, elle retourna dans la tour.

En chemin, perdue dans ses pensées, elle s'avisa trop tard que le corbillard attelé qui semblait la suivre roulait à une allure suspecte. Soudain, des bras musclés jaillirent de la portière ouverte et l'empoignèrent. Tirée dans l'habitacle sans ménagement, Sharlarra heurta un cercueil du coin de la tête. Sonnée, elle n'eut pas la force de crier ou de se débattre.

Deux lascars patibulaires, la mise trop négligée pour faire partie de la guilde guindée des croque-morts, lorgnèrent leur prise d'un œil concupiscent.

Remise du choc, Sharlarra voulut incanter. Et elle encaissa un direct à l'estomac. Pliée en deux, le souffle coupé, elle sentit de grosses pognes la délester de son collier.

— Je l'ai ! exulta le type le moins musclé du duo. Tue-la, qu'on en finisse.

— Pas encore, répondit l'autre d'une voix vibrante de convoitise.

Se forçant à dévisager l'homme, Sharlarra eut la confirmation de ses pires craintes.

Il l'empoigna à bras-le-corps pour la précipiter dans le cercueil ouvert.

Les yeux fermés, l'elfe appela la mort de tous ses vœux.

Encore tout habillé, d'une pâleur de craie, Chadrik s'extirpa du cercueil en trébuchant dans sa hâte. L'idée de violer l'elfe dans sa propre bière l'excitait follement. Se retrouver allongé sur un authentique cadavre l'amusait beaucoup moins.

Hilare, son compagnon lui tapota le dos, histoire de le réconforter.

— On doit toujours aller dans la nécropole, grommela Chadrik, encore sous le choc. Là-bas, les occasions de rigoler ne sont pas légion…

A ce sinistre rappel, l'autre en perdit toute envie de rire. Depuis des temps immémoriaux, la Cité des Morts fourmillant de protections magiques occupait un grand secteur d'Eau Profonde, ceint par de hautes murailles. On y trouvait des sépultures antiques et les cryptes des plus riches familles. Les murs servaient autant à repousser les pilleurs de tombes qu'à retenir les morts dans leur dernière demeure…

Le corbillard reprit une allure plus digne. Bientôt, le grincement des portails en fer précéda son entrée dans la nécropole. Les deux gaillards présentèrent au gardien de faux papiers sur l'identité de la morte et l'emplacement de sa tombe.

Non sans un regard compatissant pour les deux hommes, le gardien les invita à se presser.

— Prenez garde. La nuit sera bientôt là.

Tous trois savaient ce que ça signifiait. Au crépuscule, les portails étaient verrouillés. Pour ressortir, il fallait attendre l'aube.

L'attelage repartit, longeant des monuments funèbres, des arbres festonnés de mousses, et le « champ du potier » – la fosse commune où finissaient les indigents et les anonymes –, avant de s'arrêter devant des taillis bizarrement tordus.

Au-delà, il fallait continuer à pied. Les deux bandits portèrent le cercueil. Les ombres s'allongeaient, le fond de l'air fraîchissait…

Ils s'arrêtèrent devant un monument et frappèrent à la porte selon le code préétabli. L'huis s'ouvrit tout seul. Un éclat phosphorescent sembla les inviter à entrer.

Après un haussement d'épaules, ils s'y introduisirent. Une volée de marches descendait dans le sous-sol et une crypte circulaire s'ouvrait au bout d'un passage éclairé par de la mousse phosphorescente poussant sur les parois. Les gaillards placèrent le cercueil dans la première niche vacante, puis lorgnèrent les portes qui permettaient de quitter les lieux.

— Laquelle ? demanda Chadrik.

Son compagnon s'assit sur une pierre tombale.

— Peu importe. Le type du Serpent a dit que l'acheteur viendrait à nous. Brise la pierre d'invocation, qu'on en finisse.

Chadrik tira de son sac une pierre azur enveloppée dans du tissu. Une acquisition onéreuse… Mais le Serpent payait bien. Et quiconque tentait de doubler l'irascible elfe de lune finissait en général très…

… mort.

Chadrik jeta sur le sol la pierre magique, qui vola en éclats de lumière bleue. Telles des abeilles, ces éclats s'engouffrèrent dans une lézarde du mur.

— Espérons que ce sera vite bouclé, ajouta l'homme très nerveux.

Le soir tomberait bientôt.

Tirant un coutelas de sa poche, l'autre bandit se cura les ongles.

— Au pire, nous passerons la nuit ici. Explorer le cimetière, très peu pour moi ! Mais que pourrait-il nous arriver de mal si nous restons sagement assis là ?

— Et Dienter ?

— Tu crois que notre cocher risquerait sa peau pour nous ? Il ne nous aura pas attendus, va ! Autant que tu prennes tes aises…

Ne voyant pas d'autre solution, Chadrik s'installa sur un vieux sarcophage de marbre.

Les mousses cessèrent soudain de diffuser leur éclat, plongeant les lieux dans les ténèbres. Armes au poing, les deux malfaiteurs bondirent sur leurs pieds.

— Rangez votre attirail, ordonna une voix masculine désincarnée.

Une voix au timbre trop grave pour être celle d'un petit homme, trop fluide pour appartenir à un nain et trop mélodieuse pour sortir d'une gorge humaine…

— Contrairement à vous, les Drows voient très bien dans le noir. Alors, si vous tenez à vous blesser vous-mêmes…

Les Drows…

Chadrik eut l'impression que les doigts de l'épouvante lui serraient le cou. Il entendit son camarade gémir de terreur.

Graduellement, l'éclat des lichens revint. Tout doucement… Comme pour permettre aux elfes noirs de savourer pleinement la misère de leurs proies.

Leurs pires cauchemars se dressèrent devant les deux hommes piégés : quatre Drows.

Lequel commandait ?

L'un d'eux portait un plastron de cuir et plus d'armes que Chadrik avait rêvé d'en posséder dans ses fantasmes les plus extravagants… Les cheveux blancs coupés court, il arborait sur une joue un tatouage stylisé de dragon. Son plus proche compagnon, vêtu avec recherche, avait une chevelure luxuriante aux mille et une tresses. Enchâssée dans son front, une belle pierre rouge pulsait à la manière d'un troisième œil.

— Vous avez le rubis ? lança le tatoué.

D'un geste saccadé, Chadrik tendit le collier.

— C'est à vous… Notre employeur nous dédommagera, ne vous en faites pas, ajouta-t-il très vite.

Silence.

Chadrik tenta désespérément de chasser sa peur pour retrouver son sang-froid. Que dire ? Que faire ?

Il se rappela soudain la haine viscérale des Drows pour les elfes de la surface. Et réussit à se fendre d'un sourire grivois.

— Nous nous sommes déjà payés sur la fille…

Le mensonge ne parut amadouer personne.

— Nous avons le rubis, dit Mille Tresses en désignant celui qui ornait son front. Et il nous suffit amplement. Tenter de voler les Drows du Trésor du Dragon n'a rien de sage…

— Nous ne le savions pas, je le jure ! s'écria Chadrik, désespéré. Nous avons enlevé l'elfe, comme convenu, et pris son collier. Il y a eu erreur, c'est sûr, mais nous sommes de bonne foi ! Prenez donc les diamants, en dédommagement, et nous serons quittes…

— Tuez-les, ordonna le tatoué à ses guerriers.

— Pas encore, intervint Mille Tresses. Les meilleurs récits ont une structure circulaire. Les héros et les méchants finissent comme ils ont commencé. Si son cours est assez tortueux, la justice a parfois du bon.

— C'est-à-dire ?

— Partez devant. Je vous rattraperai.

L'éclat avec lequel Mille Tresses couvait les humains du regard leur parut atrocement familier…

Sourcils froncés, le tatoué vida les lieux, suivi par les deux autres Drows. La porte claqua sur leurs talons.

Pour son camarade et lui, comprit Chadrik, plus aucune porte ne se rouvrirait jamais.

Dans sa vie, il avait eu bien peu de scrupules et aucune illusion. Jusqu'à cet instant, il avait même cru que rien au monde ne pouvait l'épouvanter.

Il envia follement à l'elfe rousse sa capacité d'arrêter spontanément les battements de son cœur.

Aux abords de Menzoberranzan, Shakti Hunzrin se voûta pour pénétrer dans une petite grotte. Les effectifs que lui avait promis le premier sorcier l'y attendaient, en ordre d'inspection.

Déçue, elle ne découvrit pas des mercenaires mais des mortes-vivantes.

Quel affront !

Pire encore, toutes avaient le crâne rasé.

Leurs forces vitales envolées, leur nom oublié, leurs magnifiques nattes coupées… Réduites à cet état pitoyable, elles ne valaient pas mieux que des mâles !

Au moins, elles avaient l'air solide, et portaient un équipement remarquable. Toutes avaient des vêtements sombres, un plastron en peau de rothé, des bottes robustes, et des ceinturons hérissés d'armes – avec notamment l'arbalète de poing typique et son carquois rempli de carreaux empoisonnés. Les cheftaines d'escadrons se distinguaient par leur ceinture écarlate et leur lance.

Shakti pressant un mouchoir parfumé sous ses narines, un des serviteurs de Gromph crut bon de préciser :

— Ce n'est pas nécessaire. Très bien conservées, ces zombies dureront indéfiniment dans les tunnels. En revanche, il faut les exposer le moins possible au monde de la surface, car les sortilèges s'y dissiperont vite.

Elle ne le contredit pas. A la réflexion, ces combattantes paraissaient idéales pour la mission. Elles ignoreraient la faim et la fatigue…

— Vous attendrez leur retour ?

Le jeune sorcier eut un sourire méprisant.

— Pour gâcher des ressources magiques en leur donnant le repos éternel ? Utilisez-les tant que vous voudrez ! Voilà le protocole de commande. Elles sont bien entraînées. Vous ne devriez avoir aucun problème.

Il lui tendit un livret relié en peau de lézard, qui contenait de simples ordres suffisants pour faire face à toutes sortes de situation. Le feuilletant, Shakti trouva la formule adéquate, et pivota vers la cheftaine la plus proche pour donner l'ordre de marche. La zombie heurta le sol de sa lance : un premier escadron tourna les talons et se dirigea vers le tunnel est. Les autres cheftaines prirent le rythme. Bientôt, toute l'armée fut en marche avec une synchronisation et une efficacité auxquelles n'aurait pu prétendre aucun groupe de Drows vivants.

Shakti chevauchait un gros lézard.

Direction : le Rashemen.

Le sortilège que Sharlarra s'était lancé se dissipa. Son cœur reprit force et vigueur. Puis sa chair et son sang se réchauffèrent. Elle resta longuement immobile, le temps que l'engourdissement passe.

Le silence régnait. Sharlarra n'en avait jamais connu d'aussi profond. L'absence de repères visuels ou sonores était déconcertante. Elle puisa du réconfort dans son odorat, humant à plein nez des relents de moisissures – et ces miasmes âcres si particuliers aux catacombes.

Dès qu'elle put bouger, elle repoussa le couvercle de son cercueil. Par bonheur, c'était de la piètre fabrication.

Et la revenante réussit.

En partie.

Affolée, Sharlarra mit tout le poids de son corps derrière ses efforts… et heurta de la pierre. Mais au moins, elle avait pratiqué une petite ouverture. Elle y passa une jambe pour, du pied, prendre appui sur la paroi de la niche qu'elle sentait à tâtons et continuer à pousser. Ses efforts enfin couronnés de succès, elle parvint – non sans peine – à s'extraire de son cercueil. Tombée sur le ventre, elle rampa hors de la niche et découvrit une crypte circulaire chichement éclairée.

Ses ravisseurs étaient morts. En examinant les cadavres, Sharlarra se félicita d'être restée inconsciente tout le temps qu'avait duré leur supplice.

Reconstituer le drame n'eut rien de sorcier. Engagés pour dérober le collier, les bandits ne s'étaient pas doutés que des Drows avaient déjà récupéré le fameux rubis. Et quand ces gibiers de potence avaient voulu encaisser leur dû…

Une erreur commise de bonne foi, sans doute. Mais Sharlarra n'était pas d'humeur à verser des larmes de crocodile sur ses infortunés « collègues ».

Une porte ouverte conduisait hors de la crypte. L'elfe fonça et déboucha bientôt sous les étoiles, à l'air libre.

De vieux arbres d'une espèce inconnue entouraient l'entrée de la crypte… Au clair de lune, leurs frondaisons paraissaient d'un bleu bizarre tirant sur le violet foncé. On disait que les arbres bleus étaient communs à Eternelle-Rencontre mais…

Que fichaient-ils là ?

Sharlarra caressa l'inscription à demi effacée, sur le linteau de la crypte. De l'elfique… Une langue qu'elle n'avait jamais appris à lire. Elle déchiffra seulement deux mots : « héros » et « Eternelle-Rencontre ».

L'ombre d'un sourire flotta sur ses lèvres. Voilà bien deux notions étrangères à toute son existence…

Ses doigts s'attardèrent sur la représentation des différentes phases de lune.

Un hennissement la fit pivoter… et se rabattre contre la porte fermée.

Devant elle se dressait un magnifique cheval blanc à la crinière et à la queue superbes, l'air étrangement expressif. De l'intelligence brillait dans ses yeux au bleu argenté captivant.

Des yeux qui semblaient d'ailleurs son unique

caractéristique substantielle, dans la mesure où l'animal était quasiment translucide. Sharlarra voyait presque les arbres derrière lui.

— Un cheval fantôme…, chuchota-t-elle.

L'apparition n'avait pourtant rien de menaçant. Au contraire, elle semblait même ravie de tomber sur Sharlarra. Secouant sa crinière, l'équidé dansa sur place.

La curiosité l'emportant sur la peur, Sharlarra s'éloigna de la porte et força ses jambes tremblantes à avancer. Elle posa une main timide sur l'encolure du cheval. A son immense soulagement, ses doigts rencontrèrent une peau et une chair bien réelles.

Elle caressa le fantôme. Sa robe, fraîche au toucher, était soyeuse.

La créature émit un doux hennissement – qui tenait beaucoup du soupir de soulagement. Puis elle présenta son flanc gauche.

— Tu veux que je te chevauche ? s'écria Sharlarra, incrédule.

Le regard de l'animal fut des plus éloquents. Il ne tenait guère en estime ceux qui enfonçaient les portes ouvertes…

La curiosité l'incitant à jeter la prudence aux orties, Sharlarra se hissa sur le dos du cheval, qui partit aussitôt au grand galop.

Le choc passé, l'elfe comprit qu'ils n'avaient pas réellement pris leur envol, comme elle l'avait d'abord cru. La foulée de l'animal était si légère et rapide que Sharlarra avait eu l'impression de quitter terre.

Un plan fou germa dans son esprit.

— Tu peux sauter ?

Pour toute réponse, sa monture survola d'un bond la statue d'un trio de héros. Souriant de toutes ses dents, Sharlarra la dirigea vers l'enceinte est du cimetière.

Un cri de bataille éclatant derrière elle, l'elfe vit que la statue venait de s'animer : trois guerriers fantômes armés d'épées la prenaient en chasse !

Penchée sur l'encolure de son cheval, Sharlarra

s'investit tout entière dans sa course à travers les tombes et les monuments, tandis que les doigts osseux de morts-vivants crevaient la terre sur son passage... Le cheval fantôme traverserait peut-être tout naturellement la muraille haute de plus d'une toise, mais *elle* resterait collée à la pierre dans le même état sanguinolent qu'un crapaud écrasé par les roues d'un attelage...

Une tombe béante, devant eux...

Sharlarra cria d'effroi.

Sa monture prit son élan...

Le temps s'arrêta.

Le cheval atterrit – de l'autre côté, dans les plaines qui entouraient Eau Profonde – et continua sur sa lancée.

Peu après, il hennit d'un ton inquisiteur.

— Je m'appelle Sharlarra, répondit l'elfe. J'imagine que tu ne peux pas me dire ton nom...

Il ralentit un peu, tête basse.

Elle en conçut du remords. Beaucoup de fantômes, disait-on, n'avaient pas conscience d'être morts. Certains se souvenaient par bribes de leur vie, mais ils restaient désorientés. Le plus sûr moyen de les plonger dans la perplexité était de leur poser des questions auxquelles ils ne pouvaient répondre.

— Tu t'appelles Pierre de Lune, décida Sharlarra.

Hochant la tête, le cheval hennit de façon plus insistante.

— Où nous allons ? traduisit l'elfe.

Alors qu'elle n'y avait pas réfléchi jusqu'à cet instant, la réponse s'imposa à elle. Quelle meilleure destination que celle qui la fascinait depuis le jour où elle avait dérobé les gemmes de Liriel Baenre ?

— Tu aimeras le Rashemen, tu verras. Il paraît que les gens, là-bas, adorent les esprits.

CHAPITRE XIII

LE RETOUR DE LA SORCIÈRE

En pleine nuit, le fond plat de la magebarque racla contre la berge du Rashemen. Le regard tourné vers la tour intimidante, les deux amants prirent pied sur la terre ferme.

Liriel s'y dirigea d'un pas décidé.

Fyodor la rattrapa par un bras.

— Avant d'aller plus loin, il y a des choses que tu devrais savoir à propos de ma patrie.

— Depuis notre rencontre, tu me parles de ton beau pays...

— Chaque endroit a ses propres contes et légendes, insista-t-il. La vallée que nous abordons est celle de la Rusalka Blanche. Nous l'appelons « la silencieuse ». En d'autres termes, elle n'est pas entièrement accessible à la magie – la magie étrangère à la terre, disons... Seules nos sorcières sont en mesure d'y faire appel.

La Drow leva les sourcils.

— Brillant. Dans nos cités d'Ombre-Terre, c'est à peu près la même chose. On peut apparenter ce phénomène aux douves d'un château.

— C'est le même ordre d'idée, en effet. (Fyodor sonda la vallée.) Nous devrions camper.

Ils s'installèrent et firent du feu. Buvant à la gourde, Liriel lui trouva un goût de renfermé et grimaça.

— L'eau de la rivière serait sûrement plus fraîche. Pourquoi ne pas remplir nos gourdes ?

— Demain, dit Fyodor. Cette nuit, il faut se tenir à l'écart de la rivière. Promets-le-moi.

La Drow se hérissa.

— Je sais nager !

— Si tu rencontres une rusalka, tu apprendras aussi à te noyer… Les esprits des eaux hantent la rivière. Ce sont peut-être les fantômes de jeunes filles noyées… Leurs attaques semblent parfois délibérées. Mais à d'autres moments, elles se cramponnent aux vivants qu'elles entraînent sous l'eau comme si, affolées, elles revivaient leur noyade…

— D'une façon ou d'une autre, on meurt…, résuma Liriel, qui regarda la rivière d'un œil neuf.

— Rester dans le cercle de lumière est fortement conseillé aussi.

La Drow hocha sèchement la tête.

— Je prendrai le premier tour de garde. Grâce à l'elfe-fée, j'ai assez dormi pour rester en forme dix jours.

— Grâce à l'elfe-fée, tu es en vie.

— Pourquoi a-t-elle fait ça ?

— Au nom de l'honneur ? Par décence ?

— Peu vraisemblable… Non qu'elle ne soit pas honorable, j'imagine… Mais elle n'a pas agi sans raison. Personne ne fait ça.

L'estomac de l'elfe noire gronda. Elle avait l'impression de n'avoir plus rien mangé depuis deux semaines, alors qu'elle avait dormi deux *jours*.

— Allons chasser, dit-elle en se relevant et en tirant deux couteaux de son ceinturon.

Ils avaient fait quelques pas quand elle vit un lapin sortir des racines d'un énorme arbre abattu. L'animal, hors de portée, ne semblait guère effarouché par l'apparition du couple.

Alors que Liriel s'apprêtait à se rapprocher de sa proie, Fyodor lui saisit le poignet, lui indiquant de patienter. Puis il déboucha sa flasque de *jhuild* pour en boire une gorgée.

Liriel ouvrit des yeux ronds.

— Une rage de berseker pour un *lapin* ? Comment chasse-t-on les *écureuils* rashemis ? En invoquant des démons ?

— Vérifie qu'il n'y a pas de magie cachée…

Fyodor entonna le chant des bersekers.

Liriel obéit, et une aura caractéristique se forma autour du lapin qui, museau aussitôt dressé, chercha la source de cette perturbation.

A chacun de ses bonds, il se métamorphosa un peu plus…

Alors apparut une bête hideuse à la démarche la plus étrange que Liriel ait jamais vue. Le bipède à fourrure grise avait de longs bras traînant dont il s'aidait pour se propulser. Sa trogne d'orc était garnie de canines inférieures proéminentes.

Le plus déconcertant ? Ses nombreux yeux qui encerclaient entièrement sa gueule ! On eût dit un rang d'énormes perles d'obsidienne…

Gourdin brandi, Fyodor fonça sur le monstre, évita un premier coup vicieux et riposta à la façon d'un bretteur, lui écrasant le museau.

La créature jura d'abondance, recrachant des dents jaunâtres. Puis elle revint à la charge.

Fyodor para. Le craquement sonore du bois contre l'os remplit l'air.

Un bras inutilisable, le monstre se replia.

Le danger s'éloignant, la rage de Fyodor se dissipa aussi. Il vacilla sur ses jambes.

Liriel courut lui prendre la massue, et l'incita à s'asseoir sur l'herbe. Quand elle lui tendit l'outre d'eau, il but longuement.

— Comment as-tu su ? souffla-t-elle, encore sous le choc.

Il s'essuya les lèvres du revers d'une main avant de désigner l'arbre abattu.

— Tu vois que ces racines entremêlées forment une sorte de petite grotte ? C'est un antre trop vaste pour un clan de lapins ! Les uthrakis nichent dans de tels endroits.

— Un métamorphe, donc… Mon sortilège aurait dû le montrer sous son véritable jour.

— Pas les uthrakis. Dans leur cas, les sorts habituels ne révèlent pas autre chose que la présence de la magie.

— Eh bien, en tout cas, tu n'es plus en état de chasser. La cueillette des champignons est-elle aussi déconseillée, par ici ?

— Si tu sais lesquels cueillir, non. Ces forêts regorgent d'espèces empoisonnées. Certaines ne te tueront pas, mais te vaudront les rêves les plus terribles et les plus déstabilisants… Pour ce soir, rabattons-nous sur les rations de voyage, ça vaudra mieux.

Il tira de son sac des bandes de viande séchée parfumée aux herbes et aux baies. La Drow en prit une pour goûter. A sa grande surprise, elle trouva cela très bon.

— D'où ça vient ?

— Thorn me les a données, mais au Rashemen, nous faisons des viandes marinées et séchées de la même qualité. Retournons au camp.

Liriel se leva, tendant la main à son compagnon. Il la prit tout naturellement. Un autre détail qui étonnait toujours la Drow… En Ombre-Terre, trahir la moindre faiblesse équivalait à une sentence de mort. Et offrir son aide était le genre d'insulte propice aux vendettas sanglantes…

Alors qu'ici, entre des amants, c'étaient des gestes tout naturels.

Une rage de berseker – même courte – entraînant une grande faiblesse, Fyodor s'endormit rapidement, sous l'œil vigilant de la Drow. La lune se leva.

Liriel alimenta le feu puis s'éloigna à pas de loup.

Fyodor perdait souvent de vue leurs différences fondamentales. Les feux de camp n'étaient pas un avantage pour une Drow. Bien au contraire. Si elle voulait monter la garde, elle devait se poster dans l'ombre.

Elle commença à explorer la vallée par cercles grandissants, évitant la forêt et les aires trop dégagées. A part les insectes et une petite harde de chevaux sauvages, la vallée paraissait déserte. Liriel observa que les équidés restaient dans un cercle, les poulains endormis au centre. Les adultes dormaient debout, à l'exception d'une sentinelle. Même dans leur sommeil, leurs longues oreilles frémissaient, à l'affût du moindre son suspect.

La Drow prit garde de rester sous le vent. Alors qu'elle contournait des roches, elle se retrouva face à une cabane au toit de chaume.

Qui venait de surgir du néant.

Sur le qui-vive, Liriel se souvint que sa magie serait sans effet en ces lieux. Le silence et la discrétion constituaient ses meilleures défenses. Lentement, elle recula dans l'ombre.

Aucun son ne filtrait des fenêtres ouvertes de l'étrange apparition, et la cheminée en pierre ne crachait pas de fumée. Pourtant, Liriel ne put se départir du sentiment qu'il y avait quelqu'un, à l'intérieur.

Soudain, elle s'avisa que la cabane *respirait*. Elle se balançait doucement, à une cadence qui n'était pas sans rappeler celle d'un dormeur.

La curiosité l'emportant sur la prudence, Liriel jeta un caillou sur la cabane.

Aussitôt, la hutte bondit dans les airs. Bouche bée, la Drow découvrit qu'elle avait d'énormes pattes aviaires de la taille d'arbrisseaux. Pivotant, la cabane s'éloigna par bonds. Alertés, les chevaux sauvages et leurs petits s'enfuirent.

Certaine que tout cela réveillerait Fyodor, Liriel se hâta de rebrousser chemin.

Torche au poing, le jeune homme venait à sa rencontre.

La vision perçante de la Drow repéra le piège que la lumière de la torche empêchait Fyodor de voir. Des feuilles mortes soulevées par la brise, et un rayon de lune conspirèrent à dévoiler les dents de mâchoires d'acier.

Liriel attrapa une pierre de la taille d'un poing et la lança sur le piège, qui se déclencha avec une violence inouïe…

Fyodor repéra Liriel, dans l'ombre.

— Ne bouge plus ! Il peut y en avoir d'autres…

— Ce n'était pas là il y a un instant…

Sondant le terrain de la pointe de l'épée, le jeune homme se rapprocha de sa compagne. Un deuxième piège, plus petit, se déclencha à son tour.

Ils retournèrent prudemment au camp. A la grande surprise de Liriel, Fyodor ne cessa de sonder la terre, jusqu'au moment où sa lame s'enfonça jusqu'à la garde dans l'herbe… Et de petites créatures surgirent à découvert, comme si une trappe venait de s'ouvrir. On eût dit des gobelins, en plus petits et bruns de peau. Aucun d'eux ne dépassait la taille de Liriel. Tous portaient des braies élimées d'où saillaient de longues queues de rat…

Ils lui rappelèrent les esclaves kobolds de Menzoberranzan. Mais contrairement à ceux-ci, ou même aux rongeurs auxquels ils ressemblaient, ils n'attaquèrent pas en bande.

Ils cernèrent leurs grosses proies, leur coupant toute retraite, et les fixèrent de leurs yeux ronds rougeoyant au clair de lune.

— Des pièges à loup et des fosses…, souffla Liriel. Quelles autres tactiques emploient-ils ?

— Aucune, assura Fyodor, sincèrement déconcerté. Ils sont espiègles, mais pas réellement malveillants. J'en ai aperçu, de temps en temps, même s'ils sont aussi froussards que des biches.

— En ce moment, ils ne font pas mine de détaler. Et ils sont nombreux. Je ne dirais pas non à un sort de pluie de météorites !

— Les tuer porte le mauvais œil.

— Espérons que c'est aussi leur avis à notre sujet…

Un craquement retentit, comme si deux coques de navire se frottaient…

Armées de couteaux, les créatures chargèrent.

Fyodor écarta les deux premières du plat de sa lame, et continua dans la même veine, les repoussant sans les blesser.

Liriel n'avait pas de tels scrupules. Elle transperça de part en part le premier pseudo-rongeur qui se jeta sur elle. Puis elle dégagea son épée pour, d'un arc de cercle, en éliminer deux autres. Se baissant, elle esquiva trois lancers de couteaux – en pierre, nota-t-elle du coin de l'œil.

Un autre craquement lui fit tourner les yeux à temps pour voir foncer sur elle un énorme tronc mû par un système de cordages suspendu aux branches d'un arbre proche.

Un arbre qui n'était pas là quelques instants plus tôt…

Dans ses branchages, des kobolds se découpaient au clair de lune, sautillant et couinant d'excitation.

La Drow plongea à plat ventre pour échapper à ce bélier d'un genre nouveau. Instantanément, cinq ou six kobolds lui sautèrent dessus…

… Et piaillèrent de douleur quand le bélier, de retour, les faucha au passage.

Pas très malin, comme vermine…, pensa Liriel. *Certainement pas assez intelligente pour avoir monté cette embuscade…*

Elle se roula dans l'herbe pour se dégager. Fyodor vola à son secours et l'aida à se relever. Les kobolds survivants s'étaient regroupés en cercle. Avec une chorégraphie bien étudiée, le cercle se remit en mouvement. Le couple fut contraint de céder du terrain.

— Ils nous repoussent ! souffla Fyodor, incrédule.

— Vers l'instigateur de l'embuscade, quel qu'il soit.

Le jeune homme eut un sourire sombre.

— Ils ne se rassemblent jamais ainsi et n'attaquent pas en masse.

— Alors, que leur maître vienne à nous !

Epée haute, ils foncèrent.

Plus fidèles à leur nature profonde, les kobolds s'égaillèrent avec des cris d'effroi.

Fyodor et Liriel traversèrent leurs rangs désordonnés et continuèrent sur leur lancée.

Un hurlement sauvage déchira la nuit. La Drow jeta un coup d'œil par-dessus son épaule... et écarquilla les yeux. Bafouillant de terreur, les kobolds qui y étaient encore perchés abandonnèrent l'arbre surnaturel qui, en frémissant, « accoucha » d'une dryade géante.

Pendant que les kobolds se regroupaient, elle ramassa des fruits pour bombarder le couple en fuite. Haletant, Fyodor entraîna sa compagne vers la tour de pierre.

La porte de bois s'ouvrit devant eux et les torches murales s'allumèrent d'elles-mêmes. Liriel et le jeune homme s'engouffrèrent dans la tour, claquèrent la porte et mirent la barre en place pour tenir en échec les kobolds qui les pourchassaient avec une détermination anormale.

Après quelques instants passés à marteler la porte et à la bombarder de coups de couteau, les petits monstres abandonnèrent.

Soudain, le chandelier s'écrasa sur le sol, soulevant des tonnes de poussière.

Aussi abruptement, la poussière disparut.

Fyodor interrogea du regard sa compagne souriante. Elle désigna la bulle d'air frais qui les enveloppait.

— Ma magie fonctionne de nouveau.

— La mienne aussi ! annonça une voix féminine dure.

Au point du jour, Sharlarra s'arrêta devant une auberge des environs d'Eau Profonde. De la fumée montait de la cheminée, et un garçon d'écurie attelait deux chevaux de trait. A la vue de l'elfe, il fut frappé de stupeur.

Raide et glacée jusqu'à la moelle des os, Sharlarra mit pied à terre.

— Quelles sont mes chances d'avoir un déjeuner chaud et un bain plus chaud encore ? Je suis gelée !

Le type déglutit avec peine.

— Vous êtes… ?

— Vivante ? Oui ! Et mieux encore, j'ai de quoi payer mon écot.

Elle fit tinter la bourse que lui avait remise le bijoutier nain en échange de son larcin.

Quand elle eut chuchoté à l'oreille de son cheval fantomatique, et qu'il se fut éloigné dans les bois, le garçon d'écurie retrouva des couleurs.

Peu après, emmitouflée dans une couverture de laine, Sharlarra s'attabla devant l'âtre de l'auberge, du cidre chaud entre les mains. Un cuissot de chevreuil rôtissait dans l'âtre. La tenancière, une femme potelée aux joues roses, en coupa une belle tranche pour l'elfe, tout en faisant claquer sa langue d'une désapprobation toute maternelle.

— Avoir chevauché la nuit entière… et seule ! Une jolie petite comme vous ! C'est très risqué… et pas respectable !

— Mon cheval fantôme tend à décourager les importuns.

— Je veux bien le croire… Vous avez d'étranges fréquentations.

Que dirait-elle si elle apprenait que Sharlarra était en route pour rencontrer une sorcière drow ?

L'elfe sourit.

Deux heures plus tard, après un bon repas, et un bain délassant dans un tonneau de lavandière, Sharlarra retrouva son cheval dans un taillis de bouleaux blancs.

Soudain, un fantôme se détacha d'un des arbres et tendit la main vers Pierre de Lune. L'elfe craignit que l'apparition ne la prive de son cheval… et poussa un cri de colère.

Deux spectres se tournèrent vers elle. La dryade fantôme lui parut vaguement familière – avant de disparaître.

Par chance, Pierre de Lune ne la suivit pas – où que ce fût.

L'elfe courut lui jeter les bras autour de l'encolure.

— Tu es resté ! souffla-t-elle avec un soulagement émerveillé.

Le cheval se dégagea pour mieux lui couler un regard plein de commisération. Puis, d'un mouvement de tête impérieux, il l'invita à remonter sur son dos.

En route pour le Rashemen !

Dans la brume surnaturelle, une silhouette noire se forma. Un masque dissimulait ses traits.

Quand l'apparition leva une main, des lierres s'animèrent, s'écartant des murs du vestibule pour s'enrouler autour de Liriel.

D'un mot de pouvoir, la Drow les réduisit en poussière. Et riposta avec une araignée de jet.

Fyodor cria un avertissement. La sorcière fit exploser la petite arme.

Mais celle-ci renaquit de ses cendres. Et se multiplia à toute vitesse.

En un clin d'œil, les araignées couvrirent la sorcière, s'infiltrant partout et jusque sous son masque. Se griffant le visage, elle hurla des sortilèges qui auraient dû venir à bout des arachnides.

Mais que valait le répertoire d'une simple magicienne face à la puissance d'une déesse ? Victime du venin des araignées, la Rashemie s'effondra, se convulsa, puis s'immobilisa.

Les arachnides abandonnèrent le cadavre, disparaissant par des fissures du sol.

Hébétée, Liriel guetta la manifestation suivante de Lolth. En vain. Se frottant le visage comme pour essayer d'échapper à un cauchemar, elle se rapprocha de la gardienne sans vie.

Ce qu'avait dit Fyodor des mois plus tôt lui revint en mémoire.

« Le châtiment réservé aux meurtriers de *wychlaran* est la mort. »

Liriel venait à peine de pénétrer en territoire rashemi qu'elle risquait déjà une exécution capitale.

Le moyen d'y échapper et de rester aux côtés de Fyodor pour découvrir par elle-même la patrie dont il lui avait tant parlé ? Alors que, d'entrée de jeu, elle venait de commettre l'irréparable ?

Affirmer que cette exécution était la volonté de Lolth ne changerait rien. De toute façon, après la découverte du cadavre, les Rashemis abattraient la Drow à vue.

Tout en examinant la sorcière morte, Liriel sentit germer une idée dans son esprit. Elle eut vaguement conscience que Fyodor, les yeux écarquillés d'horreur, se rapprochait.

Elle baissa les paupières pour mieux se concentrer. Et la solution s'imposa d'elle-même.

Liriel rouvrit les yeux.

— Je peux prendre sa place.

— Quoi ?

— Prendre son apparence… Aide-moi !

Déterminée, la Drow entreprit de dévêtir le cadavre.

Accablé, Fyodor secoua la tête.

— Se faire passer pour une sorcière est puni de mort !

— Je viens juste d'en tuer une ! Et ça aussi est puni de mort, tu me l'as expliqué ! Je ne vois pas en quoi mon cas pourrait s'aggraver…

Fyodor poussa un long soupir de frustration.

— Sous n'importe quel déguisement, tu restes une Drow ! Or, il n'y a pas d'elfes noires parmi nos sorcières…

— Pas récemment, non. Mais que fais-tu de la sœur de Qilué ?

Largué, il la regarda sans comprendre.

— As-tu oublié ce que Qilué m'a dit ? Sa sœur Syluné a suivi une formation au Rashemen.

Là, il comprit le raisonnement de sa compagne. En toute logique, Liriel pensait que les sœurs de Qilué, une Drow, étaient forcément des elfes noires…

Avant que Fyodor puisse lui expliquer que ce n'était pas le cas – et surtout, que Syluné avait quitté ce monde depuis longtemps –, des bruits de pas précipités précédèrent l'arrivée de renforts.

Liriel arracha son masque à la morte, dont l'apparence s'altéra aussitôt de façon spectaculaire, pour redevenir celle d'une femme plantureuse d'âge mûr.

Fyodor se rappela que ces artefacts rashemis conféraient à qui les portait beaucoup d'allure et de prestance – et permettaient de changer d'aspect à volonté… Pour sa compagne drow au visage sombre, ce « masque de lumière » servirait en somme de sauf-conduit dans le monde de la surface…

De fait, dès que Liriel l'eut mis, une étrangère se tint devant le jeune homme.

La belle à la longue chevelure argentée portait également des gants pour dissimuler sa peau noire. Liriel fit disparaître le cadavre au moyen d'un petit portail dérivant qui se volatilisa aussi vite qu'il était apparu.

Trois femmes masquées entrèrent.

— Qui êtes-vous ? lança la plus grande.

Svelte et déliée, elle avait une opulente chevelure.

— Laisse-moi faire, souffla le Rashemi à sa compagne avant d'avancer et de s'incliner. Je suis Fyodor du village Dernovia, de retour de mission.

— Je le sais.

Une des sorcières enleva son masque, révélant un visage rond d'abord sympathique. Des ridules partaient en étoile de ses yeux bleu vif. Et elle était âgée…

Les signes de la vieillesse surprenaient toujours Liriel. Parmi les Drows, ceux qui avaient le pouvoir de survivre ne vieillissaient pas.

— Zofia ! s'exclama Fyodor.

— Qui est ton amie ?

— Une *véritable* amie, oui, pour nous tous ! souligna aussitôt le jeune homme.

— Vous n'avez tout de même pas oublié Syluné ? ajouta Liriel, au grand dam de Fyodor, consterné.

Les deux compagnes de Zofia échangèrent un regard perplexe. A leur tour, elles enlevèrent leur masque pour mieux dévisager l'inconnue.

— Syluné de Valombre ? fit la plus mince. Elle est morte.

Liriel lança un coup d'œil à Fyodor, qui hocha la tête.

— Ah, sourit Zofia, amusée, mais n'oublions pas que Syluné a une « après-vie » des plus mouvementées…

— Cette étrangère n'est pas un fantôme, ni une sorcière, insista la Rashemie mince. (Livide de colère, les poings serrés, elle pivota vers Liriel.) J'exige que vous enleviez tout de suite *le masque de ma mère* et que vous vous soumettiez à l'épreuve de vérité !

CHAPITRE XIV

L'ÉPREUVE DE VÉRITÉ

Zofia leva une main.

— Chaque chose en son temps, Anya. D'abord, voyons ce qu'est devenue Fraeni, et comment cette inconnue aux cheveux d'argent peut porter le masque de notre Sœur.

— Nous avons combattu une horde de kobolds et nous sommes réfugiés ici, dit Liriel. (C'était la stricte vérité.) Mais d'autres monstres se sont infiltrés avec nous et la sorcière n'a pas pu en venir à bout. (Elle s'adressa à Anya :) Votre mère s'est vaillamment battue contre le mal.

Fyodor réprima une grimace. Une autre vérité douloureuse... La morte avait cru affronter une Drow et un traître humain... Avait-elle eu tellement tort ? Après tout, Fyodor *avait* amené Liriel au Rashemen – et donc, attiré l'ombre de Lolth sur la tour...

— Où est-elle maintenant ?

— Je l'ignore, répondit la Drow déguisée. Elle a disparu.

— Elle dit vrai, intervint Zofia. Le corps de ta mère nous reviendra, jeune Ethran, et son esprit ne nous a jamais quittés. Quant à cette étrangère, elle est peut-être qui elle prétend être. Qui, parmi nous, n'a pas été témoin de phénomènes plus étranges ?

Anya se rembrunit.

— Nous verrons.

— L'épreuve de vérité est une chose terrible, dit Fyodor. Je ne le permettrai pas.

Ethran ne cacha pas son incrédulité.

— Et comment comptez-vous m'en empêcher ?

— Je prendrai sa place. (D'un geste, il dissuada Liriel de protester.) C'est mon droit, en ma qualité de protecteur d'une puissante et honorable *wychlaran*. Sur mon épée et sur ma vie, j'en fais le serment !

— Ce ne sera pas nécessaire, dit Zofia d'une voix douce. Tu es honnête et intègre. As-tu maîtrisé la rage des bersekers ? Et retrouvé le Marcheur de Vent ? Bien sûr, sinon tu ne serais pas là…

Liriel se hâta d'enlever l'amulette d'or qu'elle portait autour du cou pour la lui tendre.

— Nous n'avons plus besoin du Marcheur de Vent. La rune de Fyodor est gravée sur l'Enfant de Yggdrasil.

Le regard de la vieille femme s'illumina.

— Un récit que j'attends avec grand intérêt. Bien joué, Sœur. Gardez l'amulette. Je me doute que vous l'avez méritée.

— Zofia, en es-tu tout à fait sûre ? s'inquiéta la troisième sorcière, prenant la parole pour la première fois. Syluné a disparu depuis des années et tes yeux…

— Je ne suis pas aveugle. Et de toutes celles qui ont connu la sorcière de Valombre, je suis l'unique survivante. (Zofia inclina la tête, étudiant Liriel.) Désirez-vous toujours qu'on vous appelle Syluné ? Ne préféreriez-vous pas un autre nom ?

La Drow comprit que la vieille femme au regard bleu si perçant n'était pas entièrement dupe.

— Liriel.

Zofia acquiesça.

— Bien. Qu'il en soit ainsi.

Anya s'emporta.

— Elle se cache toujours sous ce masque ! Et ça ne vous étonne pas ? Et si c'était une *durthan*, une sorcière maléfique ? Puisque ses intentions sont si bienveillantes, qu'elle se révèle à visage découvert !

— Je suppose que Syluné ne tenait pas à nous apparaître sous son état de spectre, répondit Zofia. Ou nous tromperions-nous, Sœur ? Faites-vous toujours partie des vivantes ?

Liriel baissa la tête – pour acquiescer autant que pour dissimuler son amusement. La vieille femme était décidément passée maîtresse dans l'art de manier les demi-vérités et d'éluder les questions ! Les prêtresses de Menzoberranzan n'avaient pas le monopole de ce jeu.

— Elle a le droit de le porter, Anya, continua Zofia. Le masque se souvient de Syluné, comme de toutes celles d'entre nous qui l'ont utilisé à un moment ou à autre. Il n'oublie personne.

La Drow capta le message caché. D'une main, elle repoussa un de ses gants pour dénuder un peu de peau…

Une peau laiteuse !

Le masque se souvenait ! Liriel s'était imaginé Syluné sous la forme d'une belle Drow aux cheveux argentés… Par bonheur, l'artefact savait à quoi s'en tenir.

Maintenant, la véritable épreuve arrivait… Liriel enleva ses gants, puis le masque. A en juger par l'air abasourdi de Fyodor, l'illusion se maintint. Avec un sourire rassurant, la Drow glissa le masque à son ceinturon.

— Je peux le garder, au fait ?

Zofia sourit à son tour avec bienveillance.

— Vous veillerez sur lui comme sur la prunelle de vos yeux.

— Naturellement.

La vieille sorcière et Liriel se comprenaient parfaitement.

Anya succéda à sa mère comme gardienne de la tour. Au matin, le couple et les deux autres sorcières, à bord d'une magebarque, filèrent vers le nord.

A midi, ils firent une escale dans un hameau de pêcheurs.

L'excursion fut pour Fyodor une révélation troublante… Il voyageait pour la première fois en compagnie de *wychlaran*… S'il leur avait toujours témoigné une grande déférence, il ne s'était jusque-là pas interrogé sur les détails pratiques de leur quotidien.

Elles non plus, d'ailleurs… A leurs yeux, tout allait de soi. Dans la taverne du hameau, les voyageurs eurent droit à de la saucisse de lapin, du fromage de rothé et du pain tout chaud. Puis on leur fournit des poneys sans poser de questions. Fyodor se promit de les restituer à leurs propriétaires dès que possible.

Le quatuor reprit sa route.

— Je commence à comprendre pourquoi se faire passer pour une sorcière est si mal vu, souffla Liriel à son amant. Autrement, ces paresseux de petites-gens auraient beau jeu de tondre la laine sur le dos des honnêtes travailleurs et de vivre à leurs crochets !

— Viens, Wanja, lança Zofia à sa compagne. Ces jeunes gens ont à se dire beaucoup de choses, que nos vieilles oreilles ont oubliées depuis longtemps.

— Parle pour toi ! protesta l'autre avec un sourire.

Néanmoins, elle talonna sa monture pour prendre de l'avance en compagnie de Zofia.

— Elle est drôlement futée, dit Liriel. Pas grandchose ne lui échappe, et elle sait parler sans trahir de secrets… Notre stratagème risque de fonctionner !

— Non, souffla Fyodor, accablé.

— Et pourquoi pas ? Zofia a annoncé qu'elle seule avait côtoyé Syluné… Et pour des raisons qui la regardent, elle est disposée à laisser les choses ainsi. J'aimerais beaucoup connaître ses raisons, naturellement…

— C'est une Oracle. Personne, au Rashemen, ne voit mieux qu'elle l'avenir.

— Et ?

— C'est ma grand-mère.

D'un signe, Liriel l'encouragea à continuer. Visiblement, elle ne faisait pas encore le lien…

— La famille est sacrée pour nous. Nous tissons des liens étroits et nous nous soutenons les uns les autres... Te rappelles-tu le Temps des Troubles, alors que les dieux foulaient notre monde, où la magie ne fonctionnait plus ?

— Oui, répondit sèchement Liriel.

Fyodor n'insista pas, peu désireux d'apprendre quelles sortes de troubles avaient éclaté à Menzoberranzan.

— Quand les bersekers montent au combat, la magie de cette frénésie particulière est soutenue par le rituel. Pour une raison inconnue, cette magie s'est pervertie en moi. Quelques sorcières et des artisans furent dans le même cas. Et éliminés.

« C'est un mal nécessaire... Pour officier, les sorcières font cercle. Et la faiblesse d'une seule les met toutes en danger. Certains ont donc pensé que les guerriers devraient être soumis au même régime.

— Zofia s'y est opposée.

— En effet. Et parce qu'elle est la plus lucide de tous, on l'écoute. Elle m'a confié le Marcheur de Vent, un des grands trésors du Rashemen, m'offrant une chance de revenir au pays.

— Parce que c'est ta grand-mère... et l'Oracle. Elle a dû entrevoir une grande destinée pour toi.

Le jeune homme secoua la tête.

— Elle m'a seulement dit que ma destinée changerait le cours de l'histoire du Rashemen.

Cette fois, Liriel fit immédiatement le rapprochement.

— Ce serait moi, ta destinée ?

— Zofia est prête à attendre que les événements lui donnent raison.

La Drow assimila tout cela en silence. Fyodor aussi avait à méditer.

Malgré l'approbation tacite de sa grand-mère, se retrouver ainsi mêlé à une tromperie le perturbait. Il vivait un mensonge par omission. Or, l'expérience lui avait prouvé plus d'une fois que vouloir dissimuler ou travestir la vérité n'arrangeait jamais rien. Au contraire.

— N'imagine pas que les risques de cette situation m'échappent, dit Liriel à mi-voix. Si les choses tournent mal, invoque le *xittalsh*. (Devant l'air perplexe de son compagnon, elle précisa :) Certaines grottes sont consacrées à des duels qui n'ont d'autre fonction que divertir le public. Les humains connaissent ça ?

— Absolument.

— Quelques combattants sont des esclaves, d'autres des monstres… Il y a aussi les guerriers chevronnés qui ne vivent que pour la bataille… Parfois, le *xittalsh* offre une seconde chance aux Drows. Supposons que deux elfes noirs soient mêlés à une conspiration… La culpabilité du premier est avérée, alors que celle du second laisse planer un doute… Celui-ci peut alors en appeler au *xittalsh* pour établir son innocence aux yeux de tous.

— Dans l'arène, les vainqueurs ont le droit de vivre…

Liriel hocha la tête.

— Même s'ils sont vraiment coupables… ? insista Fyodor. Et même si cette culpabilité est de notoriété publique ?

— Ils vivent. Donc, si nous sommes percés à jour, répète à qui voudra l'entendre que tu ignorais tout de ma véritable identité. Reprends la vie que tu menais avant notre rencontre. Combats pour le Rashemen. Quasiment tous tes compatriotes croiront en ton innocence. Avec du temps, les plus sceptiques ne la mettront plus en doute.

Fyodor laissa passer de longs moments avant de redevenir assez maître de lui-même pour répondre.

— As-tu donc une si piètre opinion de moi ? Crois-tu que je serais capable d'une telle chose ? Des serments d'honneur et d'amour nous lient. Et tu voudrais que je les renie pour vivre quelques années de plus ?

Que je te trahisse afin de vieillir seul et de mourir dans le déshonneur ?

— Dans le déshonneur ? Pourquoi ?

Pour toute réponse, Fyodor désigna une colline ronde, près de la route, et au-delà, le village de Dernovia. De la fumée montait de derrière l'enceinte de pierre. Des rothés broutaient dans les champs, aux alentours. Hors du village, on avait visiblement creusé un abri dans la colline, fermé par une porte et des fenêtres.

— Stanislor le boucher vit dans ce trou à rats. Il trompait ses clients sur le poids de la marchandise. Et depuis mon enfance, il y est reclus.

— Pourquoi ?

— On dit qu'on connaît un homme à trois choses : son épée, ses enfants et sa parole. Ici, on ne traite pas les duperies à la légère – de quelque nature qu'elles soient.

— Alors, ne te fais pas prendre !

— Là n'est pas le problème ! s'emporta Fyodor. Peu m'importe que les autres le sachent ou pas, moi je *sais* que je suis en train de mentir ! Et me voilà déshonoré !

Perplexe, la Drow secoua la tête. Tout ça était affreusement nouveau pour elle. Mais quoi qu'il en soit, une chose était claire : Fyodor avait pris des risques insensés pour lier sa destinée à la sienne. Si la Drow était percée à jour, tout le monde considérerait Fyodor comme un traître de la pire espèce. Même si elle ne comprenait pas tout à fait ce que ça pouvait représenter aux yeux du jeune homme.

Sur les portes en bois massif de la muraille d'enceinte, Liriel retrouva dans les frises sculptées des motifs récurrents, qu'elle avait remarqués à la proue de la magebarque : des licornes, des daims et des molosses entourant des scènes montagnardes ou villageoises. Les artistes avaient su créer une remarquable illusion de perspective.

— Reste là, souffla Fyodor. Quoi qu'il arrive, ne descends pas de poney. Ne sors aucune arme et ne jette pas de sorts. Il n'y a aucun danger.

Après une grande inspiration, campé devant les portes fermées, il mit les mains en porte-voix :

— Je croyais qu'il y avait des *hommes* à Dernovia ! Qui se terre derrière ces murs comme de la volaille ?

Liriel en resta bouche bée. Malgré les instructions du jeune homme, elle faillit tirer une dague d'une de ses bottes...

Un judas s'ouvrit et le visage d'un jeune homme barbu au sourire féroce s'y encadra.

— Viens donc te jeter dans les bras de l'Ours Noir, mon gaillard ! Bienvenue ! Nous engraissons avant d'hiberner, et tu me parais assez ramolli pour être mangé à la petite cuiller !

Entrant dans le jeu, Fyodor fit mine de sonner le carillon du souper.

Le judas se referma et les portes s'ouvrirent. Le jeune homme barbu fonça sur Fyodor à la vitesse d'un ours affamé. D'autres villageois enthousiastes vinrent le désarçonner sous l'œil sidéré de Liriel. Le barbu étreignit Fyodor avant de lui flanquer de grandes bourrades amicales dans le dos.

— Tu as bonne mine, Kaspergi ! Imagine ma surprise...

— Bah, c'est moi le plus beau du village ! Sans cette barbe, les femmes passeraient leurs journées à me contempler en soupirant, et qui cuirait le pain ?

Fyodor lança un coup d'œil à Liriel, redoutant qu'elle explose de colère. Kaspergi découvrit alors une jeune femme à la chevelure argentée, et se toucha le front en signe de respect.

— Je te présente Liriel, dit Fyodor, autrefois connue sous le nom de Syluné, la sorcière de Valombre. Elle est venue pour Zofia.

Les autres hommes bloquaient toujours l'entrée. A Menzoberranzan, tout mâle manquant ainsi de respect aux prêtresses aurait été sommairement abattu. Alors qu'ici, loin de s'offusquer, les sorcières suivaient l'étrange scène avec un sourire plein de tolérance.

Fyodor tapota l'épaule de Kaspergi.

— Mais nous en reparlerons plus tard.

Dans le village, les voyageurs s'arrêtèrent devant une grappe de masures. Dès que Fyodor émit un long sifflement, une horde d'enfants parut fondre sur lui avec toute la ferveur de kobolds envoûtés…

Alertée par le vacarme, une jeune femme bien en chair apparut. A la vue de Fyodor, elle ajouta au raffut en poussant des cris de joie et courut lui sauter au cou. Autour, les gamins piaillèrent de plus belle en sautillant pour réclamer leur part d'attention.

Assailli de tous côtés, Fyodor réussit à se tourner vers Liriel.

— Ma dame, je vous présente ma sœur Vastish. Certains de ces enfants sont les siens… Parfois, j'oublie lesquels, ajouta-t-il, pince-sans-rire.

Les braillements indignés des humains miniatures firent naître un sourire intrigué sur les lèvres de Liriel.

Vastish s'inclina devant les trois sorcières.

— *Wychlaran*…

Ça suffisait, comprit la Drow. La sœur de Fyodor voyait seulement la cape noire de Liriel et le masque, glissé sous son ceinturon, et pensait savoir tout ce qu'il y avait à savoir.

Zofia posa une main sur le bras de la Drow.

— Après avoir salué nos Sœurs, je vous montrerai où vous pourrez vous reposer. Aucune étrangère n'a le droit de pénétrer dans la maison des sorcières. Vous aurez votre propre hutte, au pied de notre enceinte. Fyodor restera avec vous, sauf cette nuit, qu'il doit passer avec ses frères. Il y a un nouveau *fyrra*.

Une gamine dans les bras, Fyodor se rapprocha de Liriel pour porter une de ses mains à ses lèvres.

— Il vous suffira de m'appeler, et je viendrai.

Sa sœur écarquilla les yeux – d'un bleu arctique, eux aussi.

— Tu es devenu un protecteur ?

Il hocha la tête.

Elle soupira d'aise.

— Alors tu n'iras pas avec les autres hommes ! Quelle merveilleuse nouvelle ! Depuis l'été, j'arrive à coucher les gosses plus tôt en leur promettant que tu leur raconteras des histoires…

— J'aurai le temps d'en dire une ou deux avant de me présenter au rapport.

— Petyar sera ravi de te revoir. Il a maintenant sa propre épée.

— Mon cousin ? s'exclama Fyodor. Le petit Petyar ?

— Le voilà plus grand que toi, et il mange comme quatre, l'animal !

Tandis que le frère et la sœur devisaient gaiement, Liriel s'éloigna, décontenancée par ces étranges retrouvailles. D'après Fyodor, rien ne comptait davantage au Rashemen que les liens familiaux. Là, c'était clair… En quelques instants, elle en avait pratiquement plus appris sur son amant qu'après des mois de vie commune, à courir l'aventure par monts et par vaux… Et ils partageaient pourtant une intimité que la Drow n'aurait jamais crue possible par le passé.

De toute évidence, Fyodor avait ses racines dans ce pays, où il comptait assez de parentèle pour remplir la forteresse Baenre. Ses amis étaient ivres de joie à sa vue, et une place enviable l'attendait au sein de sa communauté. Sans oublier que les enfants l'adoraient…

L'imaginer en train de vieillir dans un tel environnement n'avait rien de difficile.

Quant à la famille qu'il fonderait…

Pour la première fois, Liriel y réfléchit. Certes, Fyodor et elle étaient amants. Mais ils n'auraient pas forcément de progéniture. Toute Drow dotée de magie choisissait seule de concevoir ou pas. Un choix auquel Liriel ne s'était pas encore confrontée. Dans sa propre famille, rien ne faisait de la maternité un état souhaitable. Et… quel avenir pour un hybride à demi drow ? Où cet enfant de l'amour pourrait-il grandir ?

Nulle part…

Tête basse, le poney de Liriel entreprit l'ascension d'une rue escarpée. Chassant ces noires pensées de son esprit, la Drow reporta son attention sur son environnement. Un grand édifice en bois au toit pentu couronnait la colline.

— La caserne… (Zofia désignait un autre long édifice, à gauche de la maison des sorcières.) Les bersekers se regroupent par Crocs. Fyodor appartient au Croc Ours Noir.

— Approprié…, souffla Liriel.

Dans la cour, torse nu malgré l'air vif, des guerriers s'entraînaient à la lutte ou au tir à l'arc dans une atmosphère bon enfant. Les rires ponctuaient les rodomontades, et personne ne songeait à prendre la mouche.

— Vous avez des questions, j'imagine ? dit Zofia.

Des milliers ! pensa Liriel.

Elle commença par ce qu'elle avait sous les yeux.

— Les mâles… Hum ! Vos hommes me sidèrent. Comment peuvent-ils se mesurer si vigoureusement les uns aux autres sans que le sang coule ?

Zofia gloussa.

— Vous vous êtes trop enfoncée à l'ouest, puis trop au sud… Un excès de soleil grille la cervelle, vous savez. Et il ne faut pas faire une montagne d'une taupinière. Ici, nous savons simplement ce qui a de l'importance, et ce qui n'en a pas.

La Drow hocha posément la tête. En réalité, elle n'avait jamais entendu de réponse plus déconcertante… Comment aurait-elle pu deviner ce qui comptait ou pas dans un pays aussi étrange ?

Stupéfaite, elle s'avisa soudain qu'à quarante ans passés, elle ne s'était jamais posé la question.

Les intrigues perpétuelles auxquelles se consacraient ses congénères présentaient peu d'intérêt à ses yeux. Mais justement... qu'est-ce qui en avait pour elle ?

La survie, naturellement.

La magie, assurément.

L'aventure, absolument ! Sans elle, la vie était si fade...

La puissance...

Mal à l'aise, Liriel se détourna automatiquement de ce concept. A Ruathym, elle y avait trop été exposée.

Fyodor ne jurait que par l'honneur. Ces derniers temps, l'intégrité et l'indéfectible loyauté de cet homme étaient devenues les pierres angulaires de sa propre existence. Elle chérissait les joies inestimables de l'amitié et de l'amour.

Quoi d'autre ?

— L'épreuve de vérité a plus d'un visage, reprit Zofia d'une voix douce, arrachant Liriel à ses cogitations. Parfois, les réponses comptent plus que les questions.

C'en fut trop pour la Drow qui, dégoûtée, leva les bras au ciel.

— Quand j'étais morte, la vie était vraiment plus simple !

Pour une raison inconnue, cette réflexion amusa beaucoup la grand-mère de Fyodor.

— Bienvenue au pays, Syluné ! Mon petit doigt me dit que cette visite sera au moins aussi intéressante que la précédente !

CHAPITRE XV

UNE LOUVE NOIRE

Plus tard dans la soirée, les enfants gavés de gâteaux au miel – et d'histoires de leur oncle – enfin couchés, Fyodor se dirigea vers la maison des sorcières et des guerriers. Un long trajet dans la mesure où, à chaque logis, il était hélé par ses amis d'enfance... Tous lui lançaient des insultes affectueuses en l'étreignant chaleureusement. Et ils lui fourraient entre les mains des flasques de *jhuild* ou de cidre fermenté en l'invitant à trinquer et à échanger des nouvelles.

Ainsi, le vieux Seigneur de Fer s'était retiré, nommant Treviel Yvarrg comme successeur. Un bon choix, de l'avis général – à condition que son propre fils ne lui succède pas. Car Fyldrin l'impulsif avait une sacrée descente...

A part ça, le tonnelier et sa femme venaient d'avoir des jumeaux.

De fil en aiguille, la soirée passa à une vitesse vertigineuse. Quand Fyodor se présenta enfin à la caserne de l'Ours Noir, une lune sur le déclin couronnait le mont NeigeFélin.

La coutume voulait que tout guerrier de retour fasse son rapport au *fyrra*. Fyodor alla donc dans la chaumière de Treviel, dont la porte était grande ouverte. Installé au coin du feu, le vieux guerrier polissait ses bottes avec de la graisse d'oie en fredonnant dans sa barbe. Il avait de bien singulières chaussettes, tricotées de cinq couleurs différentes une pour chaque doigt de pied… Des collants aux rayures assorties gainaient ses grosses jambes poilues. Et les mêmes teintes criardes se retrouvaient brodées sur sa veste de laine.

Malgré lui, Fyodor sourit. Peu d'hommes osaient afficher ouvertement leur nature profonde… Et Treviel lui-même était aussi haut en couleur que ses habits. Depuis toujours, Fyodor le considérait comme un ami de la famille. Pourtant, il regimbait à prendre la parole. Son défunt père avait eu le rang de *fyrra*, et cette chaumière avait été sienne… Voir un autre à la place de Mahryon – fût-ce un homme foncièrement bon comme Treviel – réveillait le chagrin de Fyodor.

Mais il ne fallait pas déroger à la tradition. Se raclant la gorge, le jeune guerrier lança les insultes de rigueur.

— Comment peut-on prétendre être un meneur d'hommes quand on n'arrive pas à imposer une seule couleur à ses propres doigts de pied ? Sashyar serait-elle en rogne contre toi, par hasard ? Ou as-tu toi-même tricoté ces horreurs ?

Le *fyrra* releva les yeux. Au plaisir de le voir succéda rapidement la circonspection.

Et Fyodor comprit cette réaction.

Personne ne lui dirait la vérité, bien sûr, mais il se soupçonnait d'être l'auteur d'une des blessures cicatrisées de Treviel. Sa frénésie de sang lui avait laissé des souvenirs très flous…

— Sashyar est *toujours* en rogne contre moi, répondit le *fyrra*, placide. Et tu ferais mieux d'en prendre de la graine, mon garçon. Trop se frotter aux demoiselles dociles ramollit son homme, au lieu de le préparer au combat.

A cette remarque, la vision de Liriel en pleine furie elfique s'imposa à Fyodor, qui gloussa.

— Je suis devenu le protecteur d'une *wychlaran* étrangère dotée du tempérament d'une Drow et de toute la douceur d'une mule de bât !

— Un protecteur ? (L'air impressionné, Treviel

haussa néanmoins les épaules.) Cette femme est peut-être tout ce que tu dis, et plus encore, elle sera toujours un pâle succédané de ma Sashyar… Mais elle fera sans doute un guerrier de toi.

Il fit signe à son visiteur de s'installer en face de lui. Remarquant l'épée noire, au flanc de Fyodor, il redevint sérieux.

— Il paraît que Zofia Othlor t'a envoyé à la recherche d'un trésor magique. Tu l'as trouvé ?

— Oui, et plus encore…

Ravi, le seigneur du village sourit.

— Il paraît aussi que tu as livré une sacrée bataille sur l'île de Ruathym… Il semblerait que ta *darjemma* ait été plus palpitante que bien d'autres !

Treviel servit le thé, visiblement impatient d'écouter le récit de Fyodor.

— J'arrive tout droit de chez ma sœur…, fit le jeune homme d'une petite voix.

Son hôte partit d'un grand éclat de rire.

— Ça va, j'ai compris ! Même un conteur doué comme toi doit reposer ses cordes vocales, pas vrai ? Bois donc ton thé au calme. Ton récit trépidant attendra. Tu participeras aux jeux Mokosh, dans la montagne ?

— En vérité, j'avais oublié…, avoua Fyodor, l'air penaud.

L'idée de laisser Liriel seule alors qu'ils venaient tout juste d'arriver le mit mal à l'aise. Qui savait quelles horreurs elle commettrait en son absence ?

— Je devrais peut-être remettre ça aux prochains jeux…

Treviel ricana.

— Tu iras, et tu gagneras ! Veilles-y !

Peu après, Fyodor prit congé. Dans la caserne, un concerto de ronflements en ut mineur l'accueillit. Ses bottes rangées à l'entrée, il lut le parchemin cloué à la poterne. Peiné, il nota les noms absents : son père Mahryon, Antonea, le forgeron auprès de qui il avait tout appris, des cousins, des amis d'enfance… Il espéra que tous n'avaient pas péri en suivant sa charge suicidaire contre les Tuigans.

La chambre de son cousin Petyar était au fond de la caserne. Il s'y dirigea à pas de loup, vit de la lumière filtrer sous la porte, frappa et entra.

Deux couchettes embaumaient la pièce de leurs senteurs de paille fraîche et d'angéliques séchées, excellentes pour repousser les insectes – et souveraines contre les mauvais rêves.

Une des couchettes était plus qu'entièrement occupée par un lascar dégingandé au visage encore poupin. Qui eut une expression de profonde vénération quand son cousin prodigue apparut comme par magie sur le seuil de la porte…

L'ombre d'une moustache se dessinait sur la lèvre supérieure de Petyar.

A moins que ce ne fût un soupçon de graisse de hache, histoire de donner le change ?

Fyodor se fit violence pour ne pas ébouriffer la tignasse de son jeune cousin – pas tout de suite. Il se contenta de saisir un des grands pieds qui dépassaient de la paillasse – pour inspection.

— Si tu étais un chiot, je soupçonnerais ta mère d'avoir eu des bontés pour un ours ! Inutile de préciser que dans ce cas, je n'aurais rien de plus pressé que de te noyer avant que tes gènes désastreux ne contaminent notre chenil ! Qui aurait pu croire que mon oncle Simaoth donnerait naissance à des avortons comme toi ?

Se dégageant, Petyar sourit de toutes ses dents.

— Le cordonnier se plaint : si ça continue, il faudra abattre deux rothés pour confectionner une paire à ma taille !

— Pourquoi donc se donner cette peine, le taquina Fyodor, quand occire un dragon suffirait ?

Ravi, le garçon éclata de rire.

— Un jeu d'enfant, pour toi ! Demain, tu viendras courir dans la neige avec nous ?

— Pourquoi ? Un dragon blanc nous attend dans la montagne ?

Petyar s'assombrit.

— Pire… Une louve noire.

Fyodor se tut. Petyar avait vu le jour le même printemps que le premier-né de Vastish. Et ils avaient grandi comme des frères. La mort de son cousin favori avait jeté une ombre, lui léguant une haine féroce et irraisonnée des loups.

— Elle a fait des dégâts ?

— Pas encore. On l'a vue rôder autour du village.

— A quelle distance ? Près des collines ?

— Dans les forêts…

— Petyar…

— Tu n'iras pas dire ensuite que tu n'étais pas prévenu ! La course des neiges devrait être une compétition, pas une chasse ! Si finir dans l'estomac d'une louve t'est égal, pas moi ! J'ouvrirai l'œil, crois-moi.

— Ça, je n'en doute pas. Surtout si les filles de Treviel sont de la partie…

Petyar sourit.

— Et alors ? Admirer la vue n'a jamais fait de mal !

— Une remarque que je transmettrai au *fyrra*… Histoire qu'il grave cette épitaphe sur ton cercueil.

Amusé, Petyar tendit une main vers la lampe à huile.

— Il est l'heure de dormir. Ou demain, nous ne saurons plus si nous avons sous les yeux des louves ou des filles !

Allongé sur sa couche, Fyodor sourit dans le noir.

— Parfois, c'est du pareil au même…

— En effet, répondit doctement son cousin comme s'il avait une longue expérience en la matière. (Après un court silence, il ajouta :) Tu as rencontré beaucoup de tigresses dans tes voyages ?

Fyodor avait entendu ce ton nostalgique dans la bouche des enfants de sa sœur, d'une vingtaine au moins de voisins et amis, et même du *fyrra*. Il n'avait plus envie de raconter ses aventures…

— J'ai connu Sashyar toute ma vie…

Petyar hurla presque de rire.

— Et voilà, je n'ai plus à craindre les foudres de Treviel ! Va donc lui seriner que j'admire ses jolies filles ! Mon arme vaut bien la tienne…

Repensant à l'épée noire émoussée qu'il avait posée au pied de son lit, Fyodor espéra de tout son cœur que les paroles malheureuses de son cousin n'auraient rien de prophétique.

Liriel ne savait plus à quoi s'attendre. La maison des sorcières était beaucoup plus grande que ne le laissait supposer son aspect extérieur. Elle s'étendait en fait sur toute la colline qui dominait le village, couvrant les flancs noirâtres du terrain. Outre le hall d'honneur et la caserne des guerriers, il y avait le temple de la Triade, dédié aux trois déesses qu'adoraient les Rashemis. Trois tours gardaient la structure consacrée au toit rond. Mais… comment était-ce possible ?

— Un temple pour trois déesses ? s'étonna Liriel.

— Ou une seule, en fait, expliqua Zofia. Nous vénérons la déesse aux trois visages : la demoiselle, la mère et la femme sage. D'autres pays lui donnent différents noms… Venez, je vais vous montrer le sauna.

Il s'agissait d'un nouvel édifice circulaire en pierre et au toit d'ardoises. Dès que Zofia ouvrit la porte, de la vapeur d'eau s'en échappa.

Liriel jeta un coup d'œil à l'intérieur. Au centre, au-dessus d'un puits rempli de pierres rougeoyantes, oscillait un grand seau suspendu à un système de cordages reliés à des bancs, le long des murs. Le principe était simple : pour prendre un bain de vapeur, il suffisait de tirer sur les cordages pour incliner le seau et verser de l'eau sur les pierres chaudes.

Les Drows avaient à Menzoberranzan des saunas analogues, qui fonctionnaient par magie.

Enroulée dans un drap pudique, la sœur de Fyodor salua les visiteuses… avant de disparaître.

— Le *Bannik*, lâcha Zofia sur le ton de la conversation. La plupart des saunas ont le leur : l'esprit de la santé et de la divination. Si vous voyez une personne connue qui ne devrait pas être là, ne vous alarmez pas. C'est seulement le *Bannik*.

— Si je vois quelqu'un de familier, je serais vraiment stupide de ne *pas* m'alarmer, maugréa Liriel.

L'Oracle lui jeta un regard pointu.

— Ah, oui ? Vous avez beaucoup d'ennemis ?

— Qu'entendent les Rashemis par « beaucoup d'ennemis » ?

Amusée, Zofia gloussa.

— On dirait que Fyodor vous a régalée de quelques-uns de nos récits édifiants… Quel conteur hors pair il aurait fait !

Liriel n'y vit pas matière à s'ébaubir. Les conteurs rashemis devaient consacrer leur existence à leur art, au même titre que les bardes humains ou les ChanteMorts drows.

Fyodor avait choisi la tradition du guerrier.

— J'ai senti une curieuse bouffée d'énergie quand vous avez ouvert la porte. Qu'était-ce donc ?

— Qui saurait le dire ? répondit Zofia. Le *Bannik* attire parfois des amis ici. Des esprits des forêts ou des eaux, des démons…

— Et ça ne vous inquiète pas plus que ça ?

— Pensez-vous qu'un esprit ait le pouvoir de guérir ou de voir l'avenir ? Le *Bannik* est puissant parce qu'il a des amis. Une leçon que nous ne sommes pas près d'oublier !

Elles refermèrent la porte et continuèrent leur tour du complexe.

— Seule une sorcière *rashemie* peut entrer, reprit Zofia. Même si vous étiez qui vous prétendez être, vous ne franchiriez pas ce seuil… (D'une main levée, elle dissuada Liriel de protester.) Venez, je vais vous montrer votre cabane.

Après un long chemin qui les conduisit hors du village, la Drow découvrit un cadre très agréable, tout près de l'enceinte : une maison creusée dans une petite colline piquetée de fleurs des champs. De la fumée s'en échappait, attestant de l'existence du logis.

Dans la pièce circulaire unique, un grand lit couvert d'une fourrure occupait un coin. Une petite table et des sièges garnissaient celui d'en face. Une baignoire-sabot jouxtait une étagère pleine de plats, d'écuelles et de marmites.

Zofia fit du thé. Puis elle sortit de sa sacoche un peu de pain, du sel et un carré de tissu blanc.

— Voilà de quoi amadouer votre *domovoi*. L'esprit du logis, ajouta-t-elle devant l'air perplexe de Liriel. Tant que vous n'offensez pas ces esprits doux et bienveillants, ils protégeront votre maison et vous épargneront même certaines corvées domestiques.

— Que suis-je censée faire ?

— Couvrez le pain et le sel avec le tissu blanc et, campée sur le pas de la porte, invitez le *domovoi* à entrer avant de glisser votre offrande sous une pierre du seuil. Il y a un creux, tout exprès...

— Et à quoi ressemble cet être ?

— Oh, vous ne le verrez pas. De temps à autre, vous entendrez du bruit, c'est tout. Content, il fredonnera. Triste, il soupirera. Bon... Si nous parlions de vous, maintenant ? (Zofia plongea son regard si bleu dans celui de la Drow.) Pourquoi êtes-vous venue au Rashemen ?

— Pour Fyodor. Et pour rapporter le Marcheur de Vent.

— Rien d'autre ?

Liriel hésita. Quelle confiance pouvait-elle placer en la vieille sorcière ?

A la réflexion, elle avait besoin du soutien de Zofia.

— On m'a donné une tapisserie ensorcelée retenant

prisonnière l'âme d'elfes assassinés. J'ai promis leur libération.

Zofia rayonna.

— Je comprends tout ! Vous êtes une morrigan !

La Drow leva un sourcil sceptique.

— Aux dernières nouvelles, je n'étais rien de tel.

Son interlocutrice gloussa.

— Un corbeau, disons… Un être évoluant entre deux mondes, entre le soleil et l'ombre… Votre mission est de montrer la voie aux esprits égarés.

Une notion entièrement nouvelle pour Liriel. Pourtant, l'idée avait des accents de vérité.

Entre le soleil et l'ombre…

— Qui l'a décrété ? bougonna Liriel.

Zofia haussa les épaules.

— Qui sait ? Notre destin est-il scellé à la seconde où nous venons au monde ? Ou choisissons-nous toujours notre voie ?

— A vous de me le dire !

— Ni l'un ni l'autre. A moins que ce ne soit les deux… Nous n'avons pas à connaître le futur.

— Fyodor a le don de double vue. Il affirme que vous êtes l'Oracle.

Zofia inclina la tête.

— Nous entrevoyons ce qui pourrait être… Tel le pêcheur qui voit des nuages noirs et sait que la pluie ne tardera plus… Mais il sait aussi que des vents violents peuvent détourner les nuages d'orage loin de l'Ashane, ou que le chant du bheur bleu – celui qui amène l'Hiver –, peut transformer l'averse en neige…

Silence.

— Que voyez-vous pour moi ? demanda Liriel.

Zofia prit à son ceinturon une bourse qu'elle vida sur la table : des osselets, portant des inscriptions runiques.

— Il s'agit d'ossements d'animaux qu'aucun vivant n'a vus. Ils contiennent la puissance antique de la terre. Prenez-les en main et jetez-les.

Liriel s'exécuta.

Zofia étudia longuement le résultat.

— Vous lierez et briserez, guérirez et détruirez. Ce que vous cherchiez, vous l'avez trouvé. Ce que vous aimez, vous le perdrez. Pourtant, votre cœur chantera au diapason d'un autre… Vous offrirez un refuge aux âmes égarées qui errent entre le soleil et les ombres.

— Au moins, on sait toujours à quoi s'attendre avec les nuages d'orage…, grommela la Drow, dépitée par ces prophéties sibyllines.

Zofia haussa les épaules.

— Le vent souffle où bon lui semble. Gardez les osselets. Apprenez à écouter leur voix. Mais ne cherchez jamais à connaître votre propre avenir. C'est une invitation au désastre.

— Savez-vous qui je suis ?

— Oui. Une louve noire.

Mi-soulagée, mi-résignée, la Drow soupira. Au moins, son secret le plus sombre – ou presque – était dévoilé…

— Parmi toutes les créatures vivantes, on trouve des « loups noirs », continua Zofia, différents de leurs congénères et en rupture de ban – de naissance ou par choix. Ou les deux… En tout cas, ils n'ont aucune place au sein de leur communauté. Ils marchent seuls. Je parle de « loup noir » parce que les loups solitaires ont souvent une robe sombre. Alors… leur rejet est-il dû à leur couleur ou à des différences plus profondes ?

Une « explication » aussi ambiguë que la prophétie, nota Liriel. Zofia se doutait-elle vraiment qu'elle avait une elfe noire en face d'elle ?

— Je m'efforcerai de ne pas trop hurler à la mort, la nuit, pour éviter de déranger les voisins…, soupira Liriel.

Zofia gloussa.

— Dormez bien. Demain, vous ferez un premier pas vers votre destin.

Elle s'en fut.

Se sentant parfaitement ridicule, la Drow sacrifia au petit rituel du *domovoi*, puis s'écroula sur sa couche.

En pleine nuit, une sensation bizarre la réveilla... Elle avait les pieds froids. Elle s'était pourtant endormie tout habillée, et bottée...

Dès qu'elle entrouvrit un œil, elle bondit, dos au mur et dagues aux poings...

Une créature étrange se dressait au pied de son lit ! A fourrure, assez âgée, vêtue d'une longue tunique rouge, elle brandissait le masque de Liriel.

— Me voilà le *domovoi* d'une Drow ? gémit-elle, abasourdie. Quelle baraque ! Il faudrait plutôt un *dvorovoi* !

Liriel s'avisa qu'elle n'était plus déguisée. Un coup d'œil sur ses mains noires lui confirma le pire.

— Pas de *dvorovoi*, répondit-elle avec fermeté, son sang-froid retrouvé. Je ne veux aucun mal aux Rashemis, et pas question pour moi d'avoir affaire aux esprits malveillants !

Ce devait être la bonne approche, car la créature à fourrure acquiesça.

— Qu'ils restent donc où ils sont... Tu sais cuisiner ?

— Pas même si ma vie en dépendait.

Le *domovoi* rayonna.

— Magnifique ! Pas de vaisselle pour moi... Il y aura du lait ?

— Si tu veux.

— Du lait de rothé ou de chèvre ?

Liriel haussa les épaules.

— Comme tu préféreras...

— Des œufs ? ajouta le *domovoi*, plein d'espoir.

D'un bras tendu, la Drow lui signifia que ce serait donnant donnant. D'abord, qu'il lui rende son masque.

Ce qu'il fit avant de disparaître. Un gai fredonnement indiqua qu'il n'était pas parti bien loin.

Son masque récupéré, la Drow se rendormit, bercée par les hurlements lointains des loups.

CHAPITRE XVI

LES TERRIERS

Liriel examina sans enthousiasme la petite clairière bordée de grands arbres où une source chaude exhalait de la vapeur soufrée dans les airs. Zofia avait amené toutes les sorcières de Dernovia – treize au total –, afin de fournir à Liriel une garde d'honneur en cet endroit sacré.

Et, accessoirement, pensa la Drow, de se débarrasser d'elle.

— Ici ? souffla Liriel, incrédule.

— La sorcière de Valombre nous revient après trop d'années d'absence, répondit Zofia. Elle doit connaître et respecter les endroits sacrés du Rashemen. Nous reviendrons avant le coucher du soleil.

Sur ces mots, elle entraîna ses Sœurs et repartit.

Morose, Liriel se rapprocha de la source. Il en existait de semblables à Menzoberranzan. Une fois certaine d'être seule, la Drow enleva le masque de Syluné de son ceinturon, retrouvant avec soulagement sa véritable apparence, ôta ses bottes, ses habits et ses armes, conservant seulement les couteaux gainés à ses bras et à ses chevilles. Du bout des orteils, elle testa la température de la source, qu'elle trouva agréablement chaude. Prudente, elle s'y immergea progressivement.

La vapeur qui l'entourait prit la forme d'une tête de dragon.

Liriel se releva à toute vitesse.

Sans qu'elle pût dire pourquoi, elle fut convaincue

de ne pas avoir affaire à un spectre – en dépit des apparences. Car elle n'éprouvait pas l'effroi instinctif des vivants mis en présence des morts.

Elle se remémora les livres de contes et légendes qu'elle avait feuilletés en voulant se documenter sur le Marcheur de Vent. Et de quelle façon le peuple des îles des Sélénae adorait les rivières sacrées…

D'une gaine de poignet, elle tira un couteau serti d'éclats précieux et le lança dans la source.

Le dragon brumeux se fendit d'un « sourire » inquiétant avant de disparaître.

Liriel faillit ricaner. Sous quelque forme que ce fût, les dragons seraient toujours des dragons ! Celui-là avait déjà dû amasser un joli butin…

Au souvenir du val de la Rusalka blanche, une sombre possibilité se forma dans l'esprit de la Drow. Certaines noyées avaient probablement été d'ambitieuses jeunes femmes qui, dans leur cupidité, avaient prétendu voler les trésors des sources ou des rivières sacrées… Les esprits gardiens ne voyaient sûrement pas ces rapines d'un bon œil.

— En tout cas, les gens sont tout disposés à le croire, réfléchit Liriel à voix haute, ajoutant une pincée de logique drow au caractère vaguement irréel des lieux. Quel meilleur endroit pour se débarrasser d'une rivale ou d'une victime ? Quelle autre explication, devant un corps noyé sur une berge, que « *la Rusalka a fait ça* » ?

La Drow sentit le fantôme avant de le voir. Pivotant, elle se retrouva face aux orbites vides et blanches d'une guerrière robuste, au fourreau vide et au plastron saturé d'eau. L'angle bizarre du cou de l'apparition suggérait une mort par rupture des vertèbres.

Liriel eut beau s'écarter d'une roulade arrière, le spectre lui happa une cheville.

Avec sa jambe libre, elle lui flanqua des coups de pied, par ailleurs étonnée de le sentir si réel.

En vain.

La Drow chercha à tâtons une prise où se cramponner. Il lui suffirait d'un bref répit pour incanter et se tirer de ce mauvais pas... Elle se rappela soudain que la magie cléricale dépendait uniquement de la faveur divine...

A la même seconde, ses doigts se refermèrent sur quelque chose d'aussi fin que solide... Et elle découvrit, au-dessus, des yeux noirs caractéristiques...

Liriel lâcha prise avec un cri.

Demande, lui suggéra une voix mentale qu'elle avait espéré ne plus entendre.

Le pouvoir de Lolth la suivrait-elle pas à pas jusqu'au bout du monde ?

La rusalka entraînait inexorablement sa proie dans la source. Liriel se débattit de plus belle.

En pure perte.

Soudain, de la vapeur s'éleva en abondance et le dragon réapparut, menaçant. La rusalka lâcha prise pour faire face. Ne plus trouver sa lame au fourreau le surprit tant qu'elle n'opposa pas de résistance.

Le gardien de la source l'engloutit, avant de s'évaporer.

Liriel, qui vit scintiller sous l'eau sa petite offrande, se félicita de son geste impulsif. Ce tribut lui avait sauvé la vie.

Et davantage encore...

L'araignée géante de Lolth avait aussi disparu.

Le masque de Syluné mis à son ceinturon, la rescapée se rhabilla. Redevenir humaine en apparence ne la rasséréna pas. Lolth avait retrouvé son Elue, et se laisserait bien moins aisément duper que les villageois crédules de Dernovia.

Zofia avait raison. Le Rashemen avait tout d'un pays hanté, et si la destinée de Liriel était vraiment de montrer la voie aux esprits égarés, par les Neuf Enfers, par où était-elle censée commencer ?

Un raclement de pieds, aux abords de la grotte, et des bruits d'échauffourée alertèrent Gorlist. Enfin, ses mercenaires ramenaient une proie intéressante ! Par le Seigneur Masqué, ce n'était pas trop tôt !

L'un d'eux accourut avec la bonne nouvelle.

— Nous avons capturé une elfe !

C'était au moins ça...

— Qu'on me l'amène !

Trois guerriers traînèrent devant leur commandant une grande elfe-fée. Bâillonnée, ligotée et à demi enveloppée d'un sac, elle se débattait encore comme une belle diablesse.

Gorlist l'empoigna par des mèches de ses cheveux noirs, et nota avec jubilation une natte argentée caractéristique...

Il s'était battu contre cette maudite guerrière sur le pont de son bateau perdu !

— Quelle forme prendrait ta tresse si je te l'arrachais, et le cuir chevelu avec ?

La prisonnière cracha un jet de salive sanglante.

— Essaie pour voir !

— Un autre jour... Que fabriquais-tu à Port au Crâne, où se trouvait Liriel Baenre ? Et que fiches-tu maintenant près du village natal de son humain apprivoisé ?

Histoire de la dissuader de lui cracher dessus au lieu de répondre, Gorlist souffleta l'elfe.

— Les fers ! rugit-il.

Recrachant un bout de dent sanguinolent, la captive lui rit au nez.

— J'ai dénombré près d'une centaine d'elfes noirs dans ces terriers... Je ne suis pas assez saucissonnée à ton goût ? grogna-t-elle en levant ses poignets liés.

Gorlist fit signe à Chiss qui, tout sourires, referma les menottes sur les poignets obligeamment tendus de la prisonnière. Puis il escalada la paroi de la grotte pour nouer l'extrémité des chaînes à des cercles de fer enchâssés dans la pierre, en hauteur.

Sur un autre signe de leur commandant, deux Drows tranchèrent les liens de corde de la prisonnière qui, en voulant se débattre, permit à Chiss de tirer sur ses chaînes pour lui maintenir les bras en l'air.

Dans cette position vulnérable, elle touchait à peine terre du bout des orteils. Et elle devait avoir les épaules démises. Pourtant, son regard d'un vert mordoré restait clair et lucide.

— Qu'on la débarrasse de son armure et de ses vêtements, ordonna Gorlist. Sans délicatesse.

Ses guerriers furent trop heureux d'obéir pendant qu'il faisait des nœuds à une corde. Il tendit le fouet improvisé à l'un, donnant un flacon de sel à l'autre.

Malgré tout le plaisir qu'ils y prirent, la flagellation se prolongea beaucoup trop au goût des Drows.

L'elfe-fée restait muette.

Gorlist se lassa.

— Qu'on aille chercher Brindlor !

Le ChanteMort fut bientôt là, et observa la scène d'un air dégoûté.

— De nous tous, expliqua Gorlist, toi seul en sais autant sur la magie. Sonde ses pensées !

— Pas étonnant que vous ne réussissiez pas à la faire parler ! Ignorez-vous que le fer draine les forces vitales des créatures-fées au même titre qu'un pansement absorbe le sang d'une blessure ? La prisonnière est peut-être dans ce cas… Détachez-la !

A contrecœur, Chiss baissa les chaînes, et défit les menottes.

Ce qui se passa alors les prit tous au dépourvu.

Il n'y eut pas de sort de métamorphose, pas d'avertissement… Un instant, une elfe meurtrie et ensanglantée gisait à leurs pieds, la seconde suivante…

… Une louve aux pupilles mordorées se dressa devant eux. Babines retroussées, elle bondit à la gorge de Chiss, le mordant sauvagement.

Puis elle évita sans peine les attaques des Drows pour filer à une vitesse ahurissante.

— Rattrapez-la ! hurla Gorlist – qui savait pertinemment que c'était inutile.

De frustration, il flanqua un coup de pied à Chiss.

— Traînez-le dehors et tenez-le à l'œil jusqu'à l'apparition de la lune, ajouta-t-il. Avoir un loup-garou
dans nos rangs vous incitera peut-être à vous conduire
enfin en chasseurs dignes de ce nom !

L'instant suivant, Chiss expira.

On le laissa presque toute la nuit au clair de lune. La
transformation espérée n'arriva jamais.

— Ce n'était donc pas une louve-garou, soupira
Gorlist. Alors quoi ? Une druidesse ? Une sorcière ?

— Pire, conclut le ChanteMort. Une lythari.

Quand Liriel réintégra enfin sa cabane, Fyodor
mitonnait un appétissant ragoût.

— Oh ! Le *domovoi* va se lamenter… Il déteste
faire la plonge.

Le jeune homme releva vivement la tête.

— Tu as parlé à l'un d'eux ?

Fermant la porte, la Drow enleva le masque de sa
ceinture, heureuse de renouer avec sa véritable apparence. Et plus ravie encore de voir l'humain la dévorer
des yeux.

— Disons que nous nous sommes entendus…

— On prétend qu'il n'y a pas plus belles femmes au
monde que les Sept Sœurs…, souffla-t-il. Les chantres
et les poètes sont-ils tous fous ou simplement
aveugles ?

Liriel lui sauta au cou. Ils s'étreignirent longuement
avant de s'asseoir au bord du lit, pelotonnés l'un
contre l'autre.

— Le Rashemen est vraiment curieux… Un *domovoi* m'a déshabillée, une fraternité de sorcières m'a fait
passer une épreuve, un esprit des eaux en forme de
dragon m'a attaquée avant de me tirer des griffes d'une
rusalka… Et toi ? Comment fut ta journée ?

— Oh, à peine moins palpitante…

Leurs lèvres se rejoignirent, frémirent… et le silence régna, abstraction faite du doux bouillonnement de la marmite et des soupirs résignés du *domovoi*.

Bien plus tard, Fyodor entraîna son aimée à l'air libre, sous les étoiles.

— Tu vois cette constellation, là, en forme de carrefour ? Nous l'appelons « les Gardiens », en l'honneur de nos esprits. Cette étoile brillante est Mokosh, l'esprit de la moisson. Bientôt, ce sera l'hiver…

La Drow resserra les plis de son manteau.

— J'en ai entendu parler. Il fera vraiment de plus en plus froid ?

— Hélas, oui. Rentrons.

Liriel tournant ses regards vers la forêt, il secoua la tête.

— Ce ne serait pas sage. Ce pays fourmille de fantômes, qui adorent la nuit.

— Zofia prétend que j'aurais tout intérêt à apprendre à les connaître.

— Ecoute, l'aube approche et ma sœur sera ravie de nous voir arriver. (Main dans la main, ils se dirigèrent vers la demeure de Vastish.) Tu sais, continua Fyodor, avant de m'expatrier, j'ai commencé à voir des choses… Des esprits, des fantômes de héros… Ils errent, l'air complètement perdu, un peu comme ces types fin soûls auxquels leur épouse interdit la maison… C'est ainsi depuis le Temps des Troubles. La magie du Rashemen ruisselle dans la terre même. Elle n'est en rien comparable aux sortilèges des mages qui, sitôt lancés et oubliés, se mémorisent de nouveau… Et mon intuition me souffle qu'après le Temps des Troubles, notre magie n'est jamais redevenue tout à fait ce qu'elle était. Même si nos sorcières refusent de l'admettre.

« En règle générale, les étrangers ne sont pas les bienvenus, ajouta-t-il après un petit silence. Mais parce que Syluné, notre amie, avait appris certains de nos arts mineurs, et parce que Zofia t'a prise sous son aile, mon peuple t'accepte.

A la vue du couple, les enfants coururent se jeter dans les bras de leur oncle.

Le repas se déroula dans la joie et la bonne humeur. Quand Liriel et Fyodor repartirent, ils croisèrent en chemin Petyar, que son cousin présenta à la Drow.

— Sur ordre de Treviel, nous allons patrouiller dans les terriers, annonça le jeune homme de but en blanc. Les autres se réunissent aux portes ouest… Les *vremyonni* nous envoient ces bâtons de lumière.

Il désigna les bâtons noirs qu'il portait.

— Les sorciers ? demanda Liriel.

— Oui, répondit Fyodor. Ils vivent et étudient dans un lieu tenu secret.

— Ce que vous appelez les « terriers », ce sont des grottes ?

Un simple coup d'œil du jeune homme le lui confirma. Qui disait grotte disait tunnel… et parfois Drow.

— Je viens avec vous ! lança Liriel.

— Sauf votre respect, Dame, il s'agit d'une simple patrouille, assura Petyar.

Fyodor prit un des longs bâtons d'ébène aux fines inscriptions. Une magnifique œuvre d'art…

— Vraiment ? Sois franc, Petyar, vous partez en chasse… Ne me dis pas que c'est contre ta louve noire, tout de même ?

Surprise, Liriel cilla.

— C'est une bête solitaire, se défendit le garçon. Et les solitaires se rabattent souvent sur des proies faciles. Ils deviennent vite des menaces sérieuses pour les enfants et les têtes de bétail.

Fyodor brandit son bâton.

— Même si tu en as convaincu Treviel, cela n'est pas conçu pour combattre des loups…

— J'ai suivi la femelle avec l'espoir de découvrir son terrier… Et je suis tombé sur le cadavre d'un Drow.

— La louve l'aurait tué ?

— Mais quelle importance ? explosa Petyar. Un bon Drow est un Drow mort ! C'est tout.

— Quel genre de blessures avait-il ?

Le jeune homme soupira.

— Le genre infligé par une louve, c'est bien possible... La gorge ouverte, l'épaule déchiquetée...

Fyodor entraîna Liriel à l'écart.

— Promets-moi que tu resteras au village aujourd'hui.

Elle le jura, heureuse de voir de la gratitude briller dans les yeux de son ami.

La parole donnée, l'honneur... Fyodor les plaçait au-dessus de tout. Et les Rashemis étaient de grands amoureux de la vérité.

— A mon retour, nous parlerons, ajouta-t-il d'une voix douce.

Après avoir pris la main de Liriel pour la poser sur sa poitrine, il tourna les talons et s'en fut avec son cousin.

Ils retrouvèrent les autres guerriers à cheval devant les portes ouest. Peu après, la patrouille fut à pied d'œuvre. A l'embouchure du réseau de grottes, munis de torches, les guerriers s'enfoncèrent dans les tunnels, au grand dam des communautés de chauves-souris.

Petyar guida ses compagnons devant le cadavre. Fyodor s'accroupit pour l'examiner.

— Il n'est pas mort ici. Et la louve ne l'y a pas traîné.

Treviel renifla de dédain.

— Quoi d'étonnant ? Ces vermines à deux pattes chassent en bande.

— Et les Drows abandonnent leurs morts aux rats ? s'étonna Fyodor.

— Eh, quoi ? Dans une grotte, enterrer des cadavres ou les brûler n'est pas facile !

Mais Fyodor s'était assez frotté aux elfes noirs pour savoir que leur raisonnement n'était jamais aussi simple. Il leva sa torche. Le tunnel étroit était très haut.

Et qui savait ce qui se dissimulait dans les ombres frémissant le long des parois ?

S'agissait-il d'une embuscade ?

Fyodor baissa sa torche.

— Pas étonnant non plus que Petyar nous ait entraînés dans ce tunnel... Pas de danger qu'il ratisse les toiles d'araignée de la voûte avec sa tignasse ! (Il inspecta ostensiblement le sol.) Pas de fumées de louve dans les parages... Tant pis. Les rats vont se régaler.

Avant que Fyodor, étonné, puisse se récrier, Treviel le poussa d'une bourrade.

— Allons-y, mon garçon ! souffla-t-il. Et tiens ta langue !

Sur le pied de guerre, la patrouille rebroussa chemin en direction de la grotte. Elle y était presque quand les Drows embusqués passèrent à l'attaque.

Epée au poing, les Rashemis foncèrent dans la mêlée sans hésiter. Une vive lumière inonda la scène, aveuglant les elfes noirs, momentanément contraints de se replier.

Les Rashemis fuirent le traquenard. Seuls Petyar, Treviel et Fyodor restèrent pour couvrir leur retraite.

Fyodor lança son bâton de lumière en hauteur, où il avait aperçu des Drows plaqués contre la voûte de la grotte. Mais cette fois, une faible lueur pourpre en résulta. Et lui révéla la présence du sorcier humain chauve qui bloquait l'entrée du tunnel conduisant à l'air libre...

Les yeux fermés, Fyodor se concentra, en quête d'une antique force. Et l'afflux d'énergie le frappa avec la violence d'un étalon déchaîné...

Quand le jeune homme tomba, ce ne fut pas sur ses mains mais sur des pattes griffues de plantigrade...

Pris dans les rets de la frénésie sanguinaire d'un berseker, Fyodor eut de nouveau l'impression que tout, autour de lui, se déplaçait au ralenti.

A une vitesse hallucinante, il égorgea un Drow d'un coup de griffes. Et referma les mâchoires sur le corps chaud pour le jeter à la tête de deux autres elfes noirs…

Il sentit le contact d'une lame, mais son épaisse fourrure le protégeait mieux qu'une armure en cuir. Le sorcier humain lui décocha des boules de feu. Pourtant, au cœur de l'action, Fyodor ne sentait aucune douleur.

Avec un rugissement à ébranler la montagne, il se rua sur l'humain chauve.

Au même instant, un monstre aux allures d'oiseau croisé de chauve-souris tomba de la voûte…

Une partie du berseker, qui raisonnait encore en être humain, y vit l'œuvre d'un Sorcier Rouge de Thay. Bizarre parodie de chevalier, le monstre déploya ses ailes, le bec tendu vers son adversaire…

Dressé sur ses antérieures, Fyodor chargea de plus belle… A coups de griffes, il lacéra les membranes des ailes…

Le sorcier incanta et se métamorphosa à son tour en ours des cavernes.

Fyodor et lui roulèrent pêle-mêle sur le sol… Pour le jeune homme, le temps n'avait plus de sens. Combien de minutes ou d'heures se battit-il contre le sorcier ?

Il s'avisa soudain que son adversaire ne résistait plus. Et ne respirait pas davantage.

S'éloignant à quatre pattes, le vainqueur prit la mesure du carnage. A la lumière des torches restantes, la scène qui s'offrait à lui était macabre. La victoire des Rashemis avait un prix… Trois hommes morts, et quasiment tous les survivants plus ou moins grièvement blessés…

A la vue de l'ours, Petyar poussa un cri de détresse. Les guerriers se remettaient déjà en garde quand, d'une main levée, leur *fyrra* intervint.

— *Chesnitznia*…

D'un mot, tout était dit.

Les survivants lorgnèrent l'ours – alias Fyodor – avec un respect intimidé. Sous leurs yeux, le jeune homme épuisé redevint lui-même.

Quelqu'un posa une cape sur ses épaules nues, lui fourrant une flasque entre les doigts. Il eut la force de boire une gorgée – du thé fort –, avant qu'une montée de bile ne la lui fasse recracher.

Quand il y vit du sang, et comprit d'où il venait, il blêmit.

Treviel s'accroupit pour lui saisir le menton et le forcer à croiser son regard.

— Tu as très bien agi, mon garçon… Tant que le sorcier vivait, nos bâtons de lumière ne servaient plus à rien… Et sans eux, nous serions tous morts à l'heure qu'il est.

— D'ailleurs, ce salaud a eu une mort trop douce ! grogna un des survivants. Comment peut-on s'allier aux Drows contre ses propres frères ? Existe-t-il pire ordure au monde ?

Les autres soufflèrent leur approbation. Devant tant de visages haineux, Fyodor se sentit accablé. Il en eut presque le cœur brisé…

Ne méritait-il pas leur haine et leur opprobre, lui aussi ?

Leurs morts rassemblés, les Rashemis repartirent en silence.

Fyodor avait beaucoup à méditer.

Depuis toujours, il s'efforçait d'être intègre et honorable. Combien de fois avait-il défié Liriel de lui expliquer quel bien pouvait sortir d'une union avec le mal incarné par Lolth ?

Peut-être aurait-il mieux fait de suivre son propre conseil…

A première vue, il se montrait injuste envers la dame de son cœur. Et il en avait conscience. Au fond, Liriel n'était pas plus malveillante qu'une panthère des neiges. Mais elle n'avait pas davantage de conscience ou de sens moral que ce félin… Sans guide ni garde-fous, comment pouvait-on baliser sa propre existence pour éviter les écueils ?

Par un concours de circonstances prévisibles, le

couple était contraint de vivre dans le mensonge. Or, s'écarter de la vérité était toujours périlleux. Et Liriel représentait un très grand danger…

Fyodor regrettait sa propre naïveté. Il avait cru que son peuple en viendrait à aimer la Drow. Et, pourquoi pas, à la voir également avec les yeux de l'amour… Impensable ! Les Rashemis vouaient une haine féroce aux Drows. Et comment leur en vouloir de leurs préjugés ?

Pourtant, il aimait Liriel d'un amour sans borne. Un amour *lucide*. Si Lolth avait tissé sa toile autour de la princesse errante, ce n'était pas sans raison. En butte à sa nature sombre, Liriel n'avait pas une conception nettement tranchée du bien et du mal. Parfois même, elle ne semblait pas savoir que la différence existait. Ou qu'elle le *devrait*.

Quand ses compagnons ressortirent enfin à l'air libre, Fyodor était parvenu à une conclusion aussi douloureuse qu'inévitable.

Amener Liriel au sein de son peuple était une trahison. La preuve, les Drows avaient suivi la princesse jusque-là. Sans le vouloir, Fyodor avait déjà condamné certains de ses amis à mort. Dans l'intérêt de tous, dès son retour au village, il conduirait Liriel loin du Rashemen.

Quitte à tourner le dos à ses devoirs de guerrier.

Quitte à devenir aux yeux des siens le traître que – de toute façon – il était déjà.

Quitte à s'expatrier pour toujours.

CHAPITRE XVII

CERCLES

Dans la maison des sorcières, des arbres festonnés de lierre bordaient une grande cour. Pour la première fois, Liriel avait la permission de regarder officier les sorcières masquées et de noir vêtues. Mains jointes, elles chantaient en dansant. Le plus surprenant ? Les voir unir leurs forces mais aussi et surtout leur détermination…

Un pouvoir invisible – et pourtant perceptible – montait par vagues des magiciennes. L'objet et le récipiendaire de leurs incantations ? Un bâton en bois sculpté… qui oscillait doucement dans les airs, au centre précis du cercle.

Une des sorcières le recevrait.

A Arach Tinileth, beaucoup de prêtresses mourraient avant que l'une d'elles soit jugée digne de ce privilège…

L'incantation achevée, le bâton lévita entre les mains de l'heureuse élue, qui enleva son masque.

Anya !

Ravalant une imprécation, la Drow travestie retourna discrètement dans sa cabane. Tôt ou tard, elle devrait affronter Anya. Mais de préférence, pas pendant une réunion de sorcières !

Tournant en rond, Liriel regretta amèrement sa promesse. Rattrapée par la fatigue, elle s'allongea et sombra dans un profond sommeil.

Son matelas gémit, la réveillant en sursaut. A sa

grande surprise, elle ne découvrit pas Fyodor au bord du lit, mais Thorn…

— Je voulais te prévenir… Le Trésor du Dragon a retrouvé ta trace.

— Je sais, souffla Liriel. Des guerriers du village sont allés affronter les Drows dans les grottes.

— L'un d'eux est brûlant de haine… Prends garde ! Il a un tatouage de dragon sur la joue gauche.

— Gorlist ! grogna Liriel, dégoûtée.

— Ne le sous-estime pas. En ce monde, la persévérance paie souvent plus que la sagesse.

— Je garderai ça en tête… Merci.

La Drow s'étira.

Thorn ne bougea pas.

— Quoi ?

L'elfe blanche hésita.

— J'ai parlé à Zofia, qui m'a touché un mot de la fameuse tapisserie ensorcelée… J'aimerais la voir.

Liriel fit la grimace.

— Ce n'est pas joli-joli…

— J'insiste.

Haussant les épaules, la Drow tira la tapisserie d'un coffre et la déroula.

Thorn contempla longuement la scène atroce avant de se lever.

— Viens…

Liriel sortit sur les talons de la grande elfe…

… Et se retrouva au pied d'une montagne.

Alors qu'elle avait étudié la téléportation magique avec quelques-uns des plus beaux esprits de Menzoberranzan – et trente-cinq ans durant –, elle n'aurait pu espérer invoquer un portail de façon aussi fluide et spontanée.

L'air était vif et mordant. Un corbeau solitaire qui planait contre les ors pourpres du crépuscule poussa un cri mélancolique.

D'autres corbeaux transmirent le message.

Car Liriel ne doutait pas que c'en fût un…

— Ces charognards ont repéré un animal mort ou mourant et s'invitent les uns les autres au festin, commenta Thorn.

— C'est généreux de leur part…

— C'est leur nature. Parfois, un corbeau reste un oiseau, tout simplement. Souvent, il est beaucoup plus que ça… Tu comprends ?

Liriel hocha la tête.

— Ils délivrent des messages.

— Pas seulement, insista Thorn d'une voix douce. Mon peuple pense qu'ils portent l'âme des défunts dans l'Autre Monde.

La Drow commença à entrevoir où tout cela la menait. La tapisserie serrée sous son coude, elle suivit les corbeaux en direction d'une clairière, où gisait la carcasse d'un sanglier.

Dans les gros quadrupèdes gris qui l'entouraient, Liriel reconnut des loups grâce aux gravures d'un de ses livres.

— Les corbeaux ont averti la meute, dit Thorn à mi-voix. Ils le font parfois.

Voilà qui n'avait aucun sens ! Partager avec des prédateurs comme ceux-là ?

En observant la scène, Liriel vit un schéma particulier se dessiner : le plus gros mâle et la seule femelle enceinte mangèrent les premiers. Après avoir rendu hommage au « couple royal », les autres purent participer au festin.

Les corbeaux aussi vinrent arracher des morceaux de sanglier. Un faucon se posa sur une branche basse. Un des loups lui bondit dessus. Avec un cri indigné, le rapace éconduit fuit à tire-d'aile.

Après un petit somme, les loups achevèrent leur banquet. Et les louveteaux jouèrent avec les os de la carcasse. A la nuit tombée, les corbeaux partirent sans doute dormir dans leur cachette.

Liriel déploya la tapisserie sur l'herbe et, le regard levé vers la lune, tendit l'oreille.

Elle capta le chant distant de Qilué et de Drows inconnues. Même en transe, elle fut sidérée par le nombre d'elfes noires dansant et chantant sous les étoiles... Sans être légion, elles prouvaient que survivre dans le monde de la surface n'était pas une utopie.

Paume posée sur la tapisserie, Liriel écouta. Là aussi, elle captait une « musique » atroce... Une cacophonie ponctuée par les hurlements des elfes au supplice... Au-delà se profilaient un autre son, un autre lieu...

Et cette terrible beauté remplit la jeune Drow d'une profonde mélancolie. Des larmes ruisselèrent sur ses joues.

Pleurait-elle sur le sort des elfes morts sous la torture, ou sur cette beauté inaccessible ?

Toujours en transe, elle commença à chanter. Sans réfléchir, elle tira sur un des fils de la trame tout en ouvrant le Marcheur de Vent pour le passer dans la boucle ainsi formée... Puis elle s'en servit comme d'une navette de métier à tisser. Ses doigts, pourtant peu habitués à un tel exercice, firent les gestes nécessaires avec une belle efficacité.

Liriel était vaguement consciente que des corbeaux faisaient cercle autour d'elle. Une forme géométrique similaire prit forme sur la tapisserie, dessinant comme un anneau de pouvoir autour des âmes tourmentées...

L'un après l'autre, les corbeaux s'envolèrent.

Leurs homologues, sur la tapisserie, les imitèrent. Et Liriel imagina les pauvres âmes libérées en train de suivre leur exemple.

Lentement, la Drow se retira de son rêve éveillé, le cœur et l'âme encore baignés par la lumière argentée du phénomène.

L'air intimidé de Thorn la surprit.

Toute couleur et tout motif avaient disparu de la tapisserie ensorcelée, redevenue une trame vierge.

— Ils sont partis..., souffla Liriel, émerveillée.

— Libérés..., renchérit sa compagne à mi-voix.

Des bruits suspects firent vivement relever la tête à la Drow. Au-delà de leur cercle de lumière, d'innombrables araignées bruissaient dans les ombres… Sentant la magie d'Eilistraee à l'œuvre, elles venaient faire valoir la puissance de leur déesse.

Cette fois, Liriel n'éprouva aucune appréhension. La joie qui l'habitait était si pure que l'appel de Lolth n'avait plus de prise sur elle.

L'air plus doux que jamais, Thorn parut le comprendre d'instinct. Sa tresse argentée scintillait au clair de lune.

A proximité, une jeune sorcière au bâton de pouvoir fraîchement acquis observait la scène.

Et se posait des questions.

La nouvelle du retour de Syluné ne tarda pas à s'ébruiter bien au-delà du village de Dernovia. Aux quatre coins des Royaumes, beaucoup de charlatans étaient toujours prêts à se faire l'écho des rumeurs, fondées ou pas.

Les dernières à apprécier ce petit jeu n'étant pas les Sept Sœurs…

Six d'entre elles, à la chevelure argentée caractéristique, s'étaient réunies dans une chaumière des environs de Valombre. Leur hôtesse, une femme athlétique, déboucha un vin nouveau et servit à boire.

— Puisque je vous dis qu'*elle* n'est pas là ! lança Oragie Maindargent. Ni dans sa chaumière, ni dans la mienne, ni nulle part au Valombre !

Ses compagnes échangèrent des regards inquiets. Il s'agissait naturellement de Syluné, tuée des années plus tôt par des dragons et les membres de leur culte…

Sous forme de Ménestrelle fantôme, Syluné rôdait encore dans sa vieille demeure. Un fantôme intelligent, se rappelant pratiquement tout de sa vie passée…

Syluné avait même réussi à remettre les choses en perspective, pour l'essentiel.

Sa soudaine *absence* remplissait ses sœurs de chagrin – et d'espoir.

— Les rumeurs doivent avoir un fond de vérité, alors, suggéra l'aînée, au port et à la tenue proprement régaliens.

— Allons, Alustriel ! s'écria une beauté échevelée à la robe déchirée. Cette mystificatrice est dangereuse ! Beaucoup de gens seront attirés au Rashemen par la nouvelle… Et n'oublions pas que ce pays jouxte pratiquement les frontières d'Algorand !

— Qui doute de ta capacité à protéger ton royaume ? lâcha Qilué Veladorn.

La température descendait toujours de façon spectaculaire quand la Drow prenait la parole. Sœur ou pas, les Maindargent se sentaient étrangères à l'elfe noire. Laérale avait découvert leurs liens de parenté avec Qilué depuis quelques années seulement…

— Mais je suis de l'avis de la reine de l'Aglarond, continua la Drow. En toute honnêteté, je me sens responsable de ce malentendu.

Elle parla de Liriel, de Fyodor, et de leur détermination à rapporter le Marcheur de Vent aux sorcières du Rashemen…

— J'ai dû mentionner que ma sœur Syluné avait étudié là-bas… Sinon, pourquoi Liriel aurait-elle cru que Syluné était une drow comme moi ? Et quel meilleur moyen, pour une elfe noire désireuse de s'immiscer au Rashemen, que de se faire passer pour Syluné ?

Les Elues soupirèrent en hochant la tête. Colombe Maindargent, une forestière musclée à la tenue vert feuille, prit la parole.

— Tôt ou tard, elle sera percée à jour. Mais comment lever l'imposture avant que les ennemis de Syluné affluent au Rashemen ? A-t-elle de sombres desseins pour eux ? Une alliance en vue ? Voilà ce que j'aimerais savoir…

— Je n'ai aucune raison de lui prêter d'aussi sinistres intentions, trancha Qilué. Cela dit, même si j'apprécie Liriel, et si je la crois très capable, j'ai peur que rien de bon ne naisse de cette situation… Avant que ça ne dégénère, j'enverrai ma fille Ysolde, prêtresse d'Eilistraee, chercher Liriel au Rashemen.

Les Sœurs approuvèrent.

— Une minute ! fit Oragie. N'oublierions-nous pas un « détail » ? Si Syluné n'est *pas* au Rashemen… où est-elle ?

CHAPITRE XVIII

LA SORCIÈRE DE VALOMBRE

Dans la cité d'Immaltar, Sharlarra avait demandé à parler à la sorcière de Valombre… Sur ordre de Zofia, une jeune magicienne morose l'escortait maintenant près du village de Dernovia.

— Voilà la cabane de l'étrangère qui dit s'appeler Liriel, annonça froidement Anya.

— Comment le savez-vous ? souffla l'elfe, stupéfaite.

— Quand leurs protégés sont chez eux, les *domovoi* plantent trois brindilles sur le toit… Vous voyez ?

Sharlarra descendit de cheval pendant que son guide repartait, puis elle frappa à la porte.

— Oh, dieux ! gémit-elle à la vue de « Syluné ».

Celle-ci l'empoigna par un bras, l'attira à l'intérieur et claqua le battant en enlevant son masque. Instantanément, elle redevint une Drow fluette.

— Que fais-tu là ?

Sharlarra sourit.

— Je cherche les ennuis comme toujours… Et je les ai trouvés ! Par tous les dieux… Raconte-moi tes aventures !

Liriel sortit une bouteille de vin et elles échangèrent le récit de leurs péripéties. La mort de Xzorsh attrista la Drow. Il lui avait prouvé que tous les elfes-fées n'étaient pas de redoutables monstres… Certains pouvaient même devenir des amis.

A la tombée du jour, Sharlarra s'en fut en promettant qu'elles se reverraient bientôt. Elle camperait dans la forêt.

Liriel laissa filtrer le clair de lune par la porte ouverte. Plongée dans une transe, elle fut peu à peu gagnée par le chant distant des esprits qu'elle avait libérés. Et elle capta la musique unique d'Eilistraee. L'astre lunaire reliait par magie les petites confréries de prêtresses drows. Liriel les « voyait » presque danser. Même la chandelle qu'elle avait allumée paraissait osciller en rythme…

La chandelle…

Revenue à elle en sursaut, Liriel fixa la flaque de cire fondue et y vit s'ouvrir deux yeux luisant de malveillance…

Impossible de se tromper : une yochlol !

Dès que la Vestale de Lolth commença à grandir, la Drow réagit d'instinct en abattant le poing dessus au mépris des brûlures.

Accablée, elle enfouit le visage entre ses mains.

— Je renonce à toi… Je ne suis plus ton enfant… Je ne serai plus jamais ta prêtresse !

Par la porte ouverte, le fantôme d'une Ménestrelle porta une main translucide à son cou, là où avait brillé l'amulette que portait maintenant la Drow…

Une amulette qu'*elle* avait réactivée !

Comprenant beaucoup de choses, la véritable sorcière de Valombre hocha la tête. Elle qui avait tant combattu le mal et qui – par sa nature même –, aurait dû être au-delà de toute peur, fit l'expérience d'une indicible terreur.

Guidée par le rubis magique enchâssé dans le front du ChanteMort, Shakti Hunzrin marchait vers son destin, à la tête de ses zombies.

Un mâle très intrigant… Observateur, il avait un sens aigu de l'ironie, et saurait célébrer comme il se devait la vengeance ourdie par Gorlist.

Les zombies et les mercenaires se retrouvèrent au lieu convenu, dans les montagnes du Rashemen. Le sourcil froncé, Shakti inspecta les guerriers de Gorlist.

— Vous êtes une vingtaine ? Pas plus ?

— Nous avons eu des démêlés avec des bersekers, répondit Brindlor.

— Nous attaquerons les humains ce soir ! grogna Gorlist.

— Combien sont-ils ? Leurs défenses ? Leurs pouvoirs magiques ?

Le chef mercenaire ricana.

— Des humains ? De quelle magie digne de ce nom pourraient-ils se réclamer ?

— Leurs nécromanciens ont des ressources surprenantes, souligna la prêtresse.

— Ce n'est pas si sûr… Nous avions avec nous un des fameux Sorciers Rouges de Thay… Il a fini sous les griffes d'un ours !

Shakti observa les blessures des mercenaires. Leurs pansements de fortune étaient maculés de sang encore frais.

— Combien d'humains y avait-il, et que sont-ils devenus ? N'attendons pas pour riposter, et la victoire sera nôtre !

— Une bonne stratégie, approuva Brindlor, s'attirant un regard noir de Gorlist.

Shakti entraîna son armée silencieuse dans les tunnels. Les mercenaires se postèrent sur une haute corniche. En contrebas, les humains survivants emmenaient leurs morts et leurs blessés.

A la vue d'un homme à l'allure et au physique familiers, Shakti incanta, un sourire mauvais sur les lèvres. Des milliers d'araignées s'abattirent de toute part sur les Rashemis, qui se répandirent en imprécations.

En quelques instants, tout fut joué. Par la grâce de Lolth, les toiles se révélèrent insensibles aux coups d'épée ou aux sortilèges ennemis.

Les humains englués, Shakti descendit vers eux.

Une boucle d'oreille magique, cadeau de l'illithide Vestriss, lui permit de parler leur langage peu raffiné.

— Vous ne m'êtes d'aucune utilité. Au point que je vous libérerai en échange d'un petit service.

— Une rançon ? cracha un guerrier âgé à la barbe grise. Sur ma vie, vous n'aurez pas un sou !

— Ai-je parlé d'argent ? Quelle vulgarité ! (Shakti eut un sourire glacial.) Je suis prête à échanger de nombreuses vies contre une seule. Amenez-moi la Drow Liriel et vous serez libres.

— Liriel ? s'exclama un jeune homme incrédule. Fyodor, Liriel n'est-elle pas ta *wychlaran* ? Pourquoi cette maudite prêtresse parle-t-elle d'une Drow ?

— Parce que c'en est une ! jubila Shakti, cruelle. Et Fyodor, qui connaît *tellement bien* cette Drow, lui portera le message. N'est-ce pas ?

Le jeune homme en fut horrifié.

— Dis-moi qu'elle ment ! Tu n'as pas pu amener de Drows parmi nous… Tu ne nous trahirais jamais !

Fyodor l'implora du regard, sans répondre.

Puis il se tourna vers Shakti.

— Laissez-le venir avec moi, dit-il d'une voix atone. Et j'irai.

Quand ils furent loin des terriers, Fyodor brisa le silence.

— Retourne au village donner l'alerte. Les Drows n'en resteront pas là.

— Leur perfidie est légendaire…

— Petyar, explosa Fyodor, il y a des choses que tu ne comprends pas ! Zofia en personne savait que Liriel viendrait à nous… Que ma *wychlaran* ait préféré dissimuler sa véritable identité m'attristait, mais c'était son choix ! Elle a agi au mieux à la lumière de ses connaissances.

— Les Drows ont très peu de « lumière »…

— Pourtant, Liriel s'en est constamment rapprochée, depuis notre rencontre. Elle n'est pas celle que tu crois.

La colère quitta Petyar, le laissant blessé et inquiet.

— J'espère, cousin, que tu ne te trompes pas…

De retour chez lui, Fyodor retrouva son aimée devant une flaque de cire fondue, sur la table. Quand Liriel le détailla de pied en cap, il se rappela qu'il était nu comme un ver, sous sa cape d'emprunt.

Et elle savait ce que ça signifiait…

— Gorlist ?

Il hocha la tête.

— Avec des zombies drows et une prêtresse aux yeux rouges qui manie un fouet-serpent squelettique.

— Charmant… Si c'est bien elle, tu ne lui as certainement pas faussé compagnie…

Il résuma la situation en s'habillant.

— Tu dois fuir le Rashemen tout de suite !

La Drow agita une main cavalière.

— Shakti ne perd rien pour attendre !

— Petit corbeau, nous ignorons à qui ou à quoi nous avons affaire !

— *Nous ?* N'ai-je pas déjà affronté et défait Shakti seule ? Elle n'est pas invincible.

— Quelle arrogance !

— A juste titre ! Après avoir prospéré à Menzoberranzan, j'ai supporté le pire et les épreuves m'ont rendue encore plus forte !

Exaspéré, il soupira. Et capitula.

Dès que le couple sortit, il fut face au cercle de sorcières. Anya avança pour arracher son masque à Liriel, qui reprit aussitôt son véritable visage.

— La voilà, votre « sorcière de Valombre » ! Quant à ce traître, il mérite mille fois la mort !

CHAPITRE XIX

LES PROMESSES D'HIER

Une voix mélodieuse désincarnée s'éleva.

— Vous avez tort. *Je* suis la sorcière de Valombre...

Près de Liriel, une brume chatoyante frémit, et la véritable Syluné aux cheveux d'argent apparut.

— Anya, fille de Fraeni, ta mère était mon amie et en son nom, j'invoque le serment. Toutes les promesses des cercles doivent être honorées, et tous les secrets conservés. Celle qui me connaissait le mieux a accepté la Drow en votre sein. Crois-tu que Zofia n'avait pas de très bonnes raisons d'agir ainsi ?

— Je m'incline, maugréa Anya de mauvaise grâce. Mais quel bien peut ressortir d'une alliance avec le mal ?

— Une bonne question, concéda la Ménestrelle fantôme en posant une main sur le bras de Liriel. J'en ai aussi beaucoup à ton sujet... J'espère avoir des réponses après la bataille.

La Drow soupira. Et se tourna vers Petyar.

— Connais-tu bien les terriers ?

— J'y vais souvent. Pourquoi ?

— Y a-t-il des tunnels au fond de la grotte où sont détenus les Rashemis ?

— Oui, mais très étroits. Un seul y passe à la fois.

— Parfait. Mes sortilèges repousseront les araignées. Une fois les prisonniers libérés, tu les guideras dans la grande clairière, près des terriers. Ce sera un bon champ de bataille.

— C'est aussi mon avis, renchérit Zofia en balayant ses consœurs du regard. Allons toutes nous préparer.

Les trois jeunes gens partirent au pas de course. A mi-chemin, Petyar s'arrêta devant une souche d'arbre qu'il repoussa, dévoilant l'embouchure d'un boyau. D'un geste, Liriel invoqua un globe de lumière bleue. Peu après, le trio entra dans une grotte d'où un tunnel partait vers l'ouest, et un passage plus étroit vers le sud.

Du tunnel jaillit un bataillon de Drows.

Alors que Fyodor et Petyar dégainaient leurs armes, Liriel s'interposa. Main levée, elle prononça un mot connu des seuls nobles Baenre et de leurs troupes d'élite.

Les Drows s'immobilisèrent. Leur chef avança.

— De quel droit nous commandez-vous ?

— Vous portez les couleurs de la Maison Baenre, répondit Liriel dans sa langue natale, retrouvant ses vieux réflexes avec un naturel confondant. Donc, vous m'appartenez.

Le chef eut un sourire sarcastique.

— Triel est la Première Matrone de la Première Maison. Qui êtes-vous ?

Liriel lui décocha un jet de flammes magiques, qu'il évita avec agilité.

— Quelqu'un que ton insolence importe !

— Une sorcière… Une Shobalar.

La Drow lui lança un regard venimeux.

— Triel ne t'a pas choisi pour ton intelligence, c'est un fait. Ni pour tes connaissances de la Maison que tu prétends servir… Oui, la Maison Shobalar m'a formée, mais je suis Liriel Baenre, la fille du premier sorcier de Menzoberranzan.

— Quelle aubaine ! jubila le chef. C'est vous que nous cherchons !

Comme s'il venait de lancer un signal, ses guerriers dégainèrent leurs lames et armèrent leurs arbalètes dans un silence des plus impressionnants. Liriel avait presque perdu de vue les dons surnaturels des combattants de son peuple.

Mais pas leur nature subtile et perfide.

Un bras levé, elle dissuada Fyodor de réagir.

— Ça tombe bien, moi aussi, je vous cherchais ! Triel a pris son temps pour m'envoyer des renforts ! A moins que vous ayez pris le vôtre ? ajouta-t-elle, le front bas.

Décontenancé, son interlocuteur hésita.

— Nous avons rendez-vous ici avec les forces de Gromph.

— Des zombies sacrifiables à loisir. Mon père tout craché, ça... Alors, une grande prêtresse de Lolth vous commande ?

— Qui d'autre ? s'exclama le Drow, perplexe.

— A Menzoberranzan, quel mâle n'a pas entendu parler du Dieu Masqué ? Et qui ne rêve pas que les rumeurs soient fondées ? Certains font même plus que rêver...

— Nous sommes les loyaux serviteurs de Matrone Triel et de la Reine Araignée ! protesta le Drow.

— Bien. A mes côtés, vous vous opposerez donc à Shakti Hunzrin, la traîtresse de Vhaerun !

— C'est impossible !

— Alors que fiche-t-elle avec Gorlist, le chef du Trésor du Dragon, cette bande de réprouvés vendus à Vhaerun ? Ils survivent en se livrant à toutes sortes de trafics comme le vol ou l'esclavage !

« Fyodor, explique-leur à quoi nous sommes confrontés.

Le jeune homme livra un rapport concis.

Le commandant drow secoua la tête.

— Ils sont trop nombreux...

— Nous avons une sorcière, souligna le Rashemi.

— Et eux une grande prêtresse apparemment capable d'invoquer *deux* divinités ! riposta le Drow. Qui sait quelle magie dispense le Seigneur Masqué ?

— Vous resterez ici et tuerez tous les Drows qui se

présenteront par ce tunnel, ordonna Liriel. Que pas un n'en réchappe !

Le commandant salua.

— Petyar, dit Fyodor, tu guideras les rescapés vers la surface pendant que nous attirerons les zombies par ici. Va, dépêche-toi !

La lune était haute quand Liriel et Fyodor quittèrent les tunnels. Dans la clairière, Petyar et les Rashemis libérés attendaient l'ordre de bataille.

Des formes noires prirent soudain vie, dans la montagne. Une armée féminine silencieuse aux yeux morts émergea d'une grotte proche.

— Les zombies…, chuchota Fyodor.

La bataille s'engagea. Thorn se joignit au combat, choisissant ses victimes avec soin avant de décocher ses flèches. Sharlarra courait çà et là, dague au poing, pour trancher les jarrets du plus grand nombre possible de zombies…

Un chant terrible retentit. Sans avoir jamais rien entendu de tel, Liriel reconnut la magie particulière d'un ChanteMort… Les zombies se relevèrent en récupérant leurs membres coupés – ou ceux des autres – afin de reprendre leur marche vers les sorcières rashemies.

Des élémentaux de pierre sortirent de terre pour réduire en bouillie les mortes-vivantes sous les acclamations des défenseurs. Mais beaucoup trop de zombies se relevaient encore…

Les ChanteMorts ne se contentaient pas de célébrer la grande Faucheuse : ils la commandaient !

Repérant Brindlor, Liriel serra impulsivement le Marcheur de Vent et se concentra.

Le chant terrible du Drow devint un hurlement de souffrance. Il gonfla, tétanisé… et implosa.

A sa place se dressa un golem taillé dans du rubis, qui sauta de son perchoir pour foncer dans les rangs drows, et les pousser dans les bras des élémentaux.

Devant l'entrée d'une grotte, à flanc de paroi, Gorlist assistait à la scène, fou de rage.

— *Maudite !* Puisse-t-elle finir au fin fond des Abysses !

Shakti comprit qu'il venait de sombrer dans la folie. Et voulut l'empêcher de sauter de son perchoir.

— Attendez… !

Un coup terrible sur la nuque l'interrompit. Ses yeux roulèrent dans leurs orbites et elle s'écroula.

Thorn apparut.

— Et maintenant, si nous reprenions notre discussion ?

Vibrant de plus en plus, les gardiens de pierre éclatèrent les uns après les autres. Menacées par ces débris qu'on eût pu croire tirés par des trébuchets, les sorcières les neutralisèrent d'un seul cri. Ils heurtèrent une barrière invisible et, retombant en pluie, formèrent comme une muraille autour d'elles.

Liriel en fut abasourdie. Elle avait étudié ce sortilège avec les Shobolars ! Un des guerriers de Triel le connaissait peut-être.

A l'est, un soleil rouge ajoutait son tribut au dénouement d'une nuit sanglante. Le jour pointait… *Et les Drows continuaient le combat !*

Impossible !

— *Oh, si, ma petite…*

— Non…, chuchota Liriel, interdite.

— *Si*, insista la déesse. *Le pouvoir de l'amulette dépasse tes rêves les plus fous. Elle détient l'essence de cette contrée, et les esprits alliés aux Rashemies… Nous les commanderons d'une seule voix !*

Affolée, Liriel courut vers les deux cercles que dirigeait Zofia et lui tendit le Marcheur de Vent.

— Ce qu'une sorcière sait, toutes le savent ! Vous disiez que je lierais et que je briserais, que je guérirais et que je détruirais… Aidez-moi !

Zofia lui prit la main sans hésiter. Et le cercle se reforma. Aussitôt, la Drow s'ouvrit à une puissance insoupçonnée : celle du Marcheur de Vent. Face à une tempête magique déchaînée par Lolth, qui tenait à s'implanter au Rashemen, Liriel tint bon, soutenue par la volonté collective de ses consœurs... Résistant à un froid surnaturel qui menaçait de lui ôter tous ses moyens, elle se représenta l'Enfant de Yggdrasil, l'arbre mythique profondément enraciné aux branches assez vastes pour comprendre toute vie...

La Drow puisa dans les ressources magiques de la terre elle-même, au cœur de la patrie de Fyodor. Le chant du Rashemen enfla, emplissant les sorcières d'émerveillement. Elles dansèrent.

Attentive à la mélodie de ses prêtresses, Liriel en appela également à la magie d'Eilistraee. Ysolde, découvrit-elle avec stupeur, était toute proche...

Des cors de chasse résonnèrent dans la forêt et à flanc de montagne. Les mercenaires survivants redoublèrent de férocité face aux prêtresses drows qui accouraient, chevelure d'argent au vent, épée brandie...

De plus en plus fasciné, Fyodor, grâce à son don de double vue, remarqua un corbeau aux yeux d'or... l'incarnation de sa bien-aimée.

Nullement surpris, il vit du coin de l'œil les fantômes de son pays se rassembler à l'appel du corbeau-esprit. Des arbres, des rochers, de l'eau... Toutes les créatures surnaturelles se joignaient au puissant sortilège du Lien.

Treviel rugit le chant des bersekers... que tous reprirent en chœur. Le vent de la rage souffla sur eux, les métamorphosant les uns après les autres. Son épée lâchée, Fyodor se dressa sur ses antérieures. A grands coups de pattes massives, il balaya indifféremment les zombies et les Drows sur son passage.

Avant longtemps, tous eurent repris la forme de leur animal totem.

Repensant à la tapisserie et au cercle thérapeutique

des corbeaux qui avaient guidé les esprits des elfes morts, Liriel en appela aux loups.

D'une seule voix, les sorcières rashemies et les prêtresses drows reprirent la longue plainte de Thorn la louve pour la répercuter à flanc de montagne. Et les Lytharis, des créatures argentées, surgirent par meutes de la forêt pour se joindre à leur tour au combat.

De véritables loups affluèrent aussi, traînant les zombies mutilées vers un gouffre.

Quand « l'homme des bois » gigantesque apparut – le protecteur légendaire du Rashemen –, et écrasa sous ses pas les dernières zombies, la bataille prit fin.

Les Drows survivants durent fuir.

Liriel crut qu'on lui versait du venin de dragon noir dans les veines tant la souffrance qu'elle subit alors fut grande. Le temps se pétrifia. Sous la Drow, la terre se liquéfia. Des formes vaguement familières dansèrent à la périphérie de sa vision. Mais à ses yeux, plus rien n'avait de sens… Une puissance terrible la submergeait, conjuguant les feux du soleil, le poids immense de la pierre, la force hurlante du vent et l'angoisse immortelle des âmes prisonnières de la tapisserie…

Puis la souffrance reflua.

Quand Liriel revint à elle, le soleil brillait. Sur sa poitrine pendait le Marcheur de Vent – silencieux.

Et Zofia rayonnait.

— Les fantômes sont tous libérés, mon enfant ! Le Lien entre les esprits et la terre est guéri !

— Et… l'autre lien ?

— Il reste fort, souffla la sorcière.

Liriel baissa la tête. Zofia lui prit les poignets pour la forcer à relever les yeux.

— Vous n'avez pas agi seule. Quand une chose est liée, une autre se brise. Une guérison appelle une destruction… C'est la nature de la magie, et de toute vie. Vos sœurs le savent.

Les sorcières rashemies hochèrent gravement la tête.

— Lolth m'en a parlé… Et les Drows d'Ombre-Terre sauront tout !

— Pourquoi ne le sauraient-ils pas déjà ?

Liriel se rembrunit encore.

— Mon père et sa sœur ont envoyé ici ces guerriers… Ils faisaient partie de leurs troupes d'élite.

— Il faut donc croire qu'ils tiennent à conserver ce secret, dit Zofia.

— Mais tôt ou tard, ça se saura ! Surtout avec Gorlist…

Sa décision prise, Liriel se dirigea vers la forêt.

Profondément marquée par la bataille, Syluné suivit la Drow. Elle avait aussi capté l'appel singulier du Marcheur de Vent et aurait pu rejoindre le puissant cercle formé par les esprits libérés… Et sa nature d'Elue aurait peut-être brisé le lien inquiétant créé entre Ombre-Terre et la surface du monde, au lieu qu'il se renforce…

Peut-être. Même les Elues de Mystra ne savaient pas tout de la magie. Pas plus qu'un spectre ne comprenait tout ce qu'il y avait à savoir de l'Autre Monde… Si Syluné avait répondu à l'appel du Marcheur de Vent, que serait-il advenu d'elle ?

Les fantômes et les esprits libérés par l'amulette s'étaient dispersés, retournant à leur endroit de prédilection.

Où Syluné serait-elle allée ?

Sans doute à Valombre reprendre son existence de spectre… Ou peut-être serait-elle revenue à la vie. Ou…

Mais comme toujours, elle obéit à l'appel du devoir. Soupirant, la sorcière de Valombre s'en fut, laissant le Rashemen aux vivants et aux esprits.

Le museau et la fourrure poisseux de sang, Fyodor l'ours avait rejoint Liriel… En transe, les bersekers ne connaissaient pas la douleur, ni le froid, la soif ou la lassitude. Mais ensuite…

Très inquiète, la Drow lui ordonna de retourner avec les autres et, le cœur plein d'angoisse, le regarda s'éloigner en clopinant. Puis elle courut vers l'endroit où elle avait aperçu Ysolde et ses compagnes.

Le sifflement d'un fouet la guida le long de la berge d'une rivière… Où Shakti flagellait le corps sans vie de la fille de Qilué.

Au même instant, d'autres prêtresses surgirent. Avec un cri de dépit, Shakti abandonna sa victime et disparut dans une lézarde du sol. Le tunnel se referma aussitôt.

Une des prêtresses – Dolor ! – riva un regard haineux sur Liriel.

— J'aurais dû te tuer quand j'en ai eu l'occasion ! D'abord Elkantar et maintenant Ysolde… Combien de deuils Qilué vivra-t-elle à cause de toi ?

Les prêtresses disparurent entre les arbres, emportant la dépouille.

Ysolde… la première adoratrice d'Eilistraee que Liriel avait rencontrée, et le premier être vivant à l'accueillir dans le monde de la surface…

Le chagrin submergea la Drow. Elle pleura un rêve défunt dont elle n'avait, jusque-là, pas soupçonné l'existence : celui de devenir une prêtresse d'Eilistraee…

A présent, Qilué et les siennes se détourneraient d'elles.

La déesse lui rouvrirait-elle les bras ? Après tout, elle lui avait plus d'une fois témoigné sa faveur.

Un hurlement sauvage arracha Liriel à ses pensées. Elle rebroussa chemin et fonça dans la clairière… où la championne d'Eilistraee affrontait Gorlist.

— Thorn ! cria la Drow. Laisse-le-moi !

A la vue de sa Némésis, le mercenaire se détourna de l'elfe blanche et chargea… Leurs lames s'entrechoquèrent violemment. Il pressa aussitôt son avantage, infligeant plusieurs entailles à Liriel.

Les Drows dansèrent le long de la rivière, échangeant de furieuses passes d'armes. Mais après cette longue nuit blanche et le puissant sortilège du Marcheur de Vent, Liriel sentait ses forces l'abandonner peu à peu. Plus d'une fois, Gorlist trompa sa garde.

Et ce qui devait arriver arriva. Comme dans un cauchemar, il lui arracha son épée sans qu'elle puisse l'en empêcher. La lame finit au fond de la rivière. Par réflexe, Liriel esquiva d'un bond le coup suivant, et tira ses dagues de ses bottes…

Gorlist les évita sans peine. Comme toutes les armes de jet suivantes que Liriel, au désespoir, lui décocha.

La Drow se retrouva dans l'eau. Elle n'avait plus d'armes ni de sortilèges en réserve.

Drapée dans son immense fierté, elle se redressa de toute sa taille.

C'était tout ce qui lui restait.

La genasi creva la surface, tout près de Liriel, et lui rendit son épée avec un sourire féroce.

— L'illithide te voulait morte ! Vis rien que pour l'agacer !

Mais Gorlist était déjà pratiquement sur Liriel… Elle n'aurait pas le temps d'empoigner l'arme ni de parer. Juste celui de mourir…

Avec la vitesse surnaturelle que lui conférait la rage des bersekers, Fyodor surgit de nulle part pour s'interposer. Et encaissa le coup fatal destiné à sa bien-aimée.

Un hurlement inhumain éclata.

Folle furieuse, Liriel se jeta sur Gorlist pour le réduire en charpie avec toute la férocité d'une bête fauve.

Hébétée, elle vit ensuite Azar lui tendre des doigts bleus… Elle se releva et se précipita près de Fyodor, mourant, à l'instant où Sharlarra arrivait.

— Que puis-je faire ? souffla celle-ci en sautant de son cheval.

La Drow croisa son regard.

— Il avait une épée… noire, émoussée… Rapporte-la-lui. Un guerrier du Rashemen meurt toujours ses armes à la main.

Sharlarra bondit sur Pierre de Lune et galopa en direction du champ de bataille, où les femmes avaient rassemblé les épées. Elle remarqua l'une d'elles, qui tenait une lame noire, et la rejoignit.

— Liriel m'envoie chercher l'épée de Fyodor. Est-ce la sienne ?

La Rashemie leva vers la cavalière un regard infiniment morne.

— Oui…

CHAPITRE XX

L'ASCENSION DU CORBEAU

Dans les bras de Liriel, Fyodor frémit en rouvrant les yeux.

— J'ai envoyé chercher ton épée...

Elle aurait voulu lui dire tant de choses...

Il trouva la force de sourire.

— Le Marcheur de Vent... Le cœur et la force du Rashemen... Tu comprends, bien sûr...

Le cœur brisé, submergée par un désespoir sans borne, Liriel posa une joue contre la sienne.

— Ecoute, petit corbeau... Du jour où j'ai quitté ma patrie, j'étais un mort en sursis... Mais quelles aventures j'ai vécues avec toi... ! Zofia a raison... Tu m'as ramené chez moi...

— Tu m'as dit que la vérité éclatait toujours au grand jour... que le bien est plus fort que le mal... Nous avons fait tant de chemin ensemble ! Pourquoi devons-nous tout perdre maintenant ?

— Mourir n'est pas perdre... Nous avons accompli notre destin... Ce que nous sommes, nous le sommes devenus...

En larmes, Liriel le berça dans ses bras.

— Pas encore ! supplia-t-elle. Attends l'épée... Ne me laisse pas seule !

Thorn et Sharlarra retrouvèrent la Drow, les yeux fermés et la joue pressée contre celle de Fyodor...

Hennissant doucement, Pierre de Lune attira l'attention de Sharlarra sur le spectre du jeune Rashemi défunt, planant près de la Drow.

L'elfe blanche descendit de cheval et posa une main sur Liriel qui soupira à la vue de l'épée.

— Trop tard…

Thorn la prit par le menton pour lui tourner les yeux vers le fantôme.

— Non ! Je connais cette terre, et il est difficile de la quitter. Lui as-tu ordonné de rester ?

Fascinée, Liriel hocha la tête.

— Je ne voulais pas rester seule…, chuchota-t-elle. Mais je ne désirais pas…

A genoux, Sharlarra lui retira doucement Fyodor des bras pour l'étendre sur l'herbe. L'épée noire posée sur son torse, elle lui croisa les mains dessus. Puis Thorn et elle aidèrent Liriel à se relever.

La championne d'Eilistraee brisa enfin le silence.

— Nous aurons de belles chasses. Nous trois…

Fyodor lança un regard suppliant à Liriel.

Un adieu… et une requête.

Une vision s'imposa à la fille de Gromph : la bataille de Ruathym, quand Fyodor s'était transformé en animal pour l'arracher à la main de Lolth…

Liriel ferma les yeux, pour mieux se pénétrer du Chant.

Celui du Rashemen, joyeux et impétueux.

Elle capta les voix de la famille de Fyodor, de ses amis… Alors, comme dédoublée, elle se vit s'écrouler entre les deux elfes, son esprit libéré prenant son envol… Des bras se refermèrent autour de son cou, et le vol s'acheva trop vite. Mais l'esprit-corbeau qu'était devenue Liriel vint se poser sur une des branches de l'arbre mythique père de tous les univers.

Sur un dernier adieu, l'esprit de Fyodor disparut. De ses yeux dorés, Liriel le chercha en vain.

Une claque la ramena dans son enveloppe charnelle.

Rouvrant les yeux, elle vit la lythari penchée sur elle, prête à recommencer. Et lui bloqua le poignet.

— Recommence, et tu te retrouveras avec trois pattes au lieu de quatre !

— Quelqu'un pourrait m'expliquer… ? soupira Sharlarra.

— Plus tard, répondit la Drow en se levant.

Elles hissèrent la dépouille de Fyodor sur le dos d'un beau cheval gris. Puis, les yeux secs, Liriel regarda ses amies s'éloigner.

Une dernière bataille l'attendait.

Pivotant, elle ne fut nullement surprise de se retrouver face à Shakti Hunzrin, son fouet au poing.

— Finissons-en ! grogna Liriel.

— Matrone Triel exige ton retour à Menzoberranzan.

— Et tu es prête à m'y emmener ? souffla Liriel, sidérée. Vivante ?

— Si tel est le désir de Triel.

Et Gromph ? faillit s'écrier la Drow.

Lui envoyait-il des agents aux trousses pour la tuer… ou la sauver ?

Quelle importance ? En ce qui la concernait, son vrai père était mort. Hrolf, le pirate humain qui l'avait aimée, désirant faire son bonheur, était mort à Ruathym.

— Serais-tu choquée si je te répondais que les désirs de Triel ne sont pas mon premier souci ?

— Alors, tu refuses ?

— Oui. Tue-moi donc, si tu en es capable !

— Si Menzoberranzan apprend ta survie, les Drows ne cesseront jamais de te traquer. Tu le sais.

Liriel acquiesça.

— Il y a une autre solution, ajouta Shakti, ses yeux rouges rivés sur le masque placé dans le ceinturon de la Drow.

Celle-ci le lui tendit. Dès que Shakti le glissa à sa ceinture, elle prit par magie l'apparence de Liriel.

— Voilà ce que tu as perdu en préférant le service

au pouvoir ! tonna la prêtresse. Tu n'as plus la faveur d'Eilistraee ! Tu n'es plus rien !

« En réalité, Matrone Baenre veut te voir morte. Car tu as aussi perdu la faveur de Lolth. Si Gromph a des doutes, il suffira que je remette le masque et Triel aura beau jeu de le manipuler à sa guise, grâce à moi !

— Mon père n'est pas facile à duper. Et tu n'as pas de sortilèges à ta disposition.

Shakti baissa les yeux sur le Marcheur de Vent.

Liriel lui tendit l'amulette sans hésiter. Elle avait permis de libérer Fyodor. Maintenant, elle la libérerait aussi. En réalité, le Marcheur de Vent n'avait plus aucun pouvoir.

Shakti le constaterait bien assez tôt.

— Et les mercenaires survivants ? demanda Liriel.

— Ils ne pourront pas retourner à Menzoberranzan, naturellement. Ce qui s'est produit ici, avec ce que ça implique, est un secret à protéger le plus longtemps possible. Je reviendrai seule.

— Tu veux ma peau. Qu'est-ce qui te retient ?

— Gorlist désirait aussi te tuer. Plus que tout au monde. Et regarde où ça l'a mené… Son obsession l'a rendu aveugle et stupide.

— Et mort…

— La conséquence logique d'un aveuglement !

Shakti reprit sa véritable apparence, et riva sur Liriel un regard où brillait toute la haine des Abysses.

— Tu m'as vaincue une fois. Et j'en ai tiré une bonne leçon. La malédiction des Drows ? Leur haine incontrôlée ! Si j'ai la force de me détourner de toi, plus rien ne me paraîtra insurmontable.

Liriel n'était donc pas la seule à avoir profondément changé en quelques semaines…

— Tu deviendras une grande matrone.

Shakti eut un sourire glacial.

— Je sais.

Avec un cri rauque, l'ombre noire d'un corbeau plana dans le ciel nuageux.

Thorn aurait beaucoup à enseigner à ses nouvelles sœurs-de-meute. Et elle apprendrait énormément d'elles aussi. Elle avait su juger la Drow à sa juste valeur. Quant à Sharlarra, toute elfe capable de chevaucher un *teu-kelytha* – un des légendaires chevaux lunaires d'Eternelle-Rencontre –, était forcément un être exceptionnel. Thorn avait hâte d'apprendre comment ce cheval s'était décidé à quitter l'île sacrée…

La lythari n'aurait jamais cru éprouver un jour tant de contentement.

Sous sa forme de loup, elle se remit en chasse.

Achevé d'imprimer sur les presses de

BUSSIÈRE

GROUPE CPI

à Saint-Amand-Montrond (Cher)
en novembre 2004

FLEUVE NOIR
12, avenue d'Italie
75627 Paris Cedex 13
Tél. : 01-44-16-05-00

— N° d'imp. : 45198. —
Dépôt légal : novembre 2004.

Imprimé en France